錢鍾書翻譯理論與實踐

鄭延國 著

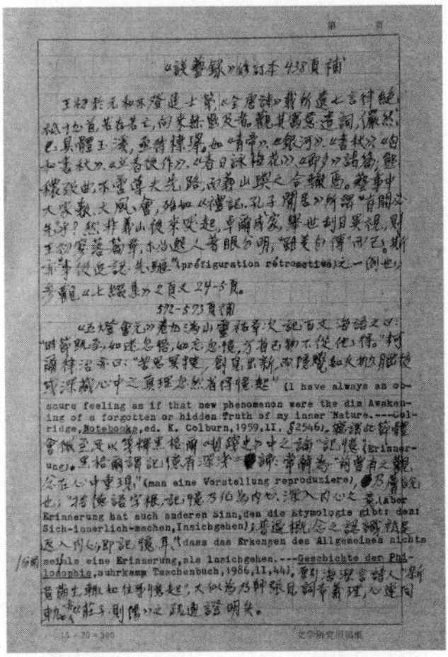

《談藝錄》修訂本438頁補

(préfiguration rétroactive)

572-573頁補

(I have always an obscure feeling as if that new phenomenon were the dim Awakening of a forgotten or hidden Truth of my inner Nature.---Coleridge, Notebooks, ed. K. Colburn, 1959, II, §2546)

(Erinnerung)

(man eine Vorstellung reproduziere)

(Aber Erinnerung hat auch anderen Sinn, den die Etymologie gibt: den Sich-innerlich-machen, Insichgehen)

(dass das Erkennen des Allgemeinen nichts sei als eine Erinnerung, als Insichgehen.---Geschichte der Philosophie, Suhrkamp Taschenbuch, 1986, II, 44)

書名題字
金耀基教授

金耀基：
香港中文大學前任校長

書名：錢鍾書翻譯理論與實踐

作者：鄭延國

封面及扉頁題字：金耀基

封面設計：黃維樑

排版：博藝坊

出版：文思出版社

地址：香港 新界 粉嶺 嘉盛苑 嘉耀閣 34 樓 13 室

電話：(852)5804 3139　　傳真：(852)3012 2694

書號：978-988-70008-0-8

版次：2023 年 6 月初版

定價：港幣 68 元

Qian Zhongshu's Translation Theory and Practice

By Zheng Yanguo (鄭延國)

email: 2629400484@qq.com

published in Hong Kong, 2023

Zheng Yanguo: Has been professor and supervisor of postgraduates at Changsha University of Science and Technology. Is author of 4 books and more than 100 articles in the field of translation studies.

This book consists of 76 passages in which Qian Zhongshu's translation theory and practice are firstly presented and the author of the book then makes thoughtful comments on them. It eloquently demonstrates that both Qian's theory and his practice are feasible and brilliant.

目　錄

集片片翠羽而成孔雀裘——
鄭延國《錢鍾書翻譯理論與實踐》序

黃維樑

美麗的大抄家

長沙理工大學的鄭延國教授，多年來在各地發表文章，經常有遠至香港的；當年讀港報而愛之，保存了多頁剪報。2019年5月在溫州參加研討會得遇鄭教授，不勝驚喜；自此有了交往，讀其文章和專著，就更多更感親切了。鄭延國的幾部論著多與翻譯學相關，對錢鍾書的翻譯理論和實踐，常有精闢的闡釋和發揮；原來他以錢氏的"隔代弟子"自居，力傳老師的芬芳。所謂隔代弟子，有這樣的背景：鄭延國1960年代畢業於湖南師範學院外語系，而錢鍾書先生于1930年代擔任"國立師範學院"即"湖南師範學院"外語系首任系主任；雖然未曾親炙錢師，卻為學向錢看，故自稱為隔代弟子。

鄭延國1990年開始研究老師之學，其文章先後收進《翻譯方圓》（復旦大學出版社，2009）和《瀟湘子譯話》（武漢大學出版社，2015）等書。他2020年完成《"系主任"錢鍾書》專著後，繼續發揚錢學，特別是錢老的譯學。我閱讀此書，獲益之餘，寫了一篇《讀錢鍾書譯論"鄭箋"筆記》。不料2022年印行的《清詞麗句必為鄰》一書，又有七篇文章講錢鍾書，再論及其翻譯。我與延國兄互為"知音"，他評論、點贊我的書、我的文；相濡以沫，我再撰文章，是讀《清詞》一書的若干心得，與錢鍾書的譯學有關的。

延國兄一直默默向錢看，看盡錢老師所有關於翻譯的文字；在2022年之末，奮力完成這本《錢鍾書翻譯理論與實踐》，洋洋十五萬言。錢鍾書論翻譯的大塊文章是《林紓的翻譯》一文，其他的言說，都零散在不同的論著裡。延國兄來個大搜索，在錢鍾書文字的大觀園中，不管是什麼館什麼院什麼村，一一查抄，把《談藝錄》、《管錐編》、《七綴集》、《寫在人生邊上》、《寫在人生邊上的邊上》、《槐聚詩存》、《人·獸·鬼》以及《錢鍾書英文文集》等著述和書信裡面關於翻譯的奇花異卉，裡面的金碎玉屑，裡面的吉光片羽，通通都抄出來，真是個"美麗的大抄家"。

錢氏譯學亮點："化境說"和"反勝原作論"

"搜刮淨盡"了，然後如延國兄自己所說的，"爬梳剔抉，孜孜矻矻，經營多年，發現其中……閃光發亮的精彩翻譯理念，甚至還包括許多令人耳目為之一振的翻譯實例"。經營的結果就是我們眼前這本大書。對一粒粒玉屑一片片翠羽，延國兄照亮之，框鑲之，並串聯之，於是有了脈絡，有了年代先後次序。鄭教授把錢鍾書的翻譯理論分為三個時期：

> 早年的理論涉及到翻譯方法、翻譯技巧、翻譯標準等，其中免譯性、抗譯性、翻譯學的提法均屬首創，譯作"反勝原作"的理念亦在這一時期初顯端倪。中期的理論主要體現在標榜翻譯的最高理想或曰最高標準即"化境"，同時對譯作"反勝原作"的說法作了進一步的完善。晚歲的理論涵蓋面則更廣，有對翻譯歷史的評論，有對詩歌翻譯的判斷，有對翻譯策略的探討等等。

鄭延國最重視的錢老師譯學理論，是上面引文"打卡"的"化境說"和"反勝原作論"。關於"化境說"，錢鍾書這樣解釋：

> 文學翻譯的最高理想可以說是"化"。把作品從一國文字轉變成另一國文字，既能不因語文習慣的差異而露出生硬牽強的痕跡，又能完全保存原作的風味，那就算得入於"化境"。

這段話，本書第十三則引了；接下來，鄭兄做了詳盡的注釋、解說，補充了一些自己的觀點。關於"反勝原作論"，錢鍾書以實際例子來詮釋，茲引述如下：

Edward Fitzgerald英譯波斯醹醅雅（*Rub àiy àt*）、頌酒之名篇也、第十二章云、坐樹蔭下、得少麵包、酒一甌、詩一卷、有美一人如卿者為侶（and thou）、雖曠野乎、可作天堂觀、為世傳誦、比有波斯人A.G.E' Tessam-Zadeh譯此雅為法語、頗稱信達、初無英譯本爾許語、一章云、倘得少酒、一清歌妙舞者、一女便娟、席草臨流、便作極樂園主想、不畏地獄諸苦惱耳、又一章云、有麵包一方、羊一肩、酒一甌、更得美姝偕焉、即處荒煙蔓草而南面王不與易也（Vaux mieux que d'un empire être le Souverain）、乃知英譯剪裁二章為一、反勝原作……。

才高超過八斗，通曉七種語言的博學鴻儒錢鍾書，一言足為天下釋；以上舉例析評"反勝原作"的譯文，頗為詳盡，實在難得，我當然要儘量引錄。

鄭延國有如"魚虎"（kingfisher），金睛火眼在錢著的文字水域中搜尋，一發現獵物，就啄而獲之，得魚獲如采明珠，如拾翠羽，珍而重之，一一注而釋之。漢朝的鄭康成箋釋儒家經典，當代的鄭延國箋釋錢鍾書的譯學金句。我們的錢學"鄭箋"（鄭延國是鄭康成的後裔？）如何精到地運作，讀者諸君請開卷暢讀。

論嚴復"信達雅"："信"一足矣

中國現代的翻譯理論，以嚴復的"信達雅"譯事三難説最受重視；其説影響深遠，詮釋者極眾。我對嚴復的説法很有保留，認為"信達雅"三者之中，"信"一足矣，最多可加上"達"。此話怎講？請聽我道來：如果原文的長句繁複夾纏，而譯者"忠信"地直譯，則必導致譯文難讀難懂，在這樣的情形，我們可運用余光中的拆解重組法，來對付原文，務使譯文暢達易解；這樣的譯文意思是"通達"了，但對原文的句式而言，已違反了"信"的原則。至於"雅"，我認為這顯然是"蛇足"。原文修辭典麗優雅，譯文自然要"信實"地典麗優雅；原文用詞俚俗粗鄙，譯文如果顯得典麗優雅，如此則哪來的“信”呢？

1984年我發表《麗典可樂美酡露》一文，頗得譯界重視，多獲轉載。此文商榷嚴復的三難說，並指出翻譯之“雅”，可在一種特別的翻譯體現出來：把外文平平無奇的一詞片語，“雅譯”為音義俱佳的中文。我舉的諸多例子包括把Coca Cola翻譯為“可口可樂”，把reading room翻譯為“麗典室”，把酒名Mateus Rose翻譯為“美酡露”，如此等等。楊全紅教授青睞此文，把裡面的很多論點和實例，都引進他2009年出版的《高級翻譯十二講》一書。

我對這種“雅譯”興趣濃厚，近年發表幾篇譯論，繼續講這種“依音創義”的翻譯。對此我不禁沾沾自喜，以為對嚴復“雅”說的商榷、否定和轉化，饒有學術上的創意。現在閱讀鄭兄這本書稿，才知道自己淺陋，野人獻曝而已。錢鍾書對嚴復的“雅”說早有批評，本書引述錢氏以英文撰寫的A Chapter in the History of Chinese Translation一文（發表於*The China Critic*《中國評論週報》1934年第7期），文中錢鍾書稱：“What Yen Fu calls good style（譯文的“雅”的風格）is something ornamental and adventitious, something superadded and not organic to the matter of the original work.”這句話的意思是：嚴復所謂的“雅”是裝飾性的、偶發性的，是加添的，非原文本身的有機部分。錢鍾書舉列例子，滔滔論之；鄭延國同意錢說，認為“嚴復的‘雅’無疑是一種矯枉過正的做法”。一向仁厚為人為文的延國兄，秉持“同情理解”的態度，認為嚴復的“雅”說“是被他之前的不少翻譯家倒逼出來的，他本人何嘗不知。”（見本書第四則的解說）

“化境說”實踐範例及其品評

本書分上、下編，內容共有七十六則。上編七十一則為錢鍾書翻譯理論以及作者鄭延國的箋注，是書的主體。其中《林紓的翻譯》的內容最為豐富，鄭延國把這篇長文截為十五則，呈現並注釋錢氏譯論的種種閃亮觀點。每一則都有標題，光看標題，就知道涉及的翻譯理論有多廣有多深，多麼有"誘人"閱讀的趣味。我恨不得這裡一一寫下對錢論和鄭箋的點贊和心得。下編有五則，乃錢鍾書外譯中和中譯外的部分譯例以及鄭延國的品評。下編給予我的閱讀趣味同樣盎然，甚或有以過之。這百個譯例具見錢鍾書譯文之美，我們還可以把諸多譯例當作雋語格言來欣賞。試舉三例如下：

1. Next dreadful thing to a battle lost a battle won.（英國軍事家、政治家威靈頓語）

錢鍾書翻譯："戰敗最慘，而戰勝僅次之。"

2. You could not step into the same rivers, for other waters are ever flowing on to you; / Into the same rivers we step and do not step; we are and are not.（古希臘哲學家語）

錢鍾書翻譯："重涉已異舊水，亦喪故我；我是昔人而非昔人，水是此河而非此河。"

3. Whom every thing becomes , to chide , to laugh. / To weep; whose every passion fully strives / To make itself , in thee, fair and admired.（出自莎士比亞《安東尼與克莉奧佛特拉》）

錢鍾書翻譯："嗔罵，嘻笑，啼泣，各態咸宜，七情能生百媚。"

對著以上譯例，鄭延國評曰：

原文不是蘊含哲理的雋語，便是抒發情感的秀句，均源于名家高手的筆下，吟誦一過，頓覺其味無窮，沁人肺腑。這樣的原文無疑應從譯"味"處發筆，以重新創作的方式再現原文的意味。基於此，錢鍾書揮斤運斧，果然將原文翻轉得跌宕多姿，井然有致。原文深刻的寓意無不在新的表達方式中被闡發得纖毫畢肖，淋漓盡致。如例3將Whom every thing becomes ,… whose every passion fully strives / To make itself , in thee, fair and admired簡化作"各態咸宜，七情能生百媚"……真可謂"超以象外，得其環中"，譯文輕清婉轉，玉潤珠圓，甚至"漢化"至極，但與原文一一比對，又令人覺得無一字無來歷，完全達到了錢鍾書自己的說法，即"把作品從一國文字轉變成另一國文字，既能不因語文習慣的差異而露出生硬牽強的痕跡，又能完全保存原有的風味，那就算得入於'化境'"，"換句話説，譯本對原作應該忠實得以至於讀起來不像譯本，因為作品在原文裡決不會讀起來像翻譯出來的東西。"

錢鍾書"化境説"的實踐範例，這裡得到了精當的品評。

集片片翠羽而成孔雀裘

鄭延國這本書，是窮年累月銖積寸累、真積力久的成果。他是英語系的教授，而家學淵源加上聰穎勤奮，中國文學底子深厚，寫起文章來東征西引，議論得心應手，文筆則洗練暢麗，很多則的解説可當作學術小品來欣賞。

我與延國兄是通過錢鍾書而認識而交往的：2019年5月溫州之會，是翻譯的研討會，討論的重點是錢鍾書的翻譯。研討會附設新書發佈會，發表的是研討會主人楊全紅的《錢鍾書譯論譯藝研究》，楊著由其博士論文大加修訂而成。他花了"九牛二虎"之力，才完成博論；再經過多年增益"打磨"，才竟全功而有本書。此書對錢氏譯論和譯藝的論述，全面而精彩；我欽佩之餘，寫了書評大力推薦。現在我也要大力推薦鄭延國這本大著，兩本書都是錢學分支譯學的必備讀物。

錢鍾書是文化昆侖，是文化英雄，錢學已成顯學。錢鍾書的博厚著作，不見得沒有敗筆，其翻譯不見得沒有瑕疵——《文心雕龍》的《指瑕》篇謂"古來文才……鮮無瑕病";我曾有《錢鍾書偶爾也會'打瞌睡'》一文(載於《南方週末》22年9月1日)，指出對濟慈（John Keats）一個語句的誤譯；但其譯論與譯作已是中國現代譯學極為重要的組成部分。鄭延國在本書中引翻譯家羅新璋的話："有文章稱，不懂錢鍾書，是國人的悲哀；同樣，不識錢氏譯藝談，也是譯界的不幸。錢氏的譯論與譯文，以少少勝多多，值得我們認真研究，舉一反三。"若非令人頂禮佩服，鄭延國不會花費巨大心力氣力撰寫此書。

現代中國深受西方強勢文化影響，西方譯學理論家如J.C. Catford和Eugene Nida等人的學説多獲國人採納。西方的文化藝術理論往往術語繁多、分析入微，有把理論科學化的現象。科學化自有其好處，但翻譯説到最後是藝術多於技術；翻譯的佳妙往往存乎一心，也感乎一心。錢鍾書的翻譯論評可鞭辟入裡，其理論則可大而化之，“化境説”正如此。

説回楊、鄭二書，它們各有千秋。楊全紅是“蜜蜂”，採集相關錢學或非錢學資料，可説“無花不采，吮英咀華”；採集後分綱析目，建構一幅蜂蜜品類系統圖，讓觀者得覽其蜂蜜體系。鄭延國的取徑不同，他是孔雀翠羽的序列人，雀屏的一枚枚翠羽依序排列，開屏時壯觀，片片枚枚的翠羽編織成錦裘時厘然有序，讓觀者把孔雀裘的燦麗紋理看個一清二楚。有詩為證：

吉光片羽灑錢翁，譯學中華自紀功。
延國先生搜釋遍，成書勝義鬱蔥蘢。

2023 年 2 月 20 日，深圳福田

前　言

錢鍾書，作為學術大家，對翻譯亦格外關注。他的翻譯“化境”論在譯界已成絕響，被眾多譯者奉為至高無上的圭臬。其實，錢鍾書的翻譯論述或曰翻譯理論遠不止此一項。筆者在其《談藝錄》、《管錐編》、《七綴集》、《寫在人生邊上》、《寫在人生邊上的邊上》、《槐聚詩存》、《人・獸・鬼》以及《錢鍾書英文文集》等著述和書信之中爬梳剔抉，孜孜矻矻，經營多年，發現其中不乏閃光發亮的精彩翻譯理念，甚至還包括許多令人耳目為之一振的翻譯實例。面對這些紛至遝來的譯論與譯例，筆者不由得想起了中國社會科學院研究員、翻譯家羅新璋曾在《錢鍾書譯藝談》一文（載1990年第6期《中國翻譯》）中的說法：“有文章稱，不懂錢鍾書，是國人的悲哀；同樣，不識錢氏譯藝談，也是譯界的不幸。錢氏的譯論與譯文，以少少勝多多，值得我們認真研究，舉一反三。”羅氏是說，良有以也。

基於羅氏之說，筆者從錢鍾書的上述著述和書信之中擷出了幾乎其所有的翻譯論述和部分譯例，且按其寫作時間排列，務求彰顯其翻譯理念衍變的歷史軌跡。

為便於闡釋，對較長的錢鍾書翻譯論述進行了裁截，即分成若干小節單列。每小節論述均有一標題，或源於該小節中的相關詞語，或根據該節內容另擬。論述中原有的注釋，仍予以保留，或依附於小節之後，或換作夾註。

本書分上、下編。上編為錢鍾書三個不同時期的翻譯論述以及筆者的認知，是書的主體。下編系錢鍾書外譯中和中譯外的部分譯例以及筆者的品評。

寫作本書的目的，旨在張揚錢鍾書的翻譯理論。竊以為，如果廣大翻譯工作者，特別是高等院校翻譯專業的本科生、研究生，能在學習和研究西方翻譯理論的同時，將目光投向錢鍾書的翻譯理論，無疑可以從中獲益，進一步提升翻譯水平和對中國文化的自信。

筆者以本書的方式對錢鍾書的翻譯理論進行認知以及對錢鍾書翻譯實踐進行品評，無疑是研究錢鍾書的一種新嘗試，因此難免不足，期盼廣大讀者不吝賜教。

鄭延國謹識

2023 年 2 月

上編

錢鍾書翻譯理論

第一部分

錢鍾書早年翻譯理論

錢鍾書在這個時段，即從1932年到1948年，或曰從22歲到38歲，先後就讀於清華大學、任教于上海光華大學、留學于英國牛津大學、任教於地處湖南湘中的國立師範學院且任外文系系主任、任教于上海震旦女子文理學院和上海國立暨南大學。雖然求學和教學繁忙，但仍然對包括翻譯在內的學術研究分外關注。

這一時期，他對翻譯所作的議論，涵蓋直譯、音譯，免譯性、抗譯性、翻譯標準、詩歌翻譯諸多方面。比如，在議及中詩英譯時，他主張“寧失之拘，毋失之放”，以求避免“遺神”、“失真”之不足。又比如,議及英詩中譯時，他認為譯者應當儘量遠離自己的創作風格，以免在原作與譯文之間產生“煙霧”隔閡，使譯語讀者看不見原文的“本來面目”。不過他也認為，善於剪裁的翻譯高手，有時候亦可令譯品“反勝原作”。竊以為，這種翻譯理念足可與其後來張揚的“化境”論相提並論，儼如兩座山峰，巍然屹立，交相輝映。尤其值得一提的是，錢鍾書居然在1934年，率先提出了“翻譯學”這一術語。而在西方，直到1972年，才有人提出，比錢鍾書整整晚了三十八年。

此外，錢鍾書對英人泰特勒“翻譯三原則”和嚴復“信達雅”進行的比較，尤其使人信服。這種比較不僅駁斥了“嚴復抄襲泰特勒”的不當說法，而且還恢復了又陵先生的清白。

一　寧失之拘，毋失之放

錢鍾書寫有《英譯千家詩》一文，發表在1932年11月14日《大公報》上，內稱：

舊日吾國啟蒙之書《老殘遊記》所謂三百千千者是也。中惟《三字經》有Giles英譯本，Brouner與Fung合撰《華語便讀》第五卷亦嘗注譯之，胥資西人學華語之用，無當大雅。《千家詩》則篇章美富，雖乏別裁之功，頗見鈔纂之廣。其中佳什名篇，出自大家手筆者，譯為英文，亦往往而有。然或則采自專集，或則本諸他家選本，均非據後村書也。前稅務督辦蔡君廷幹，近譯《千家詩》卷一、卷三所錄之詩都一百二十二首為英文韻語，名曰*Chinese Poems in English Rhyme*，由美國芝加哥大學出版部印行，定價美金三元五角。其譯例見自序以中文一字當英詩一foot或二syllable，故pentameter可等中國詩之五言，hexameter差比中國詩之七言。寧失之拘，毋失之放。雖執著附會，不免削足適履之譏，而其矜尚格律，雅可取法。向來譯者每譯歌行為無韻詩，衍絕句為長篇，頭面改易，迥異原作。蔡君乃能講究格式，其所立例，不必全是，然循例以求，不能讀中國詩者，尚可想像得其形式之彷彿，是亦差強人意者矣。至其遺神存貌，踐跡失真，斯又譯事之難，於詩為甚，未可獨苛論蔡氏焉。

（參觀《寫在人生邊上的邊上》第289頁，
生活·讀書·新知三聯書店2001年1月版）

1932年，錢鍾書就讀清華大學外文系（1929年秋考入）。

這一年，年逾七旬的蔡廷幹（1861–1935，廣東香山人，1871年由清政府選派赴美留學八年，回國後曾擔任晚清和民國北洋時期官員，晚歲退出政壇，專事學術）所譯中國四大啟蒙讀物之一《千家詩》，由美國芝加哥大學付梓。正在清華大學外文系就讀的錢鍾書立馬寫出一文，對譯文進行臧否。

錢鍾書認為蔡譯的長處是“矜尚格律”、“講究格式”，“以中文一字當英詩一foot或二syllable，故pentameter可等中國詩之五言，hexameter差比中國詩之七言”，從而可使“不能讀中國詩者，尚可相像得其形式之彷彿”。與那些“譯歌行為無韻詩，衍絕句為長篇，頭面改易，迥異原作”的譯詩相比，自然能夠“差強人意”。蔡譯的不足是“執著附會”、“削足適履”，甚或“遺神存貌，踐跡失真”。清華高材生並未因此而對留美長達八年之久的譯者進行任何調侃或諷刺，反倒寬宏地歎曰：“譯事之難，於詩為甚，未可獨苛論蔡氏焉”！

透過錢鍾書的這番高低評騭，人們可以感受出他的三點翻譯理念。一是應當以詩譯詩，二是譯詩應當有韻，三是譯者應當放膽翻譯，正所謂“寧失之拘，毋失之放”。

此外，錢鍾書在此文中亦旁及譯人Giles即英國漢學家翟理斯（1845–1935，所譯《三字經》於1873年公開出版）等人。其所譯中國四大啟蒙讀物之一的《三字經》以及有關“注譯”均屬“胥資西人學華語之用，無當大雅”。胥，全部也；資，提供也；無當，不符合也。

同樣值得一提的是錢鍾書對《千家詩》的原文版本進行過認真考證。坊間所見《千家詩》，其實有雙重版本，一是宋人劉克莊即“後村”版本，一是宋人謝枋得《重訂千家詩》和清人王相《五言千家詩》合集版本，即“專集”、“他家選本”。蔡廷幹英譯所據恰恰是後者，而“非據後村書也”。

錢鍾書文中所謂“三百千千”，指《三字經》、《百家姓》、《千字文》、《千家詩》，語出清末作家劉鶚（1857–1909，江蘇丹徒人）所著小說《老殘遊記》。

現不妨從蔡廷幹的英譯中拈出唐人孟浩然五言《春眠》與唐人楊巨源的七言《城東早春》原文與譯文：

春眠不覺曉，處處聞啼鳥。夜來風雨聲，花落知多少。

I slept on spring， unconscious of the dawn，
When songs of birds were heard on every lawn；
At night came sounds of rain and wind that blew，
How many a blossom fell there no one knew.

詩家清景在新春，綠柳纔黃半未勻。若待上林花似錦，出門俱是看花人。

The signs of early spring attract the poet's eye，

Ere willow's tender yellow turns greenish dye.

Nor will he wait till tender shrubs in splendor blow，

For then the crowd can also note the floral show.

將兩首譯詩細細對照原文比讀，人們可以發現，錢鍾書的翻譯評論堪稱切中肯綮，其翻譯理念更是發人深思。西諺云，a good beginning is half done（良好的開端，成功的一半）。錢鍾書的譯論後來之所以發展至巔峰，興許肇始於是。

二　藝術化翻譯

錢鍾書的《論不隔》，發表於1934年7月《學文月刊》第一卷第三期。裡面有這樣一段話：

偶然重翻開馬太·安諾德的《移譯荷馬論》(*On Translating Homer*)，意外的來了一個小發現。試看下面意譯的一節。

“枯兒立治（Coleridge）曾說過，神和人的融合，須要這樣才成——

這迷霧，障隔著人和神，

消溶為一片純潔的空明。

（Where'er the mist， which stands between God and thee.

Defecates to pure transparency.）

一篇好翻譯也具有上列的條件。在原作和譯文之間，不得障隔著煙霧，譯者自己的作風最容易造成煙霧，把原作籠罩住了，使讀者看不見本來面目。”（Arnold: *On translating Homer*,pp.10–11）

這道理是極平常的，只是那比喻來得巧妙。枯兒立治的兩句詩，寫的是神秘經驗；安諾德斷章取義，挪用為好翻譯的標準，一拍即合，真便宜了他！我們能不能索性擴大這兩句詩的應用範圍，作為一切好文學的標準呢？便記起王國維《人間詞話》所謂“不隔”了。多麼碰巧，這東西兩位批評家的不約而同！更妙的是王氏也用霧來作比喻："覺白石《念奴嬌》、《惜紅衣》二詞猶有隔霧看花之恨。""白石寫景之作，雖格韻高絕，然如霧裡看花，終隔一層。"安諾德的比喻是向枯兒立治詩中借來，王氏的比喻也是從別處移用的，杜甫《小寒食舟中作》云："老年花似霧中看"—在這一個小節上，兩家也十分相像。

這個小小的的巧合使我們觸悟了極重大的問題。恰像安諾德引那兩行詩來講藝術化的翻譯（translation as an art），所以王氏心目中的藝術是翻譯化的藝術（art as a translation），假使我們只從"不隔"說推測起來，而不顧王氏其他的理論。王氏其他的理論如"境界"說等都是藝術內容方面的問題，我們實在也不必顧到；只有"不隔"才純粹地屬於藝術外表或技巧方面的。在翻譯學裡，"不隔"的正面就是"達"，嚴復《天演論・緒例》所謂"信達雅"的"達"，（參觀Tytler: *Principles of Translation*，第一章所定第二原則）翻譯學裡"達"的標準推廣到一切藝術便變成了美學上所謂"傳達"說（theory of communication）——作者把所受的經驗，所認識的價值，用語言文字，或其他的媒介物來傳給讀者。

（參觀《寫在人生邊上的邊上》
第 94 頁，生活・讀書・新知三聯書店 2001 年 1 月版）

1934 年，錢鍾書擔任上海光華大學外文系講師。

將此節通讀一過，至少可以發現錢鍾書對翻譯說了六件事。

一是引進了西方人的翻譯理念即"不隔"，且將其視為"好翻譯的標準"。"隔"源于譯者，譯者將自己的風格化為一道煙霧，橫擋在原作者與譯語讀者之間，將原作者的風格"籠罩住了"。翻譯過程中唯有驅散這道煙霧，形成"不隔"，才能使翻譯成品達到"好"的標準。

二是率先提出了"翻譯學"這一理論術語，比荷蘭人霍姆斯（James S Holmes）1972 年提出的相對應術語 translation studies 早了整整三十八年。

三是從翻譯學的視角對"不隔"進行了闡釋，指出"'不隔'的正面就是'達'"，即嚴復"信達雅"中的"達"，與英人泰特勒

（Alexander Fraser Tytler，1747–1814，出生於蘇格蘭愛丁堡，曾任愛丁堡大學歷史教授）"翻譯三原則"中的"譯作風格和手法應和原作如出一轍（The style and manner of writing should be of the same character with that of the original.）"庶幾近之。

四是通過翻譯"不隔"和文學"不隔"的比較，推衍出翻譯是一門藝術即"藝術化的翻譯（translation as an art）"。

五是說明了翻譯學中的"達"標準與美學中的"傳達"論（theory of communication）之間的關聯，從而令人悟出，作者在文學作品中將自己的體驗、認知以及表現手法等等傳達給了讀者，那麼，譯者亦應將所有這一切全部傳達給譯語讀者。

六是身體力行，將安諾德《移譯荷馬論》中的一節"意譯"為中文，其中兩行詩的翻譯，即"這迷霧，障隔著人和神，消溶為一片純潔的空明。"無論是從"不隔"的標準，還是從"達"的標準來衡量，都不失為譯界一流秀物，堪稱爐火純青，文情並茂。

又"枯兒立治（Coleridge）"即先生後來所著《談藝錄》中提到的"柯勒律治"（Samuel Taylor Coleridge，1772–1834），系英國詩人和評論家，筆耕于十八世紀七十年代至十九世紀三十年代。安諾德（Matthew Arnold，1822–1888）與柯勒律治一樣，也是英國詩人和評論家，主要活躍在維多利亞時代即十九世紀二十年代至八十年代之間。

另，本節中錢鍾書提到的王國維（1877–1927，浙江海寧人）系近代著名學者。《人間詞話》為其所著。白石，即姜夔（1154–1221，江西鄱陽人），號白石道人，南宋文學家、音樂家。杜甫（712–770，河南鞏縣人），唐代偉大的現實主義詩人。《小寒食舟中作》全詩為：

佳辰強飲食猶寒，隱幾蕭條戴鶡冠。
春水船如天上坐，老年花似霧中看。
娟娟戲蝶過閑幔，片片輕鷗下急湍。
雲白山青萬餘里，愁看直北是長安。

三　嚴復的三條標準

錢鍾書以英文撰寫的A Chapter in the History of Chinese Translation一文發表於*The China Critic*（《中國評論週報》）1934年第7期。在是文中，錢鍾書稱：

But we must judge Yen Fu only by the standards he himself aimed at reaching. In the introductory remarks to his famous translation of *Evolution* and *Ethics*, he stated three things to be requisite in a good translation: fidelity, intelligibility, and polished style. His theory is that a translation to be good must (1)render faithfully the ideas of the original, (2)observe the usage of the native tongue so as to be readily understood by readers who cannot read the original, and (3)*in itself* possess high literary merits. He quoted Confucius to lend weight to the last point that "messages conveyed in plain and unadorned language have no lasting value." Judged in the light or darkness of his own theory, Yen Fu' s translations are beyond all doubt very good—indeed, too good to be good translations as we ordinarily understand them. The rub lies of course in the third point. If we apply the hackneyed antithesis of Form and Matter in art to this theory, we can see readily that the first point is concerned entirely with the matter of the original work—

"First Matter, all alone,
Before a rag of Form was on,"

the second with the form of the translation as fused with the matter of the original, and the third with form of translation pure and simple, irrespective of the matter. What Yen Fu calls good style is something ornamental and adventitious, something superadded and not organic to the matter of the original work. Its relation to the original matter is, to borrow the old simile, one of clothes to the body(and unfit clothes at that), not of skin to the flesh. This is not only a dangerous theory of translation but also a crude and vulgar conception of style. It should be taken to account for the world without end of perversions and travesties which we call translations only by courtesy. Thus, as a translator, Yen Fu is not altogether beneficial in his influence.

（參觀《錢鍾書英文文集》（*A Collection Of Qian Zhongshu's English Essays*）第 38 頁至第 39 頁，外語教學與研究出版社 2005 年 9 月第 1 版）

錢鍾書在上海光華大學外文系擔任講師期間，課餘常常為《中國評論週報》（*The China Critic*，1928–1946）寫稿。該刊系歸國留學生主持的英文週刊，致力於中國與世界之間的溝通與理解。首任主編為哈佛大學畢業生張歆海，接下來劉大鈞、桂中樞亦先後任主編，參與編輯的有潘光旦、全增嘏、林語堂、錢鍾書等。

在是文這一小節中，錢鍾書以英文分別對嚴復（1854–1921，福建侯官人，原名宗光，字又陵，後改名復，字幾道）所倡導的“信、達、雅”進行了三重闡釋。“信”的第一重闡釋為fidelity（忠實、確切），第二重闡釋為render faithfully the ideas of original（忠實並確切地譯出原文的思想），第三重闡釋為the first point is concerned entirely with the matter of the original work（完完全全關係到原文的內容）。

對“達”的闡釋亦複如此。首先是intelligibility（清晰、易懂），其次是observe the usage of the native tongue so as to be readily understood by readers who cannot read the original（遵循譯語的表達習慣，使不懂原文的讀者易於理解），複次是the second with the form of the translation as fused with the matter of the original（譯文的表述務求與原文的內容有機融合）。

至於“雅”，先是釋以polished style（經過潤飾的文體風格），再釋以*in itself* possess high literary merits（譯文本身具有高雅的行文優勢），之後尤釋以the third with form of translation pure and simple, irrespective of the matter（譯文形式必須純潔簡練，而不必顧及原文內容）。錢鍾書進一步指出，嚴復的“雅”是以孔子的“言之無文，行之不遠”的説法作為依託的。用這樣的標準形成的譯文儘管分外典雅，卻已遠遠超出人們通常理解的譯文範疇。真正的譯文應當是skin to the flesh（皮附於肉），而不是clothes to the body(and unfit clothes at that)，即不是或寬或緊的衣服裹身。殊不料，嚴復宣導的這個“雅”

標準，居然適得其反，導致了翻譯界without end of perversions and travesties which we call translations only by courtesy（沒完沒了的濫用與模仿，人們只能勉為其難地稱其為譯文）。如此以來，嚴復的聲譽自然也就打了幾分折扣。

四　"雅"是一種矯枉過正

錢鍾書在是文中接著稱：

Yen Fu' theory is historically important nonetheless for being critically unjustifiable. There were great Chinese translators before Yen Fu even as there were heroes before Agamemnon. But the great Buddhist translators of the third to the seventh century to a man neglected style in Yen Fu's sense of the word. They took care of sense of the original and to a great extent let the style of the translation take care of itself. They coined new phrases and expressions where the old might be ambiguous, and escaped ambiguity only at times to fall into obscurity and neologism. They all tried to be faithful to the original at any cost, and even the most literary among them did not take delight in style for its own sake. In their rigidity of attitude, they may be compared, with certain important reservations, to the Tudor translators of the sixteenth century England. There is a rawness and hardness about their translations, and their style has the delectable tartness and tang of a fresh apple. The first and second of Yen Fu's three standards were not unknown to our old translators; Yen Fu, being a more self-conscious artist, added the third to the list. The bareness and ruggedness of the Buddhists' style grated on a taste accustomed to richness and mellowness. He therefore labored at the style of his translation until it became "pretty" enough to give point to Bentley's *mot* on Pope's *Homer*.

（參觀《錢鍾書英文文集》（*A Collection Of Qian Zhongshu's English Essays*）
第 39 至第 40 頁，外語教學與研究出版社 2005 年 9 月第 1 版）

這一小節，錢鍾書闡述了三點。

第一點，強調嚴復的翻譯理念具有重要的歷史意義，但也受到了不公正的批評。第二點，指出中國許多有名氣的翻譯家，特別是三世紀到七世紀的佛經翻譯名家，全都未能像嚴復一樣，將譯文的文體風格提升到"雅"的水準。這些翻譯家看重的是原文的內容，至於譯文的文體風格則聽之任之。他們雖然也發明了一些新詞語、新表達方法替代過去那些模棱兩可、含糊不清的舊詞語、舊表達方法，但亦只能奏一時之效（They coined new phrases and expressions where the old might be ambiguous, and escaped ambiguity only at times to fall into obscurity and neologism）。換言之，這些翻譯家充其量只做到了嚴復三條標準中的第一、第二條，即"信、達"而已。

第三點，嚴復不失為一個具有獨立思考能力的藝術家。他在標舉翻譯"信達"的同時，又以驚人的膽識張揚翻譯非"雅"不可。之後，他身體力行，苦心孤詣地將自己的譯文進行反復打磨，直至譯文呈現出一道道美麗的光彩時，方才止筆（He therefore labored at the style of his translation until it became "pretty" enough）。

是節中，錢鍾書將中國古代的翻譯家與西方古代人物進行了比較。如將嚴復之前的翻譯家與古希臘邁錫尼國王阿伽門羅之前的英雄豪傑相提並論（There were great Chinese translators before Yen Fu even as there were heroes before Agamemnon）。

又如批評中國某些佛經翻譯者為了保存原文內容而強行硬譯的作法與英國十六世紀都鐸王朝譯者的運作如出一轍。（In their rigidity of attitude, they may be compared, with certain important reservations, to the Tudor translators of the sixteenth century England.）其特點是，譯文筆調粗率生硬（There is a rawness and hardness about their translations），讀起來，就像啃咬剛剛成熟的蘋果一樣，雖然很新鮮，卻有一種酸酸的味道（their style has the delectable tartness and tang of a fresh apple）。

再如評論嚴復通過慘澹經營將譯文錘煉成"典雅"程度的作法根本不可與英國詩人蒲柏翻譯荷馬史詩所作的那種"妙語"運作相提並論，因為英國古典學家本特利稱：蒲柏翻譯荷馬簡直就是"唯美翻譯，徹底篡改”。（He therefore labored at the style of his translation until it became “pretty” enough to give point to Bentley’s *mot* on Pope’s *Homer*.）。

嚴復的“雅”無疑是一種矯枉過正的做法，是被他之前的不少翻譯家倒逼出來的，他本人何嘗不知。所以，他在“《天演論》譯例言”中宣示：“譯文取明深義，故詞句之間，時有所顛倒附益，不斤斤於字比句次，而意義則不倍本文。題曰達旨，不云筆譯，取便發揮，實非正法。”其中，“附益”者，“增加、增益”之謂也；“倍”者，“違反、違背”之謂也。

五　吳汝綸是嚴復“雅”標準的推手

錢鍾書在是文中又稱：

Yen Fu’s view on translation naturally reminds us of Fitzgerald’s set forth in his letters regarding the version of Calderon; and Fitzgerald’s theory, as Mr. H. M. Paull points out, is itself an expansion of Dryden’s view in his *Prelaces* (see *Literary Ethics*, p. 308). Yen Fu, however, was not influenced by Dryden or the translator of *Omar Khayyam*, but by his older contemporary Wu Ju-lun(吳汝綸), the foremost educationist of his day and the Nestor of letters. Yen Fu looked upon him very much as a “philosopher, guide and friend,” and sought his advice in matters of translation. Wu Ju-lun’s advice can be read in a letter to Yen Fu now included in his prose works and curiously neglected by students. The most noteworthy passage in that letter is as follows: “You(Yen Fu) said: ‘The style should be refined of course. But in the original, there are expressions which are not of good taste and ought to be left untranslated to keep the style pure. Hence the dilemma: if I alter those expressions, I am not faithful to the original; if, on the other hand, I let them stand, I spoil the style of my translation.’ This is a difficulty indeed! My humble opinion is that you should rather be unfaithful to the original than unrefined in your style. Vulgarity in style is ungentlemanly.” So we see that Yen Fu had his doubts about the third point. It is Wu Ju-lun who gave him the courage of opinion. Being ignorant of foreign languages, Wu Ju-lun did not feel qualms in departing from the original; being a sedulous ape to prose masters, he naturally conceived of style as a kind of window-dressing or floor-polishing. Yen Fu carried out this advice to the letter in his version of *Evolution and Ethics*. From Wu Ju-lun' s enthusiastic foreword to that version we may quote another significant passage: "One can translate books only with such a style as Mr. Yen' s ⋯ . As a man of letters, Huxley is not a patch on our Tang and Sung prose masters, let alone Ssuma Ch' ien and Yang Yung. But once dressed up by Mr.Yen, Huxley' s book would not suffer much in comparison with our Pre-Chin philosophers. How important style is!"

（參觀《錢鍾書英文文集》（*A Collection Of Qian Zhongshu' s English Essays*）第 40 至第 41 頁，外語教學與研究出版社 2005 年 9 月第 1 版）

這一節提及了三個頗有知名度的外國人。一個是英國翻譯家菲茨傑拉德（Fitzgerald，1809–1883），一個是波斯詩人莪默·伽亞謨（Omar Khayyam，1050–1123），第三個是英國文學評論家德萊頓（Dryden，1631–1700）。菲茨傑拉德以翻譯莪默·伽亞謨的《魯拜集》（*Rub àiy àt*）而享譽英倫三島。此人的翻譯理念是德萊頓翻譯觀點的延伸（an expansion of Dryden' s view）。德萊頓標榜翻譯方法有三種，即直譯（metaphrase）、意譯（paraphrase）、擬作（imitation）。菲茨傑拉德譯莪默·伽亞謨《魯拜集》，無疑是三種方法的融合。其中擬作（imitation）當是最重要的殺手鐧。他模擬原詩，創造了一種新英語詩體：一首詩四行，每行五音步，第三行不押韻，堪稱與中國的五言絕句不謀而合。這中間是否隱藏著一段中學西漸的歷史，頗值得考證。

錢鍾書言之鑿鑿地告訴我們，嚴復的翻譯思想，既無德萊頓的痕跡，更與菲茨傑拉德沾不上邊（Yen Fu, however, was not influenced by Dryden or the translator of *Omar Khayyam*）。真正影響嚴復的是晚清文學家兼教育家吳汝綸（1840–1903，安徽桐城人）。這位同治四年（1865）的翰林年長嚴復十三歲。在嚴復的眼中，吳汝綸無異于"哲人、導師和知己”（philosopher, guide and friend）。嚴復曾就譯事求教于吳汝綸。吳復函稱：“來函示‘行文欲求爾雅，有不可闌入之字，改竄則失真，因任則傷潔’，此誠難事。鄙意與其傷潔，毋寧失真。凡瑣屑不足道事，不記何妨”（ You(Yen Fu) said: ‘The style should be refined of course. But in the original, there are expressions which are not of good taste and ought to be left untranslated to keep the style pure. Hence the dilemma: if I alter those expressions, I am not faithful to the original; if, on the other hand, I let them stand, I spoil the style of my translation.’ This is a difficulty indeed! My humble opinion is that you should rather be unfaithful to the original than unrefined in your style. Vulgarity in style is ungentlemanly.）。錢鍾書指出，吳汝綸的這些個説法宛如一種窗簾佈置或地板裝飾（as a kind of window-dressing or floor-polishing），由是更加堅定了嚴復譯文必“雅”的勇氣和信心。嚴復譯畢《天演論》後，請吳汝綸作序。吳大筆一揮，寫道：“自吾國之譯西書，未有能及嚴子者也。……然欲儕其書于太史氏、楊氏之列，吾知其難也；即欲儕之唐宋作者，吾亦知難也。嚴子一文之，而其書乃駸駸與晚周諸子相上下，然則文顧不重耶。”（One can translate books only with such a style as Mr. Yen’s ….As a man of letters, Huxley is not a patch on our Tang and Sung prose masters, let alone Ssuma Ch’ien and Yang Yung. But once dressed up by Mr.Yen, Huxley’s book would not suffer much in comparison with our Pre-Chin philosophers. How important style is!）在吳汝綸的眼中，赫胥黎（Huxley，1825–1895，博物學家，達爾文進化論最傑出代表）的文筆自然比不上中國唐、宋兩朝的散文大師，遑論司馬遷（公元前145–公元前90年，西漢時期史學家、文學家、思想家）和楊雄（公元前53–公元18，字子雲，四川成都人，西漢辭賦家、思想家）。殊不料，其原文經嚴復之手轉成中文之後，中國人一讀，便以為這位洋人的文采足可以與先秦諸子相頡頏了。譯文文筆風格之重要由此可睹一斑。

六　嚴復與泰特勒比較以及馬建忠的說法

錢鍾書在是文中尤稱：

It is therefore a mistake to say that Yen Fu derived his theory of translation from Alexander Fraser Tytler' s *Essay on the Principles of Translation*. Most likely Yen Fu had not even so much as heard of Tytler' s Essay. Like Yen Fu, Tytler divided his theory in *partes tres*: "I. That the translation should give a complete transcript of the ideas of the original work. II. That the style and manner of writing should be of the same character with that of the original.III. That the translation should have all the ease of original composition." Tytler' s third rule corresponds to Yen Fu' s second standard, while Tytler' s second rule is much less open to objection and more difficult to carry out than Yen Fu' s third. According to Tytler, the style of the translation should be imitative of that of the original and is not an independent growth like a fungus on a tree (See: Chapters V and VII of Tytler' s *Essay*) . This conception is almost the polar opposite of Yen Fu' s. The nearest approach to Tytler' s theory in Chinese is perhaps the one advocated by Ma Chien-tsung(馬建忠), author of the famous *Chinese Grammar. The Chinese Grammar* has eclipsed Ma Chien-tsung' s other writings and we have all along ignored or been ignorant of his important contribution to the study of translation. In his collected prose writing (entitled "適可齋記言記行") there is an essay on translation whose general contention can be seen from the following quotation: "The translator must catch the spirit as well imitate the letter of the original with the result that the style of the translation is precisely that of the original without even a hair' s breadth of difference between them." This theory believes in "holding the mirror up" to the original and may be called the photographic theory of translation. It certainly marks a great advance upon Yen Fu' s view which insists on interposing a mist, as Arnold says of the translator of Homer, between his version and the original, although the mist may be a golden one through which even the most insignificant odds and ends loom up vague, formidable and clothed in lurid beauty.

（參觀《錢鍾書英文文集》（*A Collection Of Qian Zhongshu' s English Essays*）第 41 至第 42 頁，外語教學與研究出版社 2005 年 9 月第 1 版）

這一節有兩大亮點。第一個亮點是撇清了所謂嚴復"信、達、雅"源於甚至是抄襲英國人泰特勒"翻譯三原則"的說法。第二個亮點是張揚了清代外交家兼學者馬建忠的翻譯理念。

泰特勒於1790年出版《論翻譯的原則》一書，內中提出"翻譯三原則"，即：一、譯作應完全複寫出原作內容（That the translation should give a complete transcript of the ideas of the original work.）；二、譯作風格與手法應與原作具有同樣性質（That the style and manner of writing should be of the same character with that of the original.）；三、譯作應和原作一樣通順（That the translation should have all the ease of original composition.）。

錢鍾書認為，泰特勒的第三點與嚴復的第二點相當；至於泰特勒的第二點，很難做到，比起嚴復的第三點來，更難盡如人意。泰特勒在《論翻譯的原則》一書的第五章和第七章中用了一個比喻：樹幹上常常生長有樹菌，樹幹與樹菌是各自獨立的，而譯文風格與原文風格之間的關係完全不是這樣，它們必須一模一樣（the style of the translation should be imitative of that of the original and is not an independent growth like a fungus on a tree）。可見，泰的說法與嚴的主張正好扞格。在將泰、嚴二人進行比較時，錢鍾書還大膽揣測，說後者也許根本不知道前者有那麼一本論翻譯原則的皇皇巨著（Most likely Yen Fu had not even so much as heard of Tytler' s Essay）。既然如此，又談何後者抄襲前者呢。錢鍾書不止是撇清了兩者之間的干係，而且還將"信、達、雅"的"專利證書"堂而皇之地捧還給了又陵先生。

錢鍾書指出，在這一點上，中國的馬建忠（1864—1890，江蘇丹徒人，外交家，學者，著有《馬氏文通》）與英國的泰特勒倒是"英雄所見略同"。 馬建忠稱："一書到手，經營反復，確知其意旨之所在，而又摹寫其神情，彷彿其語氣，然後心悟神解，振筆而書，譯成之文，適如其所譯而止，而曾無毫髮出入其間。”（The translator must catch the spirit as well imitate the letter of the original with the result that the style of the translation is precisely that of the original without even a hair' s breadth of difference between them.）馬的論述表明翻譯彷彿持鏡照原文，或可稱之為翻譯攝像論（This theory believes in “holding the mirror up” to the original and may be called the photographic theory of translation.）。錢鍾書認為，這種觀點勝過嚴復的理念。嚴復的翻譯，就像阿諾德批評荷馬的譯者那樣，是在原文與譯文之間布了一道迷霧（interposing a mist）。也許迷霧是金色的，但格外細瑣、模糊、奇異，如同經過了過於豪華的包裝一樣（clothed in lurid beauty）。

阿諾德（Arnold，1822–1888），英國詩人，評論家，曾于1861年、1862年撰出《論翻譯荷馬作品》、《再論翻譯荷馬作品》兩文，在翻譯界影響頗大。

七　英譯剪裁反勝原作

錢鍾書1937年寫有《賦一首》，賦前有序。序與賦為：

Edward Fitzgerald 英譯波斯醹醅雅（*Rub àiy àt*）、頌酒之名篇也、第十二章云、坐樹蔭下、得少麵包、酒一甌、詩一卷、有美一人如卿者為侶（and thou）、雖曠野乎、可作天堂觀、為世傳誦、比有波斯人 A.G.E' Tessam-Zadeh 譯此雅為法語、頗稱信達、初無英譯本爾許語、一章云、倘得少酒、一清歌妙舞者、一女便娟、席草臨流、便作極樂園主想、不畏地獄諸苦惱耳、又一章云、有麵包一方、羊一肩、酒一甌、更得美姝偕焉、即處荒煙蔓草而南面王不與易也（Vaux mieux que d' un empire être le Souverain）、乃知英譯剪裁二章為一、反勝原作、因憶拉丁詩人 Lucretius 詠物性（De natura rerum）卷二謂哲人寡嗜欲、蔭樹臨溪、藉草以息、樂在其中、命意彷彿、微恨其於食色天性度外置之、則又如司馬談論墨家、所謂儉而難遵矣、余周妻何肉、免俗未能、於酒則竊學東坡短處、願以養昜之、戲賦　首

浪仙瘦句　和靖梅妻　病俗堪療　避俗可攜　葉濃數樹

水寒一溪　臨流茵草　樂無與齊　箪食瓢飲　餐菊采薇
飯顆苦瘦　胡不肉糜　黨家故事　折衷最宜　勿求酒美
願得羊肥　揣夢踏菜　莫醉爛泥　不臒不俗　吾與坡兮

（參觀《槐聚詩存》第 17 頁，生活・讀書・新知三聯書店 1995 年 3 月版）

1937年，錢鍾書公費留學英國牛津大學英文系的第二年。

他讀了英國翻譯家兼文學家愛得華・菲茨傑拉德（Edward Fitzgerald，1809–1883）英譯的四行詩集“*Rub àiy àt*”。“*Rub àiy àt*”由波斯著名詩人奧瑪・海亞姆（Omar Khayyam，1048–1123）以阿拉伯文寫就。錢鍾書對菲茨傑拉德英譯的第十二章饒有興致。接下來，他又讀了波斯人A.G.E' Tessam-Zadeh法譯的“*Rub àiy àt*”，這才發現菲茨傑拉德英譯的第十二章，竟然是由原文的兩章剪裁而成。

透過法譯，可以看出原文兩章中有酒、麵包、羊肉、舞者、美女，有野郊、草地、流水、煙霧，有原文作者視此情此境為“極樂園”以及“不畏地獄諸苦惱”、“南面王不與易”等感慨。法譯將凡此種種全盤譯出，錢鍾書贊之為“頗稱信達”。

英譯則不然，譯者大膽剪去羊肉、舞者、草地、流水、煙霧等物景，裁去“不畏地獄諸苦惱”、“南面王不與易”等感慨，僅保留酒、麵包、美女、野郊、極樂園，且將兩章合二而一，並添上樹木、詩卷、歌唱。錢鍾書通過對英譯和法譯的細細比讀，欣然得出“英譯剪裁二章為一、反勝原作”的結論。

錢鍾書的這一結論無疑彰顯了他的一種翻譯理念，即譯者若善於剪裁，可以使譯作勝過原作。換言之，這種理念似乎很貼近古代羅馬修辭學家兼翻譯家昆體良（Marcus Fabius Quintilianus，35–95）的“翻譯競賽論”。昆體良稱：“我所指的翻譯，並不僅僅指意譯，而且還指在表達同一意思上與原作搏鬥、競爭。”（譚載喜：《西方翻譯簡史》第22頁）但錢鍾書的譯本“反勝原作論”又不完全等同于“翻譯競賽論”。“翻譯競賽論”是一種主觀規約，是譯者的一種刻意追求。而譯本“反勝原作論”則只是一種客觀描述，是在既成事實的情況中得出的結論。在翻譯過程中，譯者其實並無心與原作者一爭高下，完全是在譯者的母語表達水準強於原作者的母語表達水準的情況下，順乎自然所致。

菲茨傑拉德英譯"*Rub àiy àt*"第十二章為：

A book of verses undermeath the bough,

A jug of wine, a loaf of bread—and thou

Beside me singing in the wilderness.

Oh, wilderness were paradise enow.

錢鍾書以精煉的語言對英譯進行了闡譯：

"坐樹蔭下、得少麵包、酒一甌、詩一卷、有美一人如卿者為侶、雖曠野乎、可作天堂觀"。私心以為，若錢公能在"如卿者為侶"後添"而謳歌"三字，或可更完善矣。

錢鍾書對"*Rub àiy àt*"的中譯不蹈襲前人"魯拜集"或"柔巴依"的譯法，而代之以"醹醅雅"。就讀音而言，酷似原文。就意義而言，"*Rub àiy àt*"本是"頌酒之名篇"，而錢鍾書譯名中的醹者，乃酒味醇厚也，醅者，乃醉飽也，雅者，乃高尚不俗也。彼此對照，可謂銖兩悉稱，相映生輝矣。

這一章不乏中譯，如郭沫若（1892–1978，四川樂山人，文學家，歷史學家，新詩奠基人之一）譯文：

樹蔭下放著一卷詩章，
一瓶葡萄美酒，一點乾糧，
有你在這荒原中傍我歡歌——
荒原呀，啊，便是天堂！

又如黃杲炘（1936年生人，上海譯文出版社編審，翻譯家）譯文：

在枝幹粗壯的樹下，一卷詩抄，
一大杯葡萄美酒，加一個麵包——
你也在我身旁，在荒野中歌唱——
啊，在荒野中，這天堂已夠美好！

筆者不揣冒昧，將第十二章英譯翻轉成中文如是：

一卷詩集映樹叢，

美酒甜食心上人，
伴我曠野輕聲唱，
此地便是天堂中。

不知譯界同仁能認可否。

極富聯想的錢鍾書，從翻譯學的視角對英、法兩種譯文進行評價之後，又從比較文學的視角展開了一番熱烈的議論。拉丁詩人Lucretius即Titus Lucretius Carus（約前99–約前55年），今譯提圖斯·盧克萊修·卡魯斯，系羅馬共和國末期詩人、哲學家。*De Rerum Natura*是他創作的哲理長詩，今譯《物性論》。是詩卷二中所寫與《魯拜集》即《醽醅雅》第十二章相仿，雖言置食色天性於度外，實則難達矣。恰如司馬遷之父司馬談（約前165–前110年）在其《論六家要旨》中所云"墨者儉而難遵"即墨家儉嗇而難以依遵。錢鍾書由是感歎自己亦如南北朝齊人周顒有妻，梁人何胤吃肉一般，學佛修行，時有所累，終難免俗。只能悄悄地以蘇東坡為榜樣，不時小口品嘗一下美酒而已。

錢鍾書賦中的"浪仙"指唐詩人賈島，"瘦句"出自"郊寒島瘦"。"和靖梅妻"指北宋詩人林逋隱居西湖孤山，終生不仕不娶，植梅養鶴，自稱以梅為妻，以鶴為子。"簞食瓢飲"出自《論語·雍也》。以一竹筐飯一瓢湯度日，喻生活安於清貧。"餐菊"源於屈原《離騷》："朝飲木蘭之墜露兮，夕餐秋菊之落英"。"采薇"出自《詩經》："采薇采薇，薇亦作止"即豆苗采了又采，薇菜剛從地面露出，亦喻生活之拮据。"飯顆"指離長安不遠的飯顆山。李白《戲贈杜甫》："飯顆山頭逢杜甫，頂戴笠子日卓午。借問別來太瘦生，總為從前作詩苦"。"瘦生"即瘦弱。"胡不肉糜"指西晉惠帝司馬衷語："老百姓既無飯吃，何不食肉糜？"肉糜，肉粥也。"黨家故事"源于明代陳繼儒《辟寒部》卷一：陶穀妾，本黨進家姬，一日下雪，穀命取雪水煎茶，問之曰："黨家有此景？"對曰："彼粗人，安識此景？但能知銷金帳下，淺斟低唱，飲羊羔美酒耳。"後因以"黨家"比喻粗俗的富豪人家。"願得羊肥 拚蔘踏菜"語出三國魏人邯鄲淳《笑林》：有人常食蔬茹，忽食羊肉，夢五臟神曰："羊踏菜園！"喻慣吃蔬菜的人偶食葷腥美食。"不臒不俗"中的"臒"，指清瘦。

錢鍾書是賦可謂融中西典故於一體，道出了自己的生活追求。賦中所蘊含的中外文化知識折射出年紀輕輕的錢鍾書學識之淵博，實非同齡人可比肩。曩日如是，今朝更難望其項背矣。

八　免譯性、抗譯性

錢鍾書撰有《中國詩和中國畫》一文，載1940年2月《國師季刊》第六期），內（含注釋⑲、⑳、㉑）稱：

西洋文評家談論中國詩時，往往彷彿是在鑒賞中國畫。例如有人說，中國古詩"空靈"（intangible）、"清淡"（light）、"含蓄"（suggestive），在西洋詩裡，最接近韋爾蘭（Verlain）⑲。另一人說，中國古詩簡約雋永，韋爾蘭的《詩法》算得中國文學裡傳統原則的定義（taken as the definition of the principle of Chinese literary tradition）⑳。還有人說，中國古詩抒情，從不明說，全憑暗示（lyrical emotion is nowhere expressed but only suggested），不激動，不狂熱，很少詞藻、形容詞和比喻（no excitement, no ecstasy, little or no rhetoric, few adjectives and very few metaphors or similes），歌德、海涅、哈代等的小詩偶有中國詩的風味㉑。這些意見出於本世紀前期，然而到現在還似乎代表一般人的看法。透過翻譯而能那樣認識中國詩，很不容易。一方面也許證明中國詩的藝術高，活力強，它像人體有"自動免疫性"似的，也具備頑強的免譯性或抗譯性，經受得起好好歹歹的翻譯；一方面更表示這些批評家有藝術感覺和本土文學素養。

⑲ 斯屈來欠（Lytton Strachey）《一部詩選》（An Anthology），見《人物與評論》（*Characters and Commentaries*）153頁。

⑳ 麥卡錫（Desmond MacCarthy）《中國的理想》（The Chinese Ideal），見

《經驗》(*Experience*) 73頁。

㉑ 屈力韋林 (R.C.Trevelyan)《意外收穫》(*Windfalls*) 115–119頁。

（參觀《七綴集》修訂本第 14 頁，上海古籍出版社 1994 年 8 月版）

1940年是錢鍾書擔任國立師範學院即今之湖南師範大學前身外文系主任的第二年。該校當時設在湖南安化縣藍田鎮（今為湖南婁底市漣源一中校址）。

將是節文字通讀一過，可以發現西方文學批評家對中國古詩有這樣四個方面的認知。

一是中國古詩具有“空靈”、“清淡”、“含蓄”三種特色，與法國象徵派詩人魁首韋爾蘭即保爾·魏爾倫（Paul.Verlain，1844–1896）的詩風最為貼近。

二是中國古詩簡約、雋永，由此可見，韋爾蘭即保爾·魏爾倫的《詩法》與“中國文學裡傳統原則的定義”庶幾近之。

三是中國古詩的抒情，不明說、不激動、不狂熱、全憑暗示，吝於比喻和詞藻，尤以形容詞少見。

四是中國古詩的風味可以在德國人歌德、海涅和英國人哈代等的小詩中偶然窺見。

顯而易見，他們的這些認知是通過閱讀中國古詩的西方語言譯文而獲取的。在錢鍾書的眼中，西方文學批評家“能那樣認識中國詩，很不容易”。

西方文學批評家這四個方面的認知無疑凸顯出他們既具有“藝術感覺”，又不乏“本土文學素養”。尤有甚者，他們對中國古詩進行的認知，多是以本土文學素養為依託。所以，中國古詩和西方《詩法》形成了一脈相承的傳遞關係，中國古代詩人和西方詩人變成了心照不宣的知心朋友。這些並不全面的認知，恰恰源於中國古詩“藝術高，活力強，它像人體有‘自動免疫性’似的，也具備頑強的免譯性或抗譯性，經受得起好好歹歹的翻譯”。

不難發現，“好好歹歹的翻譯”中既有直譯，也有意譯，或許還有改頭換面的重寫，但不管是哪種譯，都難以阻擋中國古詩“頑強的免譯性或抗譯性”，而具“有藝術感覺和本土文學素養”的西方批評家們，也總是能夠通過譯文對中國古詩產生比較多的正面認知，從而使包括歌德、海涅、哈代等在內的西方文人們對這些譯文情有獨鍾，並時不時地寫出偶有中國詩風味的小詩。

比如，英國漢學家W.J.B.Fletcher（1879–1933）曾將杜甫《登高》頸聯“萬里悲秋常作客，百年多病獨登臺”英譯為：

From far away, in Autumn drear,
I find myself a stranger here.
With dragging years and illness wage
Lone war upon this lofty stage.

譯詩雖然與宋人羅大經對此聯的解讀即“杜陵詩云：‘萬里悲秋常作客，百年多病獨登臺。’蓋萬里，地之遠也；秋，時之慘淒也；作客，羈旅也；常作客，久旅也；百年，齒暮也；多病，衰疾也；高臺，迥處也；獨登臺，無親朋也。十四字之間含八意而對偶又精確”相去甚遠，但毋庸置疑，睿智的西方文人仍然可以從譯詩中體味出原作者的淒涼與悲傷，竟至“同病相憐”，揮毫寫出自己胸中的壘塊。

九　媒者、楊梅和融貫

錢鍾書撰寫的《談中國詩》一文，發表在1945年12月26、27日《大公報》上，其中有三句話：

翻譯者的藝術曾被比於做媒者的刁滑，因為他把作者的美麗半遮半露來引起你讀原文的欲望。

翻譯祇像開水煮過的楊梅，不夠味道。

龐特（Ezra Pound）先生大膽地把翻譯和創作融貫，根據中國詩的藍本來寫他自己的篇什，例如他的《契丹集》（*Cathay*）。

（參觀《寫在人生邊上的邊上》第52、53、54頁，生活·讀書·新知三聯書店2001年1月版）

1945年，錢鍾書擔任上海震旦大學女子文理學院教授。

十分明顯，這三段話道出了錢鍾書的四種翻譯理念。第一，譯者好比做媒的人；第二，譯作只是翻譯了原文的一半即“半露”，另一半則處於“半遮”的狀態；第三，譯作是變了味的物質；第四，翻譯和創作有時糾纏一起，難分彼此。

媒人，婚姻嫁娶中的牽線人、擺渡者，生就一張利嘴。錢鍾書以“刁滑”二字勾勒出了這種人的職業特點。譯者既然被比作媒人，自然具有媒人的特點。然而睿智的錢鍾書卻用“藝術”二字替代了“刁滑”，可謂化貶低為褒揚。

媒人會說話，明明是三分人才，可以被媒人說成是十分；明明是略有姿色，可以被媒人說成是美若天仙。譯者善表達，原文可能是一朵鮮花，譯文說不定就是萬紫千紅；原文是抿嘴一笑，譯文很可能就是開懷大笑。做媒的目的是撮合男女雙方迫不及待的拜堂成親進入洞房，至於挑開紅紗巾兩人對視之後是否為帥哥靚女，媒人就不管了。譯者翻譯的目的則是催化譯語讀者儘快接觸原文，自己去尋找那“半遮”的一面，至於找不找得著，譯者就不管了。錢鍾書的這種比喻或可源於德國人歌德等的說法，但由於有了對譯人與媒人職業身份特點相仿的界定，其蘊含的意義似乎可以淩轢古賢。

譯作彷佛是變味物質的比喻，率先提出者當數中國晉代的道安，他在《比丘大戒序》中稱：“將來學者審欲求先聖雅言者，宜詳覽焉：諸出為秦言，便約不煩者，皆葡萄酒之被水者也”。道安認為，刪繁就簡的佛經翻譯，就如同兑了水的葡萄酒一樣。接下來，比道安年輕三十歲的鳩摩羅什亦步其後塵，提出了這樣的比喻：“改梵為秦，失其藻蔚，雖得大意，殊隔文體，有似嚼飯與人，非徒失味，乃令嘔噦也。”此語出自《出三藏記集》卷十四《鳩摩羅什傳》。羅什的意思是沒有了詞美音美的佛經翻譯，就如同將飯嚼碎之後再喂給人吃，其味盡失，甚至令人嘔吐。轉至宋代，釋道朗在《大涅盤經序》中曰：“隨意增損，雜以世語，緣使違失本正，如乳之投水。”道朗的說法，與葡萄酒兑水的比喻幾乎雷同，乳汁加水，葡萄酒兑水，量雖增，而質卻損矣。

錢鍾書別出心裁，將翻譯比作“開水煮過的楊梅”。楊梅原本是可直接食用，味道可口，止渴生津的美味佳品。倘若投入水中煮沸，豈可與新鮮的楊梅同日而語。經過譯者一番倒騰翻轉形成的譯文，儼如“開水煮過的楊梅”，已經失去了原文的原汁原味，充其量保留了原文的部分內容而已，其形式特色、音韻優勢均流失殆盡，換言之，即原文的音、形、意三面構架在譯文中僅僅被換成了一個單面，而且還不完整。

美國人龐特，又被譯作龐德（Ezra Pound，1885–1972，詩人、評論家）曾對美籍西班牙人費諾羅薩（1853–1905，曾任日本東京大學哲學教授）從日本人學習中國古詩的筆記進行過整理。他將其中十九首古詩轉換成為英文，並冠以*Cathay*的書名，1915年在倫敦出版。錢鍾書指出他的這種轉換實際上是融翻譯和創作于一體，“大膽地”以中國詩文為藍本“來寫他自己的篇什”。

且看其所譯李白《送友人》前四句“青山橫北郭，白水繞東城。此地一為別，孤蓬萬里征”的英文譯文：

Blue mountains to the north of the walls,
White river winding about them;
Here we must make separation
And go out through a thousand miles of dead grass.

將原文和譯文細加比照，可知龐德的確是“大膽地把翻譯和創作融貫”。透過錢鍾書議論龐德的語氣，可以揣測，他是認同龐德的做法的。

又*Cathay*先後被譯為《華夏集》、《神州集》或《中國詩集》。錢鍾書將其譯作《契丹集》。契丹即中國也。馬可波羅、利瑪竇均作如是說，時至今日，俄羅斯、希臘、土耳其、伊朗等十國亦沿此說法。錢鍾書的譯法分明昭示，他和龐德是心心相印的，即總是要手下別有爐錘，不斷追求新的表達方式而自成機杼。

一〇　直譯、音譯

錢鍾書創作的短篇小説《靈感》，收入《人・獸・鬼》，上海開明書店1946年6月初版。其中有一段話：

作者解釋道："我只翻譯，不再創作，這樣總可以減少殺生的機會。我直譯原文，決不意譯，免得失掉原書的生氣，吃外國官司。比如美國的時髦小説*Gone With the Wind*，我一定忠實地翻作'中風狂走'—請注意，'狂走'把'Gone'字的聲音和意義都傳達出來了！但丁的名作，我翻作'老天爺開玩笑'。每逢我譯不出來的地方，我按照'幽默'、'羅曼諦克'、'奧伏赫變'等有名的例子，採取音譯，讓讀者如讀原文，原書人物的生命可以在譯文裡人壽保險了。"

（參觀《人・獸・鬼》，第 88 頁，生活・讀書・新知三聯書店 2002 年 5 月版）

1946年，錢鍾書任國立中央圖書館編纂、上海國立暨南大學外文系教授。

《靈感》系錢鍾書創作的短篇小説，他藉小説人物之口，揭示或調侃時人的某些翻譯觀點：一是以直譯代替意譯，二是以音譯代替意譯。為什麼要直譯？根據小説人物"作者"的解釋，乃是因為直譯可以"免得失掉原書的生氣"。小説人物"作者"以漢譯美國女作家瑪格麗特・米切爾（Margaret Mitchell，1900–1949）的長篇小説書名*Gone With the Wind*為例，提出譯為"中風狂走"最"忠實"，尤其是"狂走"二字，把Gone的音和意都傳達出來了。小説人物"作者"還以漢譯意大利詩人但丁（Dante Alighieri，1263–1321）的長詩標題*Divina Commedia*為例，鼓吹譯為"老天爺開玩笑"。

眾所周知，*Gone With the Wind*這個書名是女作家從英國詩人思斯特・道生（Ernest Christopher Dowson）的長詩*Cynara*（《辛娜拉》）中借來的，意思是"隨風飄逝"或者"隨風而去"。當年傅東華（1893–1971，浙江金華人）譯為《飄》，堪稱最為中肯。又但丁的長詩*Divina Commedia*，按字面意思當譯為《神的喜劇》。該詩的首譯者錢稻孫（1887–1966，浙江吳興人），以文言楚辭體從意大利文本譯出前五章，詩題為《神曲一臠》。不久，王維克（1900–1952，江蘇金壇人）據意大利文本並參照法、英譯本將該詩譯出，詩題是《神曲》。如此譯法，當時均得到了學界的普遍認可。透過錢鍾書的評議，應該說，他對"中風狂走"、"老天爺開玩笑"一類的所謂蠻狠直譯是持否定態度的。

為什麼要音譯（transliteration）？根據小說人物"作者"的解釋，乃是因為在譯不出來的時候，"採取音譯"，不僅可以令讀者有如讀原文一樣的感受，而且能夠讓原書人物的生命在譯文裡與世長存。小說人物"作者"還用音譯名例"幽默"、"羅曼諦克"、"奧伏赫變"作為佐證，其中"奧伏赫變"系德語aufheben的音譯，意譯則為"揚棄"，哲學名詞，包含拋棄、發揚、和提高等意。從錢鍾書的解釋中，可以窺見其對音譯有肯定的一面，但對小說人物"作者"提供的音譯起因和結果至少是不褒揚的。"如讀原文"、"人壽保險"的幽默比喻，分明呈現出其對音譯的調侃和譏諷。

此外，從翻譯史的角度考察，音譯一法在中國可以上溯到唐代玄奘佛經翻譯中的"五不翻"做法。"五不翻"系指在遇到神秘語、多義詞、中文空缺的物名時，或已有約定俗成的音譯，或在開場佈道的場合，均以音譯的方法進行處理或者維持原來的音譯不變。比如"釋迦牟尼"，就不要意譯為"能仁"，因為這種譯法有可能令人感到其地位在孔子、周公之下。又比如，"般若"，亦不宜意譯為"智慧"，因為前者較為莊重，後者則有輕淺之嫌。不過時至今日，音譯的方法除科技詞語間或有之外，在文學作品翻譯中則日趨式微，竟至成為明日黃花了。

—— 喻新句貼

錢鍾書撰寫的（《談藝錄》一書，由上海開明書店1948年初版發行。內中有評嚴復語：

> 嚴幾道號西學鉅子，而《瘉野堂詩》詞律謹飭，安于故步；惟卷上《複太夷繼作論時文》一五古起語云："吾聞過縊門，相戒勿

言索”，喻新句貼。余嘗拈以質人，胥歎其運古入妙，必出子史，莫知其直譯西諺Il ne faut pas parler de corde dans la maison d'un pendu也。點化鎔鑄，真風爐日炭之手，非“喀司德”、“巴立門”、“玫瑰戰”、“薔薇兵”之類，恨全集祇此一例。

幾道本乏深湛之思，治西學亦求卑之無甚高論者，如斯賓塞、穆勒、赫胥黎輩；所譯之書，理不勝詞，斯乃識趣所囿也。

（參觀《談藝錄》補訂本第 24 頁，中華書局 1984 年 9 月版）

1948年，錢鍾書繼續擔任上海國立暨南大學外文系教授。

這兩小節文字是錢鍾書對嚴復翻譯的褒貶。嚴復譯書凡九種，涉及西方哲學、經濟、法律、政治等。錢鍾書從兩個層面對嚴氏的這些翻譯進行了評議，一是翻譯選題，二是翻譯質量。

就翻譯選題而言，錢鍾書認為嚴復“求卑之無甚高論者，如斯賓塞、穆勒、赫胥黎輩”。眾所周知，嚴復先後譯了赫胥黎（T.H.Huxley，1825–1895，達爾文進化論最傑出代表）的《天演論》（*Evolution and Ethics*），斯賓塞（H.Spencer，1820–1903，哲學家，社會學家）的《群學肄言》（*Study of Sociology*），穆勒（J.S.Mill，1806–1873，哲學家，心理學家，經濟學家）的《群己權界論》（*On Liberty*）和《名學》（*System of Logic*）。惜乎，在錢鍾書的眼中，這些人當時在西方都算不上第一流的思想大家。嚴復翻譯選題何以若此？才氣橫溢的錢鍾書毫不客氣地指出，其源蓋出於嚴復“本乏深湛之思”。

就翻譯質量而言，錢鍾書指責嚴復“所譯之書，理不勝詞”，即譯文用詞遣字雖好，而論述卻有欠暢達。錢鍾書認為造成這種結果的根本原因乃是由於嚴復為“識趣所囿”。識者，見識也；趣者，志趣也；囿者，局限也。

嚴復好寫詩，有《愈野堂詩集》二卷行世。嚴復曾時不時地以外國譯音名詞或典故入詩。如“喀司德”、“巴立門”、“玫瑰戰”、“薔薇兵”等。“喀司德”，一地名譯音；“巴立門”，parliament即國會的譯音。“玫瑰戰”和“薔薇兵”說的是十五世紀英國兩個家族為爭奪王位而發生的戰爭，由於其中一個家族以薔薇作為佩戴標誌，另一個家族以玫瑰作為佩戴標誌，故有此譯。對於將諸如此類的譯詞塞入詩中的作法，錢鍾書是不以為然的。

嚴復有一首題為《複太夷繼作論時文》的五言詩，首二句為“吾聞過縊門，相戒勿言索”。不知底細的人，滿以為此二句源於中國古籍。殊不料這是西方英法等國通用的一句諺語，其法語為Il ne faut pas parler de corde dans la maison d' un pendu。譯成現代漢語便是“他不在縊死過人的屋子裡隨意提起繩索”。睿智的嚴復將其譯作“吾聞過縊門，相戒勿言索”。錢鍾書讀了之後，非常興奮，旋以“喻新句貼”贊之，而後深感意猶未足，便又補上“點化鎔鑄，真風爐日炭之手”十一字再次點贊。其中“風爐日炭”，意為自然熔化。令人遺憾的是，錢鍾書翻遍嚴詩上下卷，發現“衹此一例”。由是觀之，世間譯作汗牛充棟，真正能讓後人拍案叫絕的，或許如同鳳毛麟角一般。

一二　放諸四海

錢鍾書在《談藝錄》中複稱：

> 伊薩克斯（J.Isaacs）論當世英國詩派，開宗明義乃引十二世紀中國一批評家語，見*Contemporary Movements in European Literature*, ed. By William Rose & J.Isaacs.p.24.以為頗切今日。予按其文，即譯《滄浪詩話》中“近代諸公作奇特解會”一節；儀卿之書，洵足以放諸四海、俟諸百世者矣。
>
> （參觀《談藝錄》補訂本，第276頁，中華書局1984年9月版）

這節文字無疑披露了一樁翻譯歷史。

先對此節中提到的兩位人物“許慎”一番。一位是伊薩克斯(Jorge Isaacs,1837–1895)。他是哥倫比亞的著名詩人和作家。生於卡利城一富商兼莊園主家庭。先後在卡利、波帕揚、波哥大、倫敦受教育。1860年參加國內戰爭。後務農、經商，當過新聞記者、教員和議員，並在政界和外交界供職。一生坎坷，備受挫折。

伊薩克斯是波哥大頗有影響的文學團體“莫塞依克”的重要成員。1864年，他的第一部作品《詩集》由這個文學團體出版。作者以清新流暢的筆調描述他童年時在考卡河谷的印象和感受。1867年，出版小說《瑪麗婭》，在拉丁美洲風行一時，重版數十次，譯成多種文字。伊薩克斯還寫過近百首詩，毋庸置疑地受到過拜倫、雪萊、雨果、拉馬丁、繆塞等浪漫主義作家的影響。

另一位是“十二世紀中國一批評家”即“儀卿”，亦即嚴羽（1198–1264）。他是南宋後期的著名詩論家，字儀卿，一字丹邱，邵武（今屬福建）人。因其居於邵武樵川莒溪，與滄浪水合流處，故自稱“滄浪逋客”。

次說兩本書。一本是*Contemporary Movements in European Literature*，由伊薩克斯和威廉·羅斯（William Rose）共同編寫。

另一本是《滄浪詩話》，由儀卿即嚴羽撰著。全書分為《詩辨》《詩體》《詩法》《詩評》《考證》等五個部分。其系統性、理論性較強，在宋代最負盛名，且對後世影響最大。由是被後人譽作“一本中國古代詩歌理論和詩歌美學著作”。嚴羽亦好作詩詞，所作詩篇，留存下來的共一百四十六首，另詞二首。這些詩詞，有憂國傷時的作品，也有描述隱逸生活以及贈答的作品。

可能是在大英博物館的圖書館，也可能是在中國社會科學院的圖書館，錢鍾書認認真真地讀了*Contemporary Movements in European Literature*這部書。他發現在這部書的第24頁，有伊薩克斯、威廉·羅斯二人將一位中國人的話一段譯為英語，對“當世英國詩派”進行評論，“以為頗切今日”。錢鍾書細細吟詠這節譯文，發現原文竟是出自嚴羽《滄浪詩話》中“近代諸公作奇特解會”一節。錢鍾書無疑倍感興奮，由是歎曰：“儀卿之書，洵足以放諸四海、俟諸百世者矣”！“洵”者，誠然也，“俟”者，等待也。整句話的現代漢語版即是：嚴羽的這部《滄浪詩話》，完全能夠放之四海而皆準，流芳百世必成真！顯而易見，錢鍾書的《談藝錄》情形亦如是矣。

《滄浪詩話》中的“近代諸公作奇特解會”一節補全的話，當是：

"夫詩有別材，非關書也；詩有別趣，非關理也。然非多讀書、多窮理，則不能極其至，所謂不涉理路、不落言筌者，上也。詩者，吟詠情性也。盛唐諸人惟在興趣，羚羊掛角無跡可求。故其妙處透徹玲瓏不可湊泊，如空中之音、相中之色、水中之月、鏡中之象，言有盡而意無窮。近代諸公乃作奇特解會，遂以文字為詩，以才學為詩，以議論為詩，夫豈不工？終非古人之詩也。蓋於一唱三歎之音有所歉焉。且其作多務使事不問興致，用字必有來歷，押韻必有出處，讀之反復終篇，不知著到何在，其末流甚者，叫噪怒張，殊乖忠厚之風，殆以罵詈為詩，詩而至此可謂一厄也。"

當然無法讀到錢鍾書讀過的*Contemporary Movements in European Literature*第24頁，但筆者案頭正好有這段話的另外兩個英文譯本。其中一個譯本出自旅美華人學者劉若愚（1926–1986，原籍北京，美國斯坦福大學中國文學和比較文學教授）的筆下：

Poetry involves a separate kind of talent, which is not concerned with books; it involves a separate kind of meaning (ch' i), which is not concerned with principles (or reason,li).Yet unless one reads widely and investigates principles thoroughly, one will not be able to reach the ultimate.What is called "not touching the path of reason(li) nor falling into the trammel of words" is the best.Poetry is what sings of one' s emotion and nature.The poets of the High T' ang(8^{th}century) relied only on inspired feeling(hsing-ch' i), like the antelope that hangs by its horns, leaving no traces to be found.Therefore, the miraculousness of their poetry lies in its transparent luminosity, which cannot be pieced together; it is like sound in the air, color in appearances, the moon in water, or an image in the mirror; it has limited words but unlimited meaning. As for recent gentlemen, they come up with strange interpretations and understandings (of poetory); and so they take (mere) words as poetry, take talent and learning as poetry, take discussions as poetry.Not that their poetry is unskillful,but it is after all not the poetry of the ancients, because it lacks "the music that one man sings and three men echo" . Moreover, in their works they must use many allusions, but pay no attention to inspired moods(hsing-chih); every word they use must have a source, every rhyme they employ must have a precedent. When you read them over and over again from beginning to end, you don' t know what they are aiming at. The worst of them even scream and growl, which is much against the principle of magnanimity.They are practically taking abusive language as poetry.When poetry has reached such a state, it can be called a disaster.（譯文源于劉若愚《中國文學理論》第58至59頁，江蘇教育出版社2006年2月第一版）

另一個譯本則是源于美國哈佛大學教授宇文所安（Stephen Owen，1946–，出生於美國密蘇里州聖路易斯市，美國漢學家）的手筆：

Poetry involves a distinct material(材) that has nothing to do with books. Poetry involves a distinct interest(趣) that has nothing to do with natural principle(理).Still if you don' t read extensively and learn all there is to know about natural principle, you can' t reach the highest level. But the very best involves what is known as "not getting onto the road of natural principle" and "not falling into the trap of words".

Poetry is "to sing what is in the heart". In the stirring and excitement(興–趣)of their poetry, the High Tang writers were those antelopes that hang by their horns, leaving no tracks to be followed. Where they are subtle (妙), there is a limpid and sparking quality that can never be quite fixed and determined-like tones in the empty air, or color in a face, or moonlight in the water, or an image(象)in a mirror—the words are exhausted, but the meaning is never exhausted.

The writers of recent times show a forced clevemess in their understanding; they make poetry out of mere writing, they make poetry out of mere learning, they make poetry out of discursive argument. Of course, such poetry is good in the sense of being well-wrought, but it is not the poetry of the older writers. It may well be that there is something lacking in the tones(音)

of their work, that quality which, "when one person sings, three join in harmony." In their writing, they often fell obliged to make references(事) with no regard to stirring and excitement(興-趣); they fell that whatever words they use must have a tradition of previous usage and that the rhymes they choose must have a source in some earlier text. When you read such poems and reflected on them as a whole, you have no idea what they are getting at. The last and least of such poets rant and rave extravagantly, completely at odds with the poetic tradition(風)of courtesy and generosity, even to the point where they make poetry out of snarling insults.When poetry reaches this level, we may consider it to be in grave danger.（譯文源于宇文所安《中國文論：英譯與評論》第444至446頁，上海社會科學出版社2003年1月第一版）

兩位譯者都有自己的翻譯理念。宇文所安的理念是"多數情況下，我寧可取表面笨拙的譯文，以便能讓英文讀者看出一點中文原文的模樣。"（語出其《中國文論：英譯與評論》"導言"）劉若愚的理念則是"我的翻譯力求意義的準確與明瞭，不在文字的優美，雖然我對反映出原文的風格與語調也盡了些努力。"（語出其《中國文學理論》"原序"）

不懂中文的西方讀者，讀了宇文所安、劉若愚的英文譯文，自然能從譯文的字裡行間讀出這位了不起的中國宋代詩歌評論家的一些觀點。而作為中國讀者，將嚴儀卿的原文和兩種英文譯文細細比讀之後，則一方面會毫不猶豫地贊同錢鍾書的"儀卿之書，洵足以放諸四海、俟諸百世者矣"的感歎，另一方面也會對宇文所安和劉若愚這兩位譯者，甚至包括對伊薩克斯和威廉・羅斯這兩位率先譯出嚴羽文字的學人表示由衷的感謝，感謝他們對中國文化的看重和傳播。

第二部分

錢鍾書中期翻譯理論

這一時期，錢鍾書供職於中國科學院哲學社會科學部文學研究所古典文學組，主要負責《毛澤東選集》英譯、《毛澤東詩詞》英譯的定稿和潤飾。

1963年至1965年，年逾五旬的錢鍾書先後做了兩件與翻譯有關的事。這兩件事，特別是第一件事，體現了錢鍾書的翻譯理念較其早期有了更深入的發展，竟不妨說達到了一個嶄新的高度。

這第一件事便是寫了一篇三萬字的長文《林紓的翻譯》。是文中，錢鍾書旗幟鮮明地亮出了自己的翻譯主張，即“化境”論。這個理論一經提出，便以“一石激起千層浪”的態勢，在翻譯界引起了極大的反響。錢鍾書在是文中，對翻譯中“誘”（或曰“媒”）、“化”、“訛”三者之間的辯證關係進行了深刻的分析，解碼出翻譯的過程實質上就是一個引誘、求化、避訛的過程。這種理念可謂躍出樊籬，別開新宇，極大地拓寬了翻譯研究的視野。是文還對林紓的譯文進行了評價，堪稱鞭辟入裡，客觀中肯，令人折服。另外值得一提的是，文中錢鍾書以林紓譯英人哈葛德為例，指出林紓的譯文“大體上比哈葛德的明爽輕快”，且引申出“譯者運用‘歸宿語言’的本領超過作者運用‘出發語言’的本領，或譯本在文筆上優於原作，都有可能性。”這種說法無疑是他對自己於1937年提出的譯文“反勝原作”理念的發展或曰衍變。

第二件事是寫了一首七律《喜得海夫書並言譯書事》。在這首詩中，錢鍾書對前人翻譯佛經時所標榜的“十條八備”給予了充分的肯定，同時鼓勵後人將這種理念發揚光大，在佛經翻譯之外的其他領域的翻譯中不斷策立新的貢獻。

一三 入於化境

錢鍾書於1963年3月寫作長文《林紓的翻譯》，刊發於1964年6月人民文學出版社《文學研究》第一冊。是文（含注釋①至⑧）稱：

漢代文字學者許慎有一節關於翻譯的訓詁，義蘊頗為豐富。《說文解字》卷六《口》部第二十六字：“囮，譯也。從‘口’，‘化’聲。率鳥者系生鳥以來之，名曰‘囮’，讀若‘譌’。”南唐以來，小學家都申說“譯”就是“傳四夷及鳥獸之語”，好比“鳥媒”對“禽鳥”的引“誘”，“譌”、“訛”、“化”和“囮”是同一個字①。“譯”、“誘”、“媒”、“訛”、“化”這些一脈通連、彼此呼應的意義，組成了研究詩歌語言的人所謂“虛涵數意”(polysemy，manifold meaning)②，把翻譯能起的作用（“誘”）、難於避免的毛病（“訛”）、所嚮往的最高境界（“化”），彷彿一一透示出來了。文學翻譯的最高理想可以說是“化”。把作品從一國文字轉變成另一國文字，既能不因語文習慣的差異而露出生硬牽強的痕跡，又能完全保存原作的風味，那就算得入於“化境”。十七世紀一個英國人讚美這種造詣高的翻譯，比為原作的“投胎轉世”(the transmigration of souls)，軀體換了一個，而精魂依然故我③。換句話說，譯本對原作應該忠實得以至於讀起來不像譯本，因為作品在原文裡決不會讀起來像翻譯出的東西。因此，意大利一位大詩人認為好翻譯應備的條件看來是彼此不相容乃至相矛盾的（paiono discordanti e incompatibilie contraddittorie）：譯者得矯揉造作（ora il traduttore necessariamente affetta），對原文亦步亦趨，以求曲肖原著者的天然本來（inaffettato, natural o spontaneo）的風格④。一國文字和另一國文字之間必然有距離，譯者的理解和文風跟原作品的內容和形式之間也不會沒有距離，而且譯者的體會和自己的表達能力之間還時常有距離。就文體或風格而論，也許會有希萊爾馬訶區分的兩種翻譯法，譬如說：一種盡量“歐化”，盡可能讓外國作家安居不動，而引導我國讀者走向他們那裡去，另一種盡量“漢化”，盡可能讓我國讀者安居不動，而引導外國作家走向咱們這兒來（Entweder der Uebersetzer lässt den Schriftsteller möglichst in Ruhe und bewegt den Leser ihm entgegen, oder er lässt den Leser möglichst in Ruhe und bewegt den Schriftsteller ihm entgegen）⑤。然而“歐化”

也好，“漢化”也好，翻譯總是以原作的那一國語文為出發點而以譯成這一國語文為到達點⑥。從最初出發以至終竟到達，這是很艱辛的歷程。一路上顛頓風塵，遭遇風險，不免有所遺失或受些損傷。因此，譯文總有失真和走樣的地方，在意義或口吻上違背或不很貼合原文。那就是“訛”，西洋諺語所謂“翻譯者即反叛者”(Traduttore traditore)。中國古人也說翻譯的“翻”等於把繡花紡織品的正面翻過去的“翻”，展開了它的反面：“翻也者，如翻錦綺，背面皆花，但其花有左右不同耳。”（釋贊寧《高僧傳三集》卷三《譯經篇・論》）這個比喻使我們想起堂・吉訶德說閱讀譯本就像從反面來看花毯 (es como quien mira los tapices flamencos por el revés)⑦。“媒”和“誘”當然說明了翻譯在文化交流裡所起的作用。它是個居間者或聯絡員，介紹大家去認識外國作品，引誘大家去愛好外國作品，彷彿做媒似的，使國與國之間締結了“文學因緣”⑧，締結了國與國之間唯一的較少反目、吵嘴、分手揮拳等危險的“因緣”。

---

① 詳見《說文解字詁林》第28冊2736–2738頁。參看《管錐編》1171頁。

② 參看《管錐編》589頁。

③ 喬治・薩維爾(George Savile First Marquess of Halifax)至蒙田(Montaigne)《散文集》譯者考敦(Charles Cotton)書；《全集》，瑞立(W・Raleigh)編本185頁。十九世紀德國的希臘學大家威拉莫維茨(Ulirch v.Wilamowitz-Mollendorff)在一種古希臘悲劇希、德語對照本(*Euripides Hippolytus*)弁首的《什麼是翻譯？》(Was ist Uebersetzen ？) 裡也用了相類的比喻。

④ 利奧巴爾迪(Leopardi)《感想雜誌》(*Zibaldone di pensieri*)，弗洛拉(F.Flora)編注本5版第1冊288–289頁。

⑤ 希萊爾馬訶(Friedrich D.E.Schleiermacher)《論不同的翻譯方法》(Ueber die verschiedenen Methoden des Uebersetzens)，轉引自梅理安—蓋那司德(E.Merian-Genast)《法國和德國的翻譯藝術》(Französische und deutsche Uebersetzungskunst)，見恩司德(F.Ernst)與威斯(K.Wais)合編《比較文學史研究問題論叢》(*Forschungsprobleme der vergleichenden Literaturgeschichte*，1951) 第2冊25頁；參看希勒格爾《語言的競賽》(Der Wettstreit der Sprachen) 裡法語代表講自己對待外國作品的態度 (A.W.Schlegel,

Kritische Schriften und Briefe, W.Kohlhammer,1962,Bd.I,s.252)。利奧巴爾迪講法、德兩國翻譯方法的區別，暗合希萊爾馬訶的意見，見前注4所引同書第1冊289又1311頁。其實這種區別也表現在法、德兩國戲劇對外國題材和人物的處理上，參看黑格爾《美學》(*Aesthetik*)，建設（Aufbau）出版社1955版278–280頁。

⑥ 維耐（J·P·Vinay）與達貝而耐（J·Darbelnet）合著《英、法文體比較》(*Stylistique comparēe du franÇais et de l' Anglais*)，1958) 10頁稱原作的語言為"出發的語言"(language de dēpart)、譯本的語言為"到達的語言"(langue d'arrivēe)。比起英美習稱的"來源語言"(source language) 和"目標語言"(target language)，這種説法似乎更一氣呵成。

⑦ 《堂·吉訶德》第2部62章；據馬林(F·B·Marin) 校注本第8冊156頁所引考訂，1591年兩位西班牙翻譯家（Diego de Mendoza y Luis Zapata）合譯霍拉斯(Horace)《詩學》時，早用過這個比喻。贊寧在論理論著作的翻譯，原來形式和風格的保持不像在文學翻譯裡那麼重要；錦繡的反面雖比正面遜色，走樣還不厲害，所以他認為過得去。塞萬提斯是在講文藝翻譯，花毯的反面跟正面差得很遠，所以他認為要不得了。參看愛倫·坡(E·A·Poe)《書邊批識》(*Marginalia*)説翻譯的'翻"就是"顛倒翻覆"(turned topsy-turvy)的"翻"，斯戴德門(E·C·Stedman)與沃德培利(G·E·Woodberry)合編《全集》第7冊212頁。

⑧ "文學因緣"是蘇曼殊所輯漢譯英詩集名；他自序裡只講起翻譯的"訛"—"遷地勿為良"(《全集》北新版第l冊121頁)，沒有解釋書名，但推想他的用意不外如此。

（參觀《七綴集》修訂本，《林紓的翻譯》第 79 頁至第 81 頁，第 105 頁至第 106 頁，上海古籍出版社 1994 年 8 月第 2 版）

1963年，錢鍾書在中國科學院哲學社會科學部（1977年5月7日更名為中國社會科學院）文學研究所工作。

這節文字可謂字字珠璣。細細品味，大致含有兩層意思：一是對"譯"的解釋，二是對翻譯中"誘"、"媒"、"訛"、"化"的厘定，其中對"化境"的定義尤為醒目。

錢鍾書通過對漢代許慎和南唐以來的小說家（專門從事文字、訓詁、音韻研究的學者）關於“譯”字的研究，指出“譯”字虛涵“誘”、“媒”、“訛”、“化”數重意義，這些意義“一脈通連、彼此呼應”。“虛涵”二字意為包羅、包含。明人朱瞻基即明宣宗《四景》詩中有句云：“水影虛涵一境中，晴光搖盪暖云紅。”近人瞿秋白《餓鄉紀程》、《赤都心史》中亦有句云：“虛涵萬象，自然流轉”；“萬流交匯，虛涵無量”。其意均為包羅、包含。

何謂“誘”、“媒”？

“誘”、“媒”是指“翻譯在文化交流裡所起的作用”。錢鍾書用三個比喻說明了其所起的作用。一是居間者，二是聯絡員，三是媒人。他們站在讀者和外國文學作品之間，熱情洋溢地進行聯絡，引誘讀者去認識外國文學作品，或者苦口婆心地進行拉攏，如同媒人一般，牽線搭橋，積極撮合，令國與國之間締結一種“文學因緣”。這種和諧的“因緣”能夠使國與國之間避免反目、吵嘴、分手揮拳等危險。

何謂“訛”？

“訛”是指譯文對原文的“失真”和“走樣”。或者在意義、口吻上“違背”原文，或者在意義、口吻上“不很貼合”原文。為什麼翻譯中會產生“訛”？一向善於使用比喻的錢鍾書對這種現象進行了生動的解釋。先生將翻譯的過程比喻為“艱辛的歷程”。既然艱辛，那就難免“一路上顛頓風塵，遭遇風險”。既然一路上有飛沙走石，狂風暴雨，那就難免給旅行者即譯者造成“遺失”，帶來“損傷”。不言而喻，這“遺失”和“損傷”便是無法避免的“訛”。意猶未酣的錢鍾書進一步搬出西方諺語、中國古人說法、堂吉訶德感慨中的翻譯比喻，藉此印證“訛”的難免。“反叛”是完全走向對立面；“翻看錦綺”、“反看花毯”則不僅左右不同，而且還有些模糊不清，朦朦朧朧。

何謂“化”？何謂“化境”？

“化”必須做到兩點。一是譯文完全沒有“生硬牽強的痕跡”，二是譯文能夠“完全保存原有的風味”，從而令譯語讀者生發出自己是在讀原文一樣的感覺，而不是讀“像翻譯出來的東西”。譯作達到這兩點，堪稱進入“化境”。這種入於化境的譯作好比原作的“投胎轉世”：外表上是中國人，骨子裡卻是外國人，反之亦然。

如何實現“化”或曰“入於化境”？

錢鍾書請出兩位西方人士指點迷津。一位是意大利大詩人列奧巴爾迪即萊奧帕爾迪（Giacomo Leopardi，1789–1837），一位是德國哲學家希萊爾馬訶即施萊爾馬赫（Friedrich D.E.Schleiermacher，1768–1834）。前者的法寶有三：“矯揉造作”，“亦步亦趨”，“以求曲肖”。後者的良策有二：“歐化”即異化，或曰譯語讀者向原文作者靠攏；“漢化”即歸化，或曰原文作者向譯語讀者靠攏。

此時此刻，一直在《毛澤東選集》和《毛澤東詩詞》翻譯實踐中昕夕耕耘的錢鍾書深知：翻譯，尤其是文學翻譯要進入化境，實在是一件很不容易的事情。於是他毫不猶豫地將“化”、“化境”定格在“最高境界”和“最高理想”的層面上，亦即可以嚮往之，但難以達到之。

此節正文後所附8則注釋折射出錢鍾書治學之嚴謹，涉獵之廣泛，亦可細細一讀，或可獲益良多。比如造詣高的翻譯如同原作“投胎轉世”的比喻，不僅英人喬治·薩維爾持此説，德人威拉莫維茨亦如是。又比如，法人稱原作的語言為“出發的語言”（language de départ），譯本的語言為“到達的語言”（langue d' arrivée），英美人則稱原作的語言為“來源語言”（source language）、譯本的語言為“目標語言”（target language）。錢鍾書認為法人的説法比英美人“似乎更一氣呵成”。再比如，錦繡與花毯翻看的比喻，贊寧比喻的是理論著作的翻譯，雖是反面，尚可接受；而塞萬提斯比喻的是文學作品的翻譯，既是反面，則不可接受。至於愛倫·坡，則認為“翻”即“顛倒翻覆”(turned topsy-turvy)，情形就更糟了。

此外，錢鍾書在注⑦中將愛倫·坡*Marginalia*一書書名譯為《書邊批識》，可謂神來之筆。

一四　好譯本和壞譯本

錢鍾書在《林紓的翻譯》一文中接著（含注釋⑨至⑫）稱：

徹底和全部的“化”是不可實現的理想，某些方面、某種程度的“訛”又是不能避免的毛病，於是“媒”或“誘”產生了新的意義。翻譯本來是要省人家的事，免得他們去學外文、讀原作，卻一變而為導誘一些人去學外文、讀原作。它挑動了有些人的好奇心，惹得他們對原作無限嚮往，彷彿讓他們嘗到一點兒味道，引起了胃口，可是沒有解饞過癮。他們總覺得讀翻譯像隔霧賞花，不比讀原作那麼情景真切。歌德就有過這種看法，他很不禮貌地比翻譯家為下流的職業媒人(Uebersetzer sind als geschäftige Kuppler anzusehen)——中國舊名“牽馬”，因為他們把原作半露半遮（eine halbverschleierte Schöne），使讀者心癢神馳，想像它不知多少美麗⑨。要證實那個想像，要揭去那層遮遮掩掩的面紗，以求看個飽、看個著實，就得設法去讀原作。這樣說來，好譯本的作用是消滅自己；它把我們向原作過渡，而我們讀到了原作，馬上擲開了譯本。自負好手的譯者恰恰產生了失手自殺的譯本，他滿以為讀了他的譯本就無需去讀原作，但是一般人能夠欣賞貨真價實的原作以後，常常薄情地拋棄了翻譯家辛勤製造的代用品。倒是壞翻譯會發生一種消滅原作的功效。拙劣晦澀的譯文無形中替作者拒絕讀者；他對譯本看不下去，就連原作也不想看了。這類翻譯不是居間，而是離間，摧毀了讀者進一步和原作直接聯繫的可能性，掃盡讀者的興趣，同時也破壞原作的名譽。十七世紀法國的德・馬羅勒神父(l' abbē de Marolles)就是一個經典的例證。他所譯古羅馬詩人《馬夏爾的諷刺小詩集》(*Epigrams of Martial*)被時人稱為《諷刺馬夏爾的小詩集》(*Epigrams of against Martial*)⑩；和他相識的作者說：這位神父的翻譯簡直是法國語文遭受的一個災難（un de ces maux dont notre langue est affligēe），他發願把古羅馬的詩家統統譯出來，桓吉爾、霍拉斯等人都沒有蒙他開恩饒命（n' ayant pardonnē），奧維德、太倫斯等人早晚會斷送在他的毒手裡（assassinēs）⑪。不用說，馬羅勒對他的翻譯成績還是沾沾自喜、津津樂道的⑫。我們從親身閱歷裡，找得到好多和這位神父可以作伴的人。

⑨ 歌德《精語與熟思》(*Maximen und Reflexionen*) 漢堡版 (Hamburger Ausgabe) 14冊本《歌德集》(1982) 第12 冊 499 頁。參看鮑士威爾(Boswell) 1776 年 4 月 11 日記約翰生論譯詩語，見李斯甘(C · Ryskamp)與卜德爾(F · A · Pottle)合編《不祥歲月》(*The Ominous Years*)329頁；又鮑士威爾所著《約翰生傳》牛津版 742 頁。

⑩ 狄士瑞立(I · Disraeli)《文苑搜奇》(*Curiosities of Literature*)，《張獨斯(Chandos)經典叢書》本第 1 冊 350 頁引梅那日《掌故錄》(*Menagiana*)。

⑪ 聖佩韋(Sainte-Beuve)《月曜日文談》(*Causeries du lundi*)第 14 冊 136 頁引沙普倫 (Jean Chapelain) 的信。十八世紀英國女小說家番尼·伯爾尼幼年曾翻譯法國封德耐爾(Fontenelle)的名著，未刊稿封面上有她親筆自題："用英語來殺害者：番尼·伯爾尼。" (Murthered into English by Frances Buruey)—見亨姆羅(Joyce Hemlow)《番尼·伯爾尼傳》(*The History of Fanny Burney*)16頁。詩人彭斯(Robert Burns)嘲笑馬夏爾詩的一個英譯本，也比之於"殺害"(murder)—見《書信集》，福格森(J · De Lancy Ferguson)編本第 l 冊 163 頁。

⑫ 例如他自贊所譯桓吉爾詩是生平"最精確、最美麗、最高雅" (la plus juste, la plus belle et la plus élégante) 的譯作，見前注所引聖佩韋書130頁。

（參觀《七綴集》修訂本，《林紓的翻譯》
第 81 頁至第 82 頁，第 107 頁，上海古籍出版社 1994 年 8 月版）

本節文字亮點有二：一是賦予了"媒"和"誘"以新的含義；二是提出了"好譯本"、"壞翻譯"的說法。

"媒"和"誘"之所以被賦予新的含義，原因有二：一是譯文不可能實現徹底和全部的"化"，二是譯文不可能避免某些方面、某種程度的"訛"。基於此，翻譯的目的被徹底顛覆。譯者的初心原本是以居間者、聯絡員、媒人的身份將原文介紹給譯語讀者，"免得他們去學外文、讀原作"。由於"化"不了，"訛" 不少，譯文要麼像霧中之花，要麼像披上了一層"遮遮掩掩的面紗"，不是叫人看不"真切"，就是叫人看不"著實"。如此一來，翻譯的目的竟然" 一變而為導誘一些人去學外文、讀原作"，換言之，即是引誘譯語讀者"倒插門”，進入原文的“家”，成為“上門女婿”。歌德將翻譯家比喻為“下流的職業媒人”，其源或肇始如此。

“好譯本”，當是具有部分“化”的特點且“訛”相對比較少的譯本，但仍然擺脱不了霧的繚繞或面紗的遮掩。譯語讀者為了“解饞過癮”，為了“看得仔細”，自然會去親近原文。一旦他們嘗到了原文的美味，看到了原文的美麗，就會毫不猶豫地拋棄“譯本”或曰“翻譯家辛勤製造的代用品”。此情此境，無異於“自負好手的譯者”，手持利刃，親手宰殺了自己的譯本。

“壞翻譯”，顧名思義，不可能具有任何“化”的特點，不可能具有絲毫“媒”和“誘”的“居間”作用。“拙劣晦澀的譯文”中，處處都是“摧滅讀者和原作直接聯繫”、“掃盡讀者的興趣”，“破壞原作的名譽”等“訛”的傷痕。譯語讀者對這樣的譯本自然不屑一顧，遑論去親近原作了。“好譯本”的譯者只不過是傷害了自己的譯本，一條“生命”而已。“壞翻譯”的譯者，欠下的卻是兩條“生命”，一條是自己的譯本，另一條則是他人的原作。

可是偏偏有人甚至“好多”人願意當這樣的“殺手”。他或他們不惜讓譯語蒙受“災難”，不惜讓諸如著名古羅馬詩人維吉爾即桓吉爾、霍拉斯、奧維德這樣的原文作者“斷送在他的毒手裡”。如此褻瀆原文和原文作者的“殺手”，居然還能對自己的“翻譯成績沾沾自喜、津津樂道”，標榜自己的譯文“最精確、最美麗、最高雅”。錢鍾書拈出“十七世紀法國的德·馬羅勒神父”作為這類譯者的“經典的例證”，其良苦用心無非是告誡從事翻譯的人們，一定要小心謹慎，寧願當“好譯本”的譯者，了斷自己，也不能陷入“壞翻譯”的魔圈，成為傷及無辜即原文作者的“劊子手”。在不少情況下，前者往往有機會遇上讀過原文之後，又會回到譯文的“知音”。

此外，這一節的四條注釋告訴我們，錢鍾書的種種説法都是有憑有據的，絕非空穴來風，體現了其治學的謹嚴。又注⑨中，以《精語與熟思》譯*Maximen und Reflexionen*，以《不祥歲月》譯*The Ominous Years*；注⑩中，以《文苑搜奇》譯*Curiosities of Literature*，以《掌故錄》譯*Menagiana*，都是外譯中的典範。再者，馬羅勒自贊自譯的“三最”即“最精確、最美麗、最高雅”（la plus juste,la plus belle et la plus élégante）亦可從正面理解為好翻譯的一種標準。

一五　翻譯的媒作用

錢鍾書在《林紓的翻譯》中（含注釋⑬至⑯）又稱：

林紓的翻譯所起“媒”的作用，已經是文學史公認的事實⑬。他對若干讀者，也一定有過歌德所說的“媒”的影響，引導他們去跟原作發生直接關係。我自己就是讀了林譯而增加學習外國語文的興趣的。商務印書館發行的那兩小箱《林譯小說叢書》是我十一二歲時的大發現，帶領我進了一個新天地、一個在《水滸》、《西遊記》、《聊齋志異》以外另辟的世界。我事先也看過梁啟超譯的《十五小豪傑》、周桂笙譯的偵探小說等，都覺得沉悶乏味⑭。接觸了林譯，我才知道西洋小說會那麼迷人。我把林譯哈葛德、迭更司、歐文、司各德、斯威佛特的作品反復不厭地閱覽。假如我當時學習英語有什麼自己意識到的動機，其中之一就是有一天能夠痛痛快快地讀遍哈葛德以及旁人的探險小說。四十年前⑮，在我故鄉那個縣城裡，小孩子既無野獸片電影可看，又無動物園可逛，只能見到“走江湖”的人耍猴兒把戲或者牽一頭疥駱駝賣藥。後來孩子們看野獸片、逛動物園所獲得的娛樂，我只能向冒險小說裡去找尋。我清楚記得這一回事。哈葛德《三千年豔屍記》第五章結尾刻意描寫鱷魚和獅子的搏鬥；對小孩子說來，那是一個驚心動魄的場面，緊張得使他眼瞪口開、氣兒也不敢透的。林紓譯文的下半段是這樣：

> **然獅之後爪已及鱷魚之頸，如人之脫手套，力拔而出之。少須，獅首俯鱷魚之身作異聲，而鱷魚亦側其齒，尚陷入獅股，獅腹為鱷所咬亦幾裂。如是戰鬥，為余生平所未睹者。（照原句讀，加新式標點）**

獅子抓住鱷魚的脖子，決不會整個爪子象陷在爛泥似的，為什麼“如人之脫手套”?鱷魚的牙齒既然“陷入獅股”，物理和生理上都不可能去“咬獅腹”。我無論如何想不明白，家裡的大人也解答不來。而且這場惡狠狠的打架怎樣了局?誰輸誰贏，還是同歸於盡?

鱷魚和獅子的死活，比起男女主角的悲歡，是我更關懷的問題。書裡並未明白交代，我真心癢難搔，恨不能知道原文是否照樣糊塗了事⑯。我開始能讀原文，總先找林紓譯過的小說來讀。我漸漸聽到和看到學者名流對林譯的輕蔑和嗤笑，未免世態逐炎涼，就不再而也不屑再去看它，毫無戀惜地過河拔橋了！

⑬ 在評述到林紓翻譯的書籍和文章裡，寒光《林琴南》和鄭振鐸先生《中國文學研究》下冊《林琴南先生》都很有參考價值。那些文獻講過的，這裡不再重複。

⑭ 周桂笙的譯筆並不出色；據吳趼人《新笑史・犬車》記載周說"凡譯西文者，固忌率，亦忌泥"云云，這還是很中肯的話。

⑮ 這篇文章是1963年3月寫的。

⑯ 原書是*She*，寒光《林琴南》和朱羲胄《春覺齋著述記》都誤淆為*Montezuma' s Daughter*。獅爪把鱷魚的喉嚨撕開(rip)，象撕裂手套一樣；鱷魚狠咬獅腰，幾乎咬成兩截；結果雙雙送命(this duel to the death)。

（參觀《七綴集》修訂本，《林紓的翻譯》第 82 頁至第 83 頁，第 107 頁至第 108 頁，上海古籍出版社 1994 年 8 月版）

本節中，錢鍾書推出一種"好譯本"即林紓譯本亮相，又帶出兩種"壞翻譯"示眾。後者是"梁啟超譯的《十五小豪傑》、周桂笙譯的偵探小説"。《十五小豪傑》是法國作家儒勒・凡爾納的作品，法文書名是*Deux Ans de Vacances*，直譯的話，應是《兩年的假日》。梁啟超（1873–1929，廣東新會人，思想家、政治家、教育家、史學家和文學家）從日人森田軒譯本轉譯前9回，羅普（譯者生平不詳）補譯後9回。是書描寫十五個少年郎在荒島及其周邊如何與大自然進行搏鬥。周桂笙（1873–1936，江蘇南匯人，近代文學翻譯家，小説家）翻譯了不少包括《福爾摩斯再生案》在內的偵探小説。梁、周的譯文因為讀起來"沉悶乏味"，自然只能歸檔到"壞翻譯"一類。其結果當然是譯文、原文兩敗俱傷。

林紓則不同。他的譯作具有"歌德所說的'媒'的"特點，能夠"惹得"讀者"對原作無限嚮往"，從而迫不及待地學習外文，接觸原文。錢鍾書自身說法，印證了林譯的這種特徵。他小時候"反復不厭地閱覽"了"林譯裡哈葛德、迭更司、歐文、司各德、斯威佛特的作品"，特別是"哈葛德《三千年豔屍記》第五章結尾刻意描寫鱷魚和獅子的搏鬥"。那種搏鬥的場面可以令人"驚心動魄"，但一些混亂的描述卻又使讀者百思不得其解，"心癢難搔"。正是林紓的譯本激起了錢鍾書對原作的無限嚮往，期盼自己"有一天能夠痛痛快快地讀遍哈葛德以及旁人的探險小說"。錢鍾書是性情中人，不象那種說翻臉就翻臉的讀者。他"開始能讀原文，總先找林紓譯過的小說來讀"，也就是我們常常所說的"比讀"。他在比讀中肯定發現了林譯的不少"訛"，知道"學者名流對林譯的輕蔑和嗤笑"並不是空穴來風、無事生非。在當時的氛圍下，錢鍾書覺得時尚如此，安敢獨違？於是便身不由己地加入到對林譯"不屑再去看它，毫無戀惜地過河拔橋"的隊伍中了。

不過，錢鍾書對林紓翻譯的態度還是公允的，他在此節的注⑬中說"在評述到林紓翻譯的書籍和文章裡，寒光（或為民國時期某學者筆名）《林琴南》和鄭振鐸先生（1898–1958，福建長樂人，作家、學者、翻譯家）《中國文學研究》下冊《林琴南先生》都很有參考價值。那些文獻講過的，這裡不再重複。"這句話，與本節首句"林紓的翻譯所起的'媒'的作用，已經是文學史上公認的事實"，可謂相互輝映。

鄭振鐸《林琴南先生》一文中有三點說法不容忽視。一是林紓不辭勞苦，譯了四十餘種世界名著，應該十二分的感謝他。二是林紓的翻譯不僅影響了小說翻譯者，而且還影響了小說創作者。由於林紓翻譯了西方眾多著名小說，中國小說的舊體裁被打破，這恰恰是他最大的功績。三是對林紓的功績永遠不能忘記，未來編寫中國文學史的人，一定要給他留一個位置。錢鍾書對鄭先生的說法想必亦是首肯的。

錢鍾書對周桂笙的評價也是公允的。此節注⑭雖然稱“周桂笙的譯筆並不出色”，但接著説周桂笙“凡譯西文者，固忌率，亦忌泥”的觀點還是“很中肯的”。“忌率”，是指翻譯不能草率，不能任意妄為；“忌泥”，則是指翻譯不能過於拘泥，在不違背原文意義（meaning）的前提下，可以靈活一些，該出手時當出手。

又注⑯中的朱羲胄系林紓弟子，《春覺齋著述記》即“林畏廬先生學行譜記”，由朱羲胄所述編。

一六　林譯的吸引力

錢鍾書在《林紓的翻譯》中複（含注釋⑰至㉑）稱：

最近，偶爾翻開一本林譯小説，出於意外，它居然還有些吸引力。我不但把它看完，並且接二連三，重溫了大部分的林譯，發現許多都值得重讀，儘管漏譯誤譯觸處皆是。我試找同一作品的後出的——無疑也是比較“忠實”的——譯本來讀，譬如孟德斯鳩和迭更司的小説，就覺得寧可讀原文。這是一個頗耐玩味的事實。當然，一個人能讀原文以後，再來看錯誤的譯本，有時不失為一種消遣，還可以方便地增長自我優越的快感。一位文學史家曾説，譯本愈糟糕愈有趣：我們對照著原本，看翻譯者如何異想天開，把胡猜亂測來填補理解上的空白，無中生有，指鹿為馬，簡直象“超現實主義”詩人的作風⑰。但是，我對林譯的興味，絕非想找些岔子，以資笑柄談助，而林紓譯本裡不忠實或“訛”的地方也並不完全由於他的助手們外語程度低淺、不夠瞭解原文。舉一兩個例來説明。

《滑稽外史》第一七章寫時裝店裡女店員的領班那格女士聽見顧客説她是“老嫗”，險些氣破肚子，回到縫紉室裡，披頭散髮，大吵大鬧，把滿腔妒憤都發洩在年輕貌美的加德身上，她手下的一夥女孩子也附和著。林紓譯文裡有下面一節：

> 那格……始笑而終哭，哭聲似帶謳歌。曰：“嗟乎！吾來十五年，樓中咸謂我如名花之鮮妍”——歌時，頓其左足，曰：“嗟夫天！”又頓其右足，曰：“嗟夫天！十五年中未被人輕賤。竟有騷狐奔我前，辱我令我肝腸顫！”

這真是帶唱帶做的小丑戲，逗得讀者都會發笑。我們忙翻開迭更司原書(第一八章)來看，頗為失望。略仿林紓的筆調譯出來，大致如此：

那格女士先狂笑而後嚶然以泣，為狀至辛楚動人。疾呼曰："十五年來，吾為此樓上下增光匪少。邀天之佑。"——言及此，力頓其左足，複力頓其右足，頓且言曰："吾未嘗一日遭辱。胡意今日為此婢所賣！其用心詭鄙極矣！其行事實玷吾儕，知禮義者無勿恥之。吾憎之賤之，然而吾心傷矣！吾心滋傷矣！"

那段"似帶謳歌"的順口溜是林紓對原文的加工改造，絕不會由於助手的誤解或曲解。他一定覺得迭更司的描寫還不夠淋漓盡致，所以濃濃地渲染一下，增添了人物和情景的可笑。寫作我國近代文學史的學者一般都未必讀過迭更司原著，然而不猶豫地承認林紓頗能表迭更司的風趣。但從這個例子看來，林紓往往捐助自己的"諧謔"，為迭更司的幽默加油加醬⑱。再從《滑稽外史》舉一例，見於第三三章(迭更司原書第三四章)：

司圭爾先生……顧老而夫曰："此為吾子小瓦克福。……君但觀其肥碩，至於莫能容其衣。其肥乃日甚，至於衣縫裂而銅鈕斷。"乃按其子之首，處處以指戟其身，曰："此肉也。"又戟之曰："此亦肉，肉韌而堅。今吾試引其皮，乃附肉不能起。"方司圭爾引皮時，而小瓦克福已大哭，摩其肌曰："翁乃苦我！"司圭爾先生曰："彼尚未飽。若飽食者，則力聚而氣張，雖有瓦屋，乃不能閾其身。……君試觀其淚中乃有牛羊之脂，由食足也。"

這一節的譯筆也很生動。不過，迭更司只寫司圭爾"處處戟其身"，只寫他說那胖小子吃飽了午飯，屋子就關不上門，只寫他說兒子眼淚有"油脂性"(oillness)，什麼"按其子之首"、"力聚而氣張"、"牛羊之脂，由食足也"等等都出於林紓的錦上添花。更值得注意的是，迭更司筆下的小瓦克福只"大哭摩肌"，一句話沒有說。"翁乃苦我"那句怨言是林紓憑空穿插進去的，添個波折，使場面平衡；否則司圭爾一個人滔滔獨白，說得熱鬧，兒子彷彿啞口畜生，他這一邊太冷落了。換句話說，林紓認為原文美中不足，這裡補充一下，那裡潤飾一下，因而語言更具體、情景更活潑，整個描述筆酣墨飽。不由我們不聯想起他崇拜的司馬遷《史記》裡對過去記述的潤色或增飾⑲。林紓寫過不少小說，並且要採取用“西人哈葛德”和“迭更先生”的筆法來寫小說⑳。他在翻譯時，碰到他認為是原作的弱筆或敗筆，不免手癢難熬，搶過作者的筆代他去寫。從翻譯的角度判斷，這當然也是“訛”。即使添改得很好，畢竟變換了本來面目，何況添改未必一一妥當。方才引的一節算是改得不差的，上面那格女士帶哭帶唱的一節就有問題。那格確是一個丑角，這場哭吵也確有裝模作樣的成分。但是，假如她有腔無調地“謳歌”起來，那顯然是在做戲，表示她的哭泣壓根兒是假的，她就製造不成緊張局面了，她的同夥和她的對頭不會嚴肅對待她的發脾氣了，不僅我們讀著要笑，那些人當場也忍不住笑了。李贄評點《琵琶記》第八折《考試》批語：“太戲！不像！”“戲則戲矣，倒須似真，若真反不妨似戲也。”㉑林紓的改筆過火得彷彿插科打諢，正所謂“太戲！不像”了。

---

⑰ 普拉兹(M · Praz)《翻譯家的偉大》(Grandezza dei traduttori)，見《榮譽之家》(*La Casa della fama*) 50又52頁。

⑱ 林紓《畏廬文集》裡《冷紅生傳》自稱“木強多怒”，但是他在晚年作品裡，常提到自己的幽默。《庚辛劍腥錄》第48章邴仲光說：“吾鄉有淩蔚廬(‘林畏廬’諧音)者，老矣。其人翻英、法小說至八十一種，……其人好諧謔。”邴仲光這個角色也是林紓美化的自塑像；他工古文，善繪畫，精劍術，而且“好諧謔”，甚至和強盜廝殺，還邊打架、邊打趣，使在場的未婚妻傾倒而又絕倒(第34章)。《踐卓翁小說》第2輯《實綠娥》一則說：“余筆尖有小鬼，如英人小說所謂拍克者”；“拍克”即《吟邊燕語・仙獪》裡的“迫克”(Puck)，正是頑皮淘氣的典型。

⑲ 例如《孔子世家》寫夾穀之會一節根據定公十年《穀梁傳》文來的，但是那些生動、具體的細節，像“旍旄羽袯、矛戟劍撥，鼓譟而至”、“舉袂而言”、“左右視”等，都出於司馬遷的增飾。

⑳ 見《庚辛劍腥錄》第33章、《踐卓翁小說》第2輯《洪嫣篁》。前一書所引哈葛德語“使讀者眼光隨筆而趨”，其實出於“迭更先生”

《賊史》第17章："勞讀書諸先輩目力隨吾筆而飛騰。"

㉑ 參看容與堂本《水滸》第一回李贄《總評》："《水滸傳》事節都是假的，說來卻似逼真，所以為妙。常見近來文集，乃有真事說做假者，真鈍漢也！"據周亮工《書影》卷一，《琵琶記》的評點實出無錫人葉晝手筆。李贄《續焚書》卷一《與焦弱侯》自言："《水滸傳》批點得甚快活，《西廂》、《琵琶》塗抹改竄得更妙"，袁中道《游居柿錄》卷六也記載："見李龍湖批評《西廂》、《伯喈》（即《琵琶記》），極其細密。"錢希言《戲瑕》卷三《贋籍》條所舉葉晝偽撰書目中無《批評琵琶記》，不論是否李贄所說，那幾句話簡明扼要地提出了西洋經典文評所謂"似真"與"是真"、"可能"與"可信"(vraisemblable，vrai；possible，probable)的問題。布瓦洛論事實是真而寫入作品未必似真(Le vrai peut quelquefois n'être pas vraisemblable.—Boileau, *Art Poétique*,III,48)；普羅斯德論謊話編造得像煞有介事就決不會真有其事（Le vraisemblable, malgré l'idée que se fait le menteur n'est pas du tout le vrai,--Marcel Proust, *La Prisonniére*, in *Ala Recherche du temps perdu*, "La Pléiade,III,p.179"),可以和李贄的批語比勘。文藝裡的虛構是否成為倫理上的撒謊，神話是否也屬於鬼話，這是道德哲學的古老問題，參看卜克（Sissela Bok)《撒謊》(*Lying*，Quartet Books，1980）206–209頁。

（參觀《七綴集》修訂本，《林紓的翻譯》第 83 頁至第 86 頁，第 108 頁至第 109 頁，上海古籍出版社 1994 年 8 月版）

這一節表明錢鍾書的切身體會，令"好譯本"發生了明顯的分化瓦解。"好譯本"原本是犧牲自己，將原文本捧獻給譯語讀者。想不到其中一些"好譯本"居然又讓譯語讀者回到自己身旁，"發覺許多都值得重讀"，"儘管漏譯誤譯觸處皆是"。而對一些後出的林譯本，倒是"寧可讀原文"的好。

錢鍾書在比讀原文與譯文的過程中，發現林紓的譯本有一種"'超現實主義'詩人的作風"。"異想天開"、"胡猜亂測"、"無中生有"、"指鹿為馬"的特點在譯文中比比皆是。錢鍾書從林譯《滑稽外史》（Nicholas Nickleby）第17章摘出一節、從第33章摘出一節加以細細點評，其中第17章那一節，錢鍾書還模仿林紓的筆調進行了重譯。點評中，錢鍾書指出林紓在翻譯運作中有兩種走向。一是添加，即或補充，或潤飾，或渲染，從而使“語言更具體、情景更活潑，整個描述筆酣墨飽”。二是代寫，即凡遇到原文中的弱筆、敗筆，譯者搖身一變而成為作者，堂而皇之的大膽落墨，進行改寫。林紓之所以敢如此膽大妄為，是因為他有這樣的本事。他寫過四部長篇小說：《劍腥錄》、《金陵秋》、《冤海靈光》和《巾幗陽秋》，而且口碑不差。錢鍾書的父親錢基博曾作如是說：“紓之文工為敘事抒情，雜以恢詭，婉媚動人，實前古所未有。固不僅以譯述為能事也”。（《現代中國文學史》，嶽麓書社，1987，192頁）錢鍾書亦認為林紓採用西方小說家的手法“寫過不少小說”。

添加也好，代寫也好，儘管能錦上添花、能具體活潑，能化弱筆為強筆、能化敗筆為勝筆，但畢竟不是原文的“本來面目”。更何況不少情況下，添加和代寫“不會一一妥當”，有時候還會被譏為“太戲！不像！”

林紓翻譯過法國啟蒙思想家人孟德斯鳩（Montesquieu，1689–1755）一生唯一創作的一部小說*Lettres Psersanes*（《魚雁抉微》）以及英國作家狄更司即狄更斯（Dickens，1812–1870）的五部小說：*Oliver Twist*（《賊史》）、*Dombey and Son*（《冰雪因緣》）、*Nicholas Nickleby*（《滑稽外史》）、*Old Curiosity Shop*（《孝女耐兒傳》）、*David Copperfield*（《塊肉餘生記》）。且不論書的內容，單就書名而言，後出的譯本就比林譯忠實得多。孟德斯鳩的小說*Lettres Psersanes*被譯為《波斯人信札》，狄更斯的五部小說書名被譯為《霧都孤兒》、《董貝父子》、《尼古拉斯・尼克貝》、《老古玩店》、《大衛・科波菲爾》。在錢鍾書的眼中，後出譯本的書名翻譯是否也有“寧可讀原文”的感覺呢？他沒有說。竊以為，至少《滑稽外史》、《塊肉餘生記》的書名譯法就要比《尼古拉斯・尼克貝》、《大衛・科波菲爾》的譯法生動許多。

林紓翻譯孟德斯鳩的小說*Lettres Psersanes*時，寫有《魚雁抉微》

序，內容可觀。羅新璋編的《翻譯論集》未曾收入，現補錄如下：

孟氏者，孤憤人也。病法國之敝俗，淫奢蕩縱，狂逝而不可救。則托為波斯之人，遊歷法京，論法俗之異，至於纖微皆悉。然每抉一弊，每舉一誤，恐不相膠附，不能熔為整片之文，則幻為與書之體。每一翰必專指一事，或一人一家而言，雕鏤描畫，務窮形盡相而止，殆神筆也。及門生王慶驥居法京八年，語言文字精深而純熟。一日，檢得是書，同余譯之。王生任外務，日奔走於交涉，今又隨使者至絕域，議庫倫事，譯事遂中輟。書凡百餘翰，其未畢者三十餘翰。今先錄其前半篇出版問世。嗚呼！余譯小說至是百餘種矣，均無如是書之異。吾國儒者好說理，其告誡流俗，但為誠語。而外國之哲學家言則否，務揭社會之弊端及其人之習慣與性情，和盤托出。讀者雖不滿其所言，然言外已足生人栗懼及其愧恥之心，即吳道子所畫地獄變相，用以懲創流俗者也。然其大旨，針砭閨闈為多。波斯女賤於男，而男子善妬，恒酷防其妻妾。群雌鱗集，複設奄人以監之，藏貯婦女如秘家珍。而歐俗則女子儻蕩不檢，與男子過從而無忌。妻有外遇，夫不能止。兩兩相較，各抒寫其窮極之處。未嘗加以斷語，而流弊自見。實則孟氏之意，於波俗法俗，無一愜也。其間入太陽教一條，兄妹為婚，跡同禽獸。孟氏之存此條，亦《左傳》之記齊襄、楚成、衛宣耳。雖然，孟氏口幹筆鈍，而法俗之奢淫，至今無變。聞近來巴黎跳舞之會，貴婦不襪，露其如霜之足，又袒胸出其兩乳，乳峰蒙以金鑽，履沿皆綴明珠，則較孟氏之時為甚矣。戰事既肇，浩劫茫茫，未始非蒼蒼者懲奢戒淫之意也。余於社會間為力，去孟氏不啻天淵。孟氏之言且不能拯法，余何人，乃敢有救世之思耶！其譯此書，亦使人知歐人之性質，不能異于中華，亦在上者能講富強，所以較勝於吾國；實則陰霾蔽天，其中藏垢含汙者，固不少也。歲在乙卯，閩縣林紓識。

另，注⑰中的普拉茲（Mario Praz， 1896–1982）系意大利批評家、學者，在英國任教多年。

注㉑中的李贄，福建泉州人，明代思想家、文學家，因隱居湖北麻城龍湖多年，又稱李龍湖。周亮工，河南開封人，明末清初文學家，收藏家。葉晝，明代小說、戲曲批評家，萬曆年間，曾託名李贄評點小說、戲曲多種。袁中道，湖北公安人，明代文學家。錢希言，江蘇常熟人，明代文學家，小說家。布瓦洛（Nicolas Boileau Despreaux，1636–1711）系法國詩人、文學理論家，其代表作有《詩的藝術》。普魯斯特（Marcel Proust，1871–1922）系法國小說家，意識流文學的先驅與大師。卜克（Sissela Bok）女士供職于美國社會科學院，系哈佛人口與發展研究中心高級客座研究員，一生著述頗豐。

一七　增補原作

錢鍾書在《林紓的翻譯》中（含注釋㉒至㉕）再稱：

大家一向都知道林譯刪節原作，似乎沒人注意它有時也像上面所說的那樣增補原作。這類增補，在比較用心的前期林譯裡，尤其在迭更司和歐文作品的譯本裡，出現得很多。或則加一個比喻，使描敘愈有風趣，例如《拊掌錄·睡洞》：

> **而笨者讀不上口，先生則以夏楚助之，使力躍字溝而過。**

原文只彷彿杜甫《漫成》詩所說“讀書難字過”，並無“力躍字溝”這個新奇的形象。或則引申幾句議論，使意義更顯豁，例如《賊史》第二章：

> **凡遇無名而死之兒，醫生則曰：“吾剖腹視之，其中殊無物。”外史氏曰：“兒之死，正以腹中無物耳！有物又焉能死?”**

“外史氏曰”云云在原文是括弧裡的附屬短句，譯成文言只等於：“此語殆非妄”。作為翻譯，這種增補是不足為訓的，但從修辭學或文章作法的觀點來說，它常常可以啟發心思。林紓反復說外國小說“處處均得古文文法”（林紓原文為“處處均得古文家義法”—鄭注），“天下文人之腦力，雖歐亞之隔，亦未有不同者”，又把《左傳》、《史記》等和迭更司、森彼得的敘事來比擬㉒，並不是空口說大話。他確按照他的瞭解，在譯文裡有節制地摻進評點家所謂“頓蕩”、“波瀾”、“畫龍點睛”、“頰上添毫”之筆，使作品更符合“古文文法”㉓。一個能寫作或自信能寫作的人從事文學翻譯，難保不象林紓那樣的手癢；他根據個人的寫作標準和企圖，要充當原作者的“諍友”，自信有點鐵成金、以石攻玉或移橘為枳的義務和權利，把翻譯變成借體寄生的、東鱗西爪的寫作。在各國翻譯史裡，尤其在早期，都找得著可和林紓作伴的人。像他的朋友嚴復的劃時代譯本《天演論》就把“元書所稱西方”古書、古事“改為中國人語”，“用為主文譎諫之資”；當代法國詩人瓦勒利也坦白承認在翻譯桓吉爾《牧歌》時，往往心癢癢地想修改原作（des envies de changer quelque chose dans le texte vénérable）㉔。正確認識翻譯的性質，認真執行翻譯的任務，能寫作的翻譯者就會有克己工夫，抑止不適當的寫作衝動，也許還會鄙視林紓的經不起引誘。但是，正象背負著家庭重擔和社會責任的成年人偶而羨慕小孩子的放肆率真，某些翻譯家有時會暗恨自己不能象林紓那樣大膽放手的，我猜想。

上面所引司圭爾的話：“君但觀其肥碩，至於莫能容其衣”，應該是“至於其衣莫能容”或“至莫能容於其衣”。這類文字上顛倒訛脱在林譯裡相當普遍，看來不能一概歸咎於排印的疏忽。林紓“譯書”的速度是他引以自豪的，也實在是驚人的㉕。不過，他下筆如飛、文不加點，得付出代價。除了造句鬆懈、用字冗贅而外，字句的脱漏錯誤無疑是代價的一部分。就像前引《三千年豔屍記》那一節裡“而鱷魚亦側其齒，尚陷入獅股”(照原來斷句)，也很費解，根據原作推斷，大約漏了一個“身”字：“鱷魚亦側其身，齒尚陷入獅股。”又像《巴黎茶花女遺事》“余轉覺忿怒馬克揶揄之心，逐漸為歡愛之心漸推漸遠”，贅餘的是“逐漸”；似乎本來想寫“逐漸為歡愛之心愈推愈遠”，中途變計，而忘掉刪除那兩個字。至於不很—或很不—利落的句型，例子可以信手拈來：“然馬克家日間談宴，非十餘人馬克不適”(《茶花女遺事》)；“我所求于兄者，不過求兄加禮此老”(《迦茵小傳》第四章)；“吾自思宜作何者，詎即久候於此，因思不如竊馬而逃”(《大食故宮餘載·記帥府之縛遊兵》)。這些不能算是衍文，都屬於劉知幾所謂“省字”和“點煩”的範圍了(《史通》內篇《敘事》、外篇《點煩》)。排印之誤不會沒有，但也許由於原稿的字跡潦草。最特出的例是《洪罕女郎傳》的男主角的姓（Quaritch），全部譯本裡出現幾百次，都作“爪立支”；“爪”字准是“瓜”字，草書形近致誤。這裡不妨摘錄民國元年至六年主編《小說月報》的惲樹珏先生給我父親的一封信，信是民國三年十月二十九日寫的："近此公（指林紓）有《哀吹錄》四篇，售與敝報。弟以其名足震俗，漫為登錄（指《小說月報》第五卷七號）。就中杜撰字不少：'翻筋斗'曰'翻滾斗'，'炊煙'曰'絲煙'。弟不自量，妄為竄易。以我見侯官文字，此為劣矣！"這幾句話不僅寫出林紓匆忙草率，連稿子上顯著的"杜撰字"或別字都沒改正，而且無意中流露出刊物編者對名作家來稿常抱的典型的兩面態度。

㉒ 見《黑奴籲天錄·例言》、《冰雪因緣·序》、《孝女耐兒傳·序》、《洪罕女郎傳·跋》、《撒克遜劫後英雄略·序》等。《離恨天·譯余剩語》中講《左傳》寫楚文王伐隨一節講得最具體。據《冰雪因緣·序》看來，他比能讀外文的助手更會領略原作的文筆："沖叔（魏易）初不著意，久久聞余言始覺。"

㉓ 林紓覺得很能控制自己，對原作並不任性隨意地改動。《塊肉餘生述》第5章有這樣一個加注："外國文法往往抽後來之事預言，故令讀者突兀警怪，此用筆之不同者也。余所譯書，微將前後移易，以便觀者。若此節則原書所有，萬不能易，故仍其原文。"參看《冰雪因緣》第26、29、39、49等章加注："原書如此，不能不照譯之"，"譯者亦只好隨他而走。"

㉔ 吳汝綸《桐城吳先生全書·尺牘》卷一《答嚴幼陵》。斯賓迦(J·E·Spingarn)編注《十七世紀批評論文集》(*Critical Essays of the Seventeenth Century*)第1冊《導言》自51頁起論當時的翻譯往往等於改寫；參看馬錫生(F·O·Matthiessen)《翻譯：伊麗沙伯時代的一門藝術》(*Translation：An Elizabethan Art*)自79頁起論諾斯(North)，又121頁起論弗羅利奧(Florio)，都是翻譯散文的例子。瓦勒利（Valery）語見《桓吉爾<牧歌>譯詩》（Traduction en vers des Bucoliques de Virgile）弁言，《詩文集》七星版（1957）第1冊214頁。

㉕ 《十字軍英雄記》有陳希彭《序》說林紓"運筆如風落霓轉，……所難者，不加竄點，脫手成篇"。民國二十七年印行《福建通志·文苑傳》卷九引陳衍先生《續閩川文士傳》也說林紓在譯書時，"口述者未畢其詞，而紓已書在紙，能限一時許就千言，不竄一字"；

陳先生這篇文章當時惹起小小是非，參看《青鶴》第4卷21期載他的《白話一首哭夢旦》："我作畏廬傳，人疑多刺譏"。

（參觀《七綴集》修訂本，《林紓的翻譯》第 86 頁至第 88 頁，第 109 頁，上海古籍出版社 1994 年 8 月版）

這一節，錢鍾書説了四件事：首先是對"翻譯者"的厘定，其次是説明林紓的翻譯是一種什麼性質的翻譯，再次是闡發林紓翻譯的積極意義，複次是指出林紓翻譯的最大不足。

先説對"翻譯者"的厘定。十分清楚，錢鍾書是從倫理學的視角對"翻譯者"的品格進行厘定的。作為翻譯者，第一，應該正確認識翻譯的性質，第二，應該認真執行翻譯的任務，第三，在翻譯中應該抑止自己的寫作衝動，決不取原文作者而代之，即便自己具有卓越的寫作才華。

次説林紓翻譯的性質。林紓的翻譯，實際上是一種"借體寄生的、東鱗西爪的寫作"。面對原文，他將自己看成是可以對原作者進行直言規勸的朋友，並按照自己的"寫作標準和企圖"，"大膽放手"地"點鐵成金、以石攻玉或移橘為枳"。錢鍾書指出，具有這種性質的翻譯，並非始于林紓，早在十七世紀，西方的"翻譯往往等於改寫"（本節注釋㉔中語）。與林紓同時的嚴復，其翻譯亦複如此。法國象徵派詩人瓦勒利（Paul Valery，1871–1945）在翻譯古羅馬詩人桓吉爾即維吉爾（Publius Vergilius Maro，公元前70–公元前19年）的《牧歌》（由十首短詩組成，描寫古羅馬時代的田園風光、牧人生活與愛情故事）時，亦曾躍躍欲試。錢鍾書在1988年中華書局出版的《談藝錄》（補訂本）第611頁張揚過瓦氏的一種觀點："瓦勒利現身説法，曰：'詩中章句並無正解真旨。作者本人亦無權定奪'"。一個持有這種理念的詩人翻譯另一個詩人的詩作，難免不進行"借體寄生的、東鱗西爪的寫作"。其實錢鍾書本人亦曾有過這樣的嘗試。如他將莎士比亞名劇《安東尼與克莉奧佩特拉》（*Antony and Cleopatra*）中一語Whom every thing becomes, to chide, to laugh, / To weep; whose every passion fully strives / To make itself, in thee, fair and admires!譯為"嗔罵，嘻笑，啼泣，各態咸宜，七情能生百媚”，未嘗不是一種“寫作”式的翻譯。（參觀《管錐編》第三冊第1039頁，中華書局1986年第2版）

再說林紓翻譯的積極意義。“增補原作”是林譯的一大特色。這種特色體現在兩個方面。一個是“或則加一個比喻，使描敘愈有風趣”。另一個是“或則引申幾句議論，使含意更能顯豁”。錢鍾書從林紓所譯歐文（Washington Irving，1783–1859，美國著名作家，美國文學奠基人之一）《拊掌錄・睡洞》（*Sketchy Book*，今譯《見聞札記》，“睡洞”，原文為*The Legend of the Sleepy Hollow*，今譯“睡谷的傳說”）以及林紓所譯狄更斯《賊史》中各摘出一例進行說明。如此“增補”，“從修辭學或文章作法的觀點來說，它常常可以啟發心思”，儘管在翻譯上是“不足為訓”的。林紓的增補在前期是“比較用心”的，而且是“有節制”的，“並不任性隨意地改動”。作為一名能夠寫小說的譯者，他比他的外文助手更能“領會原作的文筆”。他甚至認為天下文法是一家，正所謂“天下文人之腦力，雖歐亞之隔，亦未有不同者”。錢鍾書非常欣賞林紓的這種說法，讚揚林紓不是“空口說大話”，而是將《左傳》、《史記》中的筆法與狄更斯、森彼得的寫法進行比較之後才得出來的結論。森彼得（Bernardin de Saint-Pierre，1737–1814），法國著名作家，寫有*Paulet et Virginie*一書，今譯《保爾和薇吉妮》。林紓當年借佛家語，將書名譯作《離恨天》，喻男女報恨長期不得相見，與原文主旨頗為貼切。用今天的話來評論，這個譯名算得上是歸化譯法的經典。

複說林紓翻譯的最大不足。這個最大不足便是“顛倒訛脫”。錢鍾書將其具體描繪為“造句鬆懈”、“用字冗贅”、“字句脫漏”、“句型不很利落”、“句型很不利落”、“杜撰字不少”、“別字不改正”等等。所有這些都是“匆忙草率”“下筆如飛”、“文不加點”、“字跡潦草”、“草書形近”所付出的代價。難怪當年《小說月報》主編惲樹珏即惲鐵樵（1878–1935，江蘇武進人，善譯，後專攻中醫）一方面稱林紓“名足震俗”，另一方面又諷其杜撰字處處可見，“此為劣矣”。

注[24]中的吳汝綸，安徽桐城人，同治四年進士，近代文學家、教育家，曾為嚴復譯作《天演論》、《原富》作序。注[25]中的陳希彭，林紓弟子；陳衍，福建福州人，近代文學家。

一八　訛的抗腐作用

錢鍾書在《林紓的翻譯》中（含注釋[26]至[31]）尤稱：

在“訛”字這個問題上，大家一向對林紓從寬發落，而嚴厲責備他的助手。林紓自己也早把責任推得乾淨：“鄙人不審西文，但能筆達，即有訛錯，均出不知”(《西利亞郡主別傳·序》)[26]。這不等於開脫自己是“不知者無罪”麼?假如我上文沒有講錯，那末林譯的“訛”決不能全怪助手，而“訛”裡最具特色的成分正出於林紓本人的明知故犯。也恰恰是這部分的“訛”能起一些抗腐作用，林譯因此而可以免于全被淘汰。試看林紓的主要助手魏易單獨翻譯的迭更司《二城故事》(《庸言》第一卷十三號起連載)，它就只有林、魏合作時那種刪改的“訛”，卻沒有合作時那種增改的“訛”。林譯有些地方，看來助手們不至於“訛錯”，倒是“筆達”者“信筆行之”，不加思索，沒體味出原話裡的機鋒。《滑稽外史》一四章(原書一五章)裡番尼那封信是歷來傳誦的。林紓把第一句“筆達”如下，沒有加上他慣用的密圈來表示欣賞和領會：

“先生足下：吾父命我以書與君。醫生言吾父股必中斷，腕不能書，故命我書之。”

無端添進一個“腕”字，真是畫蛇添足！對能讀原文的人說來，迭更司這裡的句法差不多防止了添進“腕”或“手”字的可能性(…the doctors considering it doubtful whether he will ever recover the use of his legs which prevents his holding a pen)。迭更司賞識的蓋司吉爾夫人(Mrs· Gaskell)在她的小說裡寫了相類的話柄：一位老先生代他的妻子寫信，說“她的腳脖子扭了筋，拿不起筆”(she being indisposed with sprained ankle，which quite incapacitated her from holding pen)[27]。看來那是一個中西共有的套版笑話。《晉書》卷六八《賀循傳》“及陳敏之亂，詐稱詔書，以循為丹楊內史。循辭從腳疾，手不制筆”；《太平廣記》卷二五〇引《朝野僉載》：“李安期……

看判曰：‘書稍弱。’迭人對曰：‘昨墜馬傷足。’安期曰：‘損足何廢好書！’”。林紓從容一些，即使記不得《晉書》的冷門典故，准會想起唐人筆記裡著名詼諧，也許就改譯為“股必中斷，不能作書”或“足脛難復原，不復能執筆”，不但加圈，並且加注了㉘。當然，助手們的外文程度都很平常，事先準備也不一定充分，臨時對本口述，又碰上這位應聲直書的“筆達”者，不給與遲疑和考慮的間隙。忙中有錯，口述者會看錯説錯，筆達者難保不聽錯寫錯，助手們事後顯然也沒有校核過林紓的稿子。在那些情況下，不犯“訛錯”才真是奇跡。不過，苛責林紓助手們的人很容易忽視或忘記翻譯這門藝業的特點。我們研究一部文學作品，事實上往往不能夠而且不需要一字一句都透徹瞭解的。對有些字、詞、句以至無關重要的章節，我們都可以“不求甚解”，一樣寫得出頭頭是道的論文，因而掛起某某研究專家的牌子，完全不必聲明對某字、某句、某典故、某成語、某節等缺乏瞭解，以表示自己嚴肅誠實的學風。翻譯可就不同，只彷彿教基本課老師的講書，而不像大教授們的講學。原作裡沒有一個字可以滑過溜過，沒有一處困難可以支吾扯淡。一部作品讀起來很順暢容易，譯起來馬上出現料想不到的疑難，而這種疑難並非翻翻字典、問問人就能解決。不能解決而回避，那就是任意刪節的“訛”，不敢或不肯躲閃而強作解人，那更是胡猜亂測的“訛”。可憐翻譯者給扣上“反逆者”的帽子，既製造不來煙幕，掩蓋自己的無知和謬誤，又常常缺乏足夠厚的臉皮，不敢借用博爾赫斯（J.L.Borges）的話反咬一口，説那是原作對譯本的不忠實（El original es infiel a la traduccion）㉙。譬如《滑稽外史》原書第三五章説赤利伯爾弟兄是“German-mer chants”，林譯第三四章譯為“德國鉅商”。我們一般也是那樣理解的，除非仔細再想一想。迭更司決不把德國人作為英國社會的救星，同時，在十九世紀描述本國生活的英國小説裡，異言異服的外國角色只是笑柄㉚，而赤利伯爾的姓氏和舉止表示他是地道的英國人。那個平常的稱謂在這裡有一個現代不常用的意義：不指“德國鉅商”，而指和德國做進出口生意的英國商人㉛。寫文章評論《滑稽外史》或介紹迭更司的思想和藝術時，只要不推斷他也像卡萊爾那樣嚮往德國，我們的無知謬誤大可免於暴露丟臉；翻譯《滑稽外史》時，只怕不那麼安全了。

㉖ 這是光緒三十四年說的話。民國三年《荒唐言·跋》的口氣大變："紓本不能西文，均取朋友所口述者而譯，此海內所知。至於謬誤之處，咸紓粗心浮意，信筆行之，咎均在己，與朋友無涉也。"助手們可能要求他作上面的聲明。

㉗《克蘭福鎮往事》(*Cranford*)《幾封舊信》(Old Letters)。

㉘ 例如《大食故宮餘載·記阿蘭白拉宮》加注："此又類東坡之黃鶴樓詩"；《撒克遜劫後英雄略》第35章加注：'此語甚類宋儒之言"；《魔俠傳》第4段14章加注："'鐵弩三千隨婿去'，正與此同。"

㉙ 見所作"Sobre el *Vathek* de William Beckford" in *Otras Inquisicones*, Alianza Emecee, 1979,p.137.

㉚ 豪斯(H·House)《迭更司世界》(*The Dickens World*)5l又169頁論迭更司把希望寄託在赤利伯爾這類人物身上。皮爾朋(Max Beerbohm)開過一張表，列舉一般認為可笑的人物，有丈母娘、懼內的丈夫等，其中一項是："法國人、德國人、意國人……但俄國人不在內。"見克萊(N·Clay)編《皮爾朋散文選》94頁。

㉛ 參看葉斯潑生(O·Jespersen)《近代英語文法》(*Modern English Grammar*)第1冊第2部分304頁。當然，在他所舉德·昆西、迭更司等例子以前，早有那種用法，如十七世紀奧伯萊的傳記名著裡所謂"土爾其商人"，就指在土爾其經商的英國人 (John Aubrey, *Brief Lives*, ed. O.L. Dick,Ann Arbor Paperbacks, p.19: "Mr Dawes, a Turkey merchant",p.26: "Mr Hodges, a Turkey merchant")

（參觀《七綴集》修訂本，《林紓的翻譯》第 88 頁至第 91 頁，第 110 頁，上海古籍出版社 1994 年 8 月版）

本節要點有三。第一，翻譯與寫論文的區別。第二，林譯明知故犯的"訛"也有積極的一面。第三，林譯"訛"的責任與淵源。

錢鍾書將翻譯定位為"藝業"，譯者如同教基礎課的教師講解教材一樣。每一個字都要解釋清楚，每一個難點都要妥善解決，既不能"滑過溜過"，又不能"支吾扯淡"。讀原文，也許不難，但要將原文轉換成譯語，就會時時受阻，處處遇險。有時候字典翻爛，也找不到銖兩悉稱的詞語。有時候連連請教，甚至驅函千里，也難尋求到令人滿意的答覆。無可奈何之下，只好以“任意刪節”求“回避”，以“胡猜亂測”求“強作解人”，以至譯文中傷痕累累。有史以來，翻譯者總是被責罵為“叛徒”，實在是冤哉枉也。寫論文就不一樣。研究家無需對每一個字、每一句話、每一節文、每一個典故、每一個成語都透徹瞭解，照樣“寫得出頭頭是道的論文”。錢鍾書以狄更斯《滑稽外史》原書第三五章説赤利伯爾弟兄是“Germanmer chants”為例，指出林紓將“Germanmer chants”譯為“德國鉅商”屬於一種理解錯誤的翻譯。因為這個詞語實際上是指“和德國做進出口生意的英國商人”。錢鍾書在注㉛中猶標出另外一例，即a Turkey merchant 不能譯作“土耳其商人”，而應譯為“在土耳其經商的英國人”。寫論文的人完全可以在這些方面回避或虛晃一槍，從而免去“無知謬誤”的指責，弄翻譯的人則根本沒有這樣的機會進入“保險箱”。

林紓翻譯中的一些“訛”，有不少是他故意製造的，也就是“明知故犯”。孰料，這種“訛”居然起到了“抗腐作用”，使林譯未被全部“淘汰”。情形的確如錢鍾書所言。1933年，商務印書館推出“萬有文庫”，其中包含林譯《拊掌錄》、《現身説法》、《魔俠傳》等。1936年，復興書局出版林譯《巴黎茶花女遺事》。1947年，商務印書館重印《撒克遜劫後英雄略》，由茅盾校注。1981年，商務印書館精選並重印十本“林譯小説叢書”，計有《巴黎茶花女遺事》、《塊肉餘生記》、《不如歸》、《吟邊燕語》、《黑奴籲天錄》、《迦茵小傳》、《撒克遜劫後英雄略》、《拊掌錄》、《離恨天》、《現身説法》。1994年，福建人民出版社首發《林紓翻譯小説未刊九種》。2012年，上海辭書出版社出版《林紓譯著經典》（套裝共四冊），商務印書館精選的十種林譯被全數囊括，並有“推薦語”云：“經典並不缺失，只需重讀。林譯小説，大智慧與大境界的結晶，讀一次感歎一生。”。2013年，朝華出版社以“清末民初文獻叢刊”形式，陸續出版林譯《拊掌錄》、《迦茵小傳》、《黑奴籲天錄》等。2014年，北京聯合出版公司選印林譯《現身説法》、《巴黎茶花女遺事》等。2017年，商務印書館再出新招，將林紓所譯《巴黎茶花女遺事》、嚴復所譯《天演論》捆綁成一冊，隆重付梓。凡此種種，無不表明錢鍾書的“恰恰是這部分的‘訛’能起一些抗腐作用，林譯因此而可以免于全被淘汰”的說法或曰預測是何等精確。

錢鍾書挖掘出狄更斯小說中的the doctors considering it doubtful whether he will ever recover the use of his legs which prevents his holding a pen或可借鑒于蓋司吉爾夫人即伊莉莎白·蓋斯凱爾(Elizabeth Cleghorn Gaskell，1810–1865，英國小說家，代表作《瑪麗·巴頓》)小說裡的she being indisposed with sprained ankle，which quite incapacitated her from holding pen。複又指出中國典籍中亦有“腳疾手不制筆”、“墜馬傷足書稍弱”的說法，真可謂古今中外英雄所見略同矣。林紓少時讀中國古書多達三、四萬卷，諸如此類的說法當是爛熟於心，口譯者話音剛落，他便立馬“‘信筆行之’，不假思索”地將將狄更斯的這句話譯作 “醫生言吾父股必中斷，腕不能書”。可見，追究責任，非口譯人，實乃林紓明知故犯的使然。“股必中斷，腕不能書”的譯法，其實與錢鍾書的改譯“股必中斷，不能作書”或“足脛難復原，不復能執筆”庶幾近之。作書者，腕也，執筆者，亦腕也。在林紓的記憶庫中，史外筆記興許遠多於史書記載。

錢鍾書關於“不敢借用博爾赫斯（J.L.Borges，1899–1986，阿根廷詩人、小說家、散文家兼翻譯家）的話反咬一口，說那是原作對譯本的不忠實（El original es infiel a la traduccion）”的出處，可以追溯到博爾赫斯《關於威廉·貝爾福德的〈瓦提克〉》一文。文中說，英國人貝爾福德用法語寫了一篇小說，名叫《瓦提克》。三年後有人將其譯成英文。博爾赫斯之所以認為“原文沒有忠實於譯文”，乃是因為一位名叫聖茨伯理的人指出，“十八世紀的法語不如英語更能表達這部獨一無二的小說的‘無限恐怖’”。英國人以法文創作小說，這小說便是原文。有好事者將此法文小說轉換成英文，且更形象地凸顯出小說中的驚人恐怖，導致“原作對譯本的不忠實”的尷尬情境。錢鍾書或許為了自己行文的生鮮活潑，方才以調侃的口吻引用了博爾赫斯事出有因的說法。

又注㉘中的“鐵弩三千隨婿去”或源于清人袁枚（浙江杭州人，清代乾嘉時期詩人、散文家、文學評論家）《隨園詩話》卷四第二〇則中的“趙王父子開邊界，賴種蘭珠一朵花。銅弩三千隨婿去，女兒心太為夫家”一詩，下筆如飛的林才子也許誤將“銅”字草為了“鐵”字。

一九　翻譯是遭了魔術禁咒

錢鍾書在《林紓的翻譯》中（含注釋㉜至㉝）還稱：

所以，林紓助手的許多“訛錯”，都還可以原諒。使我詫異的是他們教林紓加添的解釋，那一定經過一番調查研究的。舉兩個我認為最離奇的例。《黑太子南征錄》㉜第五章：“彼馬上呼我為‘烏弗黎’(注：法蘭西語，猶言‘工人’)，且作勢，令我辟此雙扉。我為之啟關，彼則曰：‘懋爾西’(注：系不規則之英語)。”《孝女耐兒傳》第五一章：“白拉司曰：‘汝大能作雅謔，而又精于動物學，何也?汝殆為第一等之小丑！’英文Buffoon滑稽也，Bufon癩蟆也，白拉司本稱圭而伯為‘滑稽’，音吐模糊，遂成‘癩蟆’。”把“開門”(ouvre)和“工人”(ouvrier)混為一字，不去說它，為什麼把也是“法蘭西語”的“謝謝”(merci)解釋為“不規則之英語”呢?法國一位“動物學”家的姓和法語“小丑”那個字聲音相近，雨果的詩裡就葉韻打趣過㉝；不知道布封這個人，不足為奇，為什麼硬改了他的本姓(Buffon)去牽合拉丁語和意語的“癩蟆”(bufo，bufone)，以致法國的“動物學”大家化為羅馬的兩栖小動物呢?莎士比亞《仲夏夜之夢》第三幕第一景寫一個角色遭魔術禁咒，變為驢首人身，他的夥伴驚叫道：“天呀！你是經過了翻譯了(Thou art transtated)！”那句話可以應用在這個例上。

㉜ 原書是*The White Company*；《林琴南》和《春覺齋著述記》都誤淆為*Sir Nigel*。

㉝ 雨果《做祖父的藝術》(*L' Art d' être Grand-pere*)第4卷第1首《布封伯爵》(Le Comte de Buffon)（"Je contemple，au milieu des arbres de Buffon，/Le bison trop bourru，la babouin trop bouffon"）。

（參觀《七綴集》修訂本，《林紓的翻譯》第 91 頁至第 92 頁，第 110 頁，上海古籍出版社 1994 年 8 月版）

這一節表明錢鍾書通過細讀林譯，到底發現出了必須由口譯者獨立承擔的"訛錯"。比如英國偵探小説作家柯南道爾（Arthur Conan Doyle，1859–1930）《黑太子南征錄》（*The White Company*，今譯《白衣縱隊》）第五章中的"烏弗黎"即"開門"（ouvre）被口譯者理解成了"工人"（ouvrier）；又比如是書同一章中明明是法語的"懋爾西"即"謝謝"（merci）被口譯者理解為"不規則之英語"。作為"外語盲"的林紓，此時此刻也只能聽從口譯者們的擺佈，揮動手中的羊毫，在添加的夾註裡照錄不誤了。

再比如英國作家狄更斯《孝女耐兒傳》（*Old Curiosity Shop*，今譯《老古玩店》）第五十一章中有句云"白拉司曰：'汝大能作雅謔，而又精于動物學，何也?汝殆為第一等之小丑！'"口譯者"經過一番調查研究"之後，"教"林紓在此句後添一注釋："英文Buffoon滑稽也，Bufon癩蟆也，白拉司本稱圭而伯為'滑稽'，音吐模糊，遂成'癩蟆'。"根據譯文，我們可以判斷出原文作者的本意是將法國博物學家Buffon即布封（1707–1788）姓氏的讀音和英語"小丑"即Buffoon的讀音構成"諧音雙關"（Homophone）。殊不料，口譯者卻"訛"成"小丑"即Buffoon與拉丁語和意語的"癩蟆"即bufo、bufone之間的"諧音雙關"。錢鍾書引用莎士比亞《仲夏夜之夢》第三幕中"天呀！你是經過了翻譯了(Thou art transtated)！"的著名臺詞，對這種致使"法國的"動物學"大家化為羅馬的兩栖小動物"的注釋進行了毫不客氣的批評。

《黑太子南征錄》和《孝女耐兒傳》的口譯者均為魏易（1880–1930，杭州人），曾就讀上海聖約翰大學，與林紓合作翻譯時間為1901年至1909年。想想在國人還拖著辮子的大清時期，他能夠不辭辛勞地和林紓一道譯介西方文學作品，實屬不易。而且當時的工具書等肯定有限，主要依靠自己捉摸推敲。偶有訛誤，也是情理之中的事，後人是完全可以理解並能予以原宥的。

錢鍾書指出，法國作家雨果曾在一首詩中使用過這個諧音雙關，並在注㉝中引用了相關的兩行詩Je contemple，au mi1ieu des arbres de Buffon，/Le bison trop bourru，la babouin trop bouffon。筆者通過微信向翻譯大家羅新璋請教，請他直譯這兩行詩。他立馬微信過來："'我注視，在布封的樹木中間，太鬱怒的野牛，太調皮的小調皮/老頭子。'意思大致如此"。

筆者在羅新璋直譯的基礎上，大膽落墨，意譯如是：

一片青翠叢林，林主大名布封。野牛林中怒走，醜猴捉影撲風。

隨後用微信將譯文發至羅新璋。羅新璋複曰："大膽，很重要。有創意，押韻更勝。意譯勝直譯！"顯而易見，這是羅新璋對筆者的一種獎掖之評。

又狄更斯與雨果系同時代人，一向虛懷若谷的他很可能讀過雨果的這兩行詩，而且非常巧妙地借用到自己的小説中來了。

另"葉（讀音xié）韻"，又稱"諧韻"、"協韻"。指有些韻字如讀本音，便與同詩其他韻腳不和，須改讀某音，以協調聲韻。如李商隱《天涯》："春日在天涯，天涯日又斜。鶯啼如有泪，為濕最高花。"其中，"斜"須改讀xiá，方能與"涯"、"花"形成押韻。

二〇　林紓翻譯的前後期

錢鍾書在《林紓的翻譯》中（含注釋㉞至㊳）複稱：

林紓四十四五歲，在逛石鼓山的船上，開始翻譯㉞。他不斷譯書，直到逝世，共譯一百七十餘種作品，幾乎全是小説。傳説他也曾被聘翻譯基督教《聖經》㉟，那多分是不懂教會事務的小報記者無稽之談。據我這次不很完全的流覽，他接近三十年的翻譯生涯顯明地分為兩個時期。"癸丑三月"(民國二年)譯完的《離恨天》算得前後兩期間的界標。在它以前，林譯十之七八都很醒目；在它以後，譯筆逐漸退步，色彩枯暗，勁頭鬆懈，讀來使人厭倦。這並非因為後期林譯裡缺乏出色的原作。賽凡提斯的《魔俠傳》和孟德斯鳩的《魚雁抉微》就出於後期。經過林紓六十歲後沒精打采的翻譯，它們竟像《魚雁抉微》裡嘲笑的神學著作，彷彿能和安眠藥比賽功效[36]。賽凡提斯的生氣勃勃、浩瀚流走的原文和林紓的死氣沉沉、支離糾繞的譯文，孟德斯鳩的"神筆"(《魚雁抉微·序》見《東方雜誌》第一二卷九號)和林譯的鈍筆，成為殘酷的對照。說也奇怪，同一個哈葛德的作品，後期所譯《鐵盒頭顱》之類，也比前期所譯他的任何一部書來得沉悶。袁枚論詩的"老手頹唐"那四個字(《小倉山房詩集》卷二《續詩品·辨微》又《隨園詩話》卷一)，完全可以移評後期林譯；一個老手或能手不肯或不復能費心賣力，只依仗積累的一點兒熟練來搪塞敷衍。前期的翻譯使我們想像出一個精神飽滿而又集中的林紓，興高采烈，隨時隨地準備表演一下他的寫作技巧。後期翻譯所產生的印象是，一個困倦的老人機械地以疲乏的手指驅使著退了鋒的禿筆，要達到"一時千言"的指標。他對所譯的作品不再欣賞，也不甚感覺興趣，除非是博取稿費的興趣。換句話說，這種翻譯只是林紓的"造幣廠"承應的一項買賣[37]，形式上是把外文作品轉變為中文作品，而實質上等於把外國貨色轉變為中國貨幣。林譯前後期的態度不同，從這一點上看得出。他前期的譯本大多數有自序或他人序，有跋，有《小引》，有《達旨》，有《例言》，有《譯餘剩語》，有《短評數則》，有自己和別人所題的詩、詞，還有時常附加在譯文中的按語和評語。這種種都對原作的意義或藝術作了闡明或讚賞。儘管講了些迂腐和幼稚的話，流露的態度是莊重的、熱烈的。他和他翻譯的東西關係親密，甚至感情衝動得暫停那支落紙如飛的筆，騰出工夫來擦眼淚[38]。在後期譯本裡，這些點綴品或附屬品大大減削。題詩和題詞完全絕跡，卷頭語例如《孝友鏡》的《譯餘小識》，評語例如《煙火馬》第二章裡一連串的"可笑"、"可笑極矣"、"令人絕倒"等，也幾乎絕無僅有；像《金台春夢錄》以北京為背景，涉及中國的風土掌故，竟絲毫不能刺激他發表感想。他不像象以前那樣親熱、隆重地對待他所譯的作品；他的整個態度顯得隨便，竟可以說是淡漠或冷淡。假如翻譯工作是"文學因緣"，那末林紓後期的翻譯頗像他自己所譯的書名"冰雪因緣"了。

㉞ 黄濬《花隨人聖盦摭憶》238頁：“魏季渚(瀚)主馬江船政工程處，與畏廬狎。一日告以法國小説甚佳，欲使譯之，畏廬謝不能；再三強，乃曰：‘須請我遊石鼓山乃可。’季渚慨諾，買舟載王子仁同往，強使口授《茶花女》。……書出而眾嘩悦，林亦欣欣。……事在光緒丙申、丁酉間。”光緒丙申、丁酉是1896–1897年；據阿英同志《關於〈茶花女遺事〉》(《世界文學，1961年10月號) 的考訂，譯本出版於1899年。

㉟ 張慧劍《辰子説林》7頁：“上海某教會擬聘琴南試譯《聖經》，論價二萬元而未定。”

㊱ 《波斯人書信》(*Lettres Persanes*)第143函末附醫生信，德呂克(G.Truc)校注本260–261頁。林譯刪去這封附“翰”(《東方雜誌》第14卷7號)。

㊲ 前注25所引《續閩川文士傳》：“（紓）作畫譯書，雖對客不輟，惟作文則輟。其友陳衍嘗戲呼其室為‘造幣廠’，謂動輒得錢也。”參看《玉雪留痕·序》：“若著書之家，安有致富之日?……則哈氏黷貨之心，亦至可笑矣！”

㊳ 《冰雪因緣·序》、又第59章評語：“畏廬書至此，哭已三次矣！”

（參觀《七綴集》修訂本，《林紓的翻譯》第 92 頁至第 93 頁，第 110 頁至第 111 頁，上海古籍出版社 1994 年 8 月版）

錢鍾書在本節講了四件事。一是林紓涉足翻譯的起因和時間；二是林紓譯了多少種作品；三是林紓前期翻譯的亮色；四是林紓後期翻譯的短板。

被人譽為“中國近代造艦專家”的魏瀚（1851–1929，福州人）一再邀請同鄉林紓翻譯法國小説。林紓以游一次福州石鼓山作為條件。魏瀚立馬踐約，並邀曾公費留學法國巴黎大學長達六年的同鄉王子仁即王壽昌同遊。估計在這次遊覽中，有過訪學法國多年經歷的魏“處長”敲定了林紓翻譯的模式，即由懂外文的學人先將原文口譯，接下來，由不懂外文的古文高手林紓將口譯原文轉換成高雅的中文。同時選定法國小仲馬（Alexandre Dumas fils ，1824–1895）的小說《茶花女》（*La Dame aux Camélias*）作為開篇。口譯由王壽昌擔任。興許魏瀚亦有助譯的雅興，無奈公務繁多，未能如願以償。錢鍾書謂林紓開譯的年齡為“四十四五歲”，時間正好是1896年或者1897年。

錢鍾書計算林紓共譯書“一百七十餘種”，且“幾乎全是小說”。此前，鄭振鐸的統計是“一百五十六種”，不過他也婉轉地指出“也許不止於此”。1982年，《讀書》雜誌第10期刊有《林紓翻譯作品全目》一文，稱“林紓嘗翻譯作品一八五種，主要是小說”。2013年，上海辭書出版社推出《林紓譯著經典》，稱“近代中國的譯壇奇才，不懂英文卻譯出歐美作品180餘種”。看來“180餘種”的說法當是比較準確的。這些譯作涵蓋英、法、美、俄、比利時、西班牙、挪威、瑞士、希臘、日本等國家的98位作家，如莎士比亞、狄更斯、雨果、大仲馬、小仲馬、托爾斯泰、易卜生、賽凡提斯等，其中有40餘種為世界文學名著。

錢鍾書以濃墨對林紓前、後兩期的翻譯進行了非常生動的描繪。他認為“‘癸丑三月’(民國二年)譯完的《離恨天》算得前後兩期間的界標。”林譯前期的亮色呈現出三個方面：一是翻譯態度，二是翻譯方法，三是譯後運作。林紓的翻譯態度非常積極，滿滿的正能量。“精神飽滿”、“興高采烈”、“莊重熱烈”、“關係密切”、“隆重對待”、思想“集中”、表現“親熱”，“甚至感情衝動得暫停那支落紙如飛的筆，騰出工夫來擦眼淚”。至於翻譯方法，除了以典雅的中文替代粗糙的口譯之外，就是“隨時隨地準備表演一下寫作技巧”，換言之，即是“搶過作者的筆代他去寫”，而且還時不時地在譯文中附加“按語和評語”，對某些原文或褒或貶。翻譯過後，還有一道更精彩的工序，那就是要麼自己作序或題詩賦詞，要麼請他人作序或題詩賦詞，至於小引、達旨、例言、跋、短評、譯餘剩語可謂比比皆是，“這種種都對原作的意義或藝術”作了“闡明或讚賞”。因此，這個階段的林譯“十之七八都很醒目”。

可是林紓翻譯完《離恨天》之後，便像換了個人一樣。首先，翻譯目的發生了根本變化。如果説林紓前期的翻譯主要是為了推介西方文學的話，那麼他的後期翻譯則純粹是為了“博取稿費”，翻譯已經成為林紓“造幣廠”所“承應的一項買賣”，“形式上是把外文作品轉變為中文作品，而實質上等於把外國貨色轉變為中國貨幣”。

其次，翻譯態度發生了根本變化。林紓在翻譯中開始“勁頭鬆懈”，對“所譯的作品不再欣賞，也不甚感覺興趣”，而且“顯得隨便，竟可以説是淡漠或冷淡”。

第三，翻譯質量發生了根本變化。譯筆“逐漸退步，色彩枯暗，讀來使人厭倦”；譯文“彷彿能和安眠藥比賽功效”；“生氣勃勃、浩瀚流走”的原文變成了“死氣沉沉、支離糾繞”的譯文，原文作者的“神筆”化成了林紓的“鈍筆”。

第四，譯後運作幾近絕跡。在林紓後期譯本中，很少看到那種充滿情趣，甚至“像《金台春夢錄》以北京為背景，涉及中國的風土掌故，竟絲毫不能刺激他發表感想。”至於題詩、題詞一類的點綴品或附屬品更是銷聲匿跡。

凡此種種，無不表明，此時此刻的林紓，儼如“一個老手或能手不肯或不復能費心賣力，只依仗積累的一點兒熟練來搪塞敷衍”，更像“一個困倦的老人機械地以疲乏的手指驅使著退了鋒的禿筆，要達到‘一時千言’的指標”。於是，錢鍾書無可奈何地借用袁隨園筆下的“老手頹唐”以及林紓本人譯筆中的“冰雪因緣”來給林紓後期的翻譯作為判詞了。

又《離恨天》即*Paul et Virginie*，今譯《保爾和薇吉妮》，系法國作家貝納丹・德・聖比埃（Jacques-Henri Bernardin Saint-Pierre，1737-1814）的代表作。1788年出版，描寫了保爾與薇吉妮兩人的愛情悲劇。“離恨天”三字出自古語“三十三層天，離恨天最高，四十四種病，相思病最苦。”

另對袁枚文章爛熟于心的錢鍾書順手拈出其“老手頹唐”四字用在林紓身上，實在是再貼切不過了。老手，對某事情富有經驗之人也，又稱熟手。頹唐，衰頹敗落、萎靡不振之狀也。

二一　並非文言就算得"古文"

錢鍾書在《林紓的翻譯》中(含注釋㊴至㊶)繼續稱:

林紓是"古文家",他的朋友們恭維他能用"古文"來譯外國小説,就象趙熙《懷畏廬叟》:"列國虞初鑄馬班。"(陳衍《近代詩鈔》第一八册)後來的評論者也照例那樣説,大可不必,只流露出他們對文學傳統不甚了了。這是一個需要澄清的問題。"古文"是中國文學史上的術語,自唐以來,尤其在明清兩代,有特殊而狹隘的涵義。並非文言就算得"古文",同時,在某種條件下,"古文"也不一定和白話文對立。

"古文"有兩方面。一方面就是林紓在《黑奴籲天錄·例言》、《撒克遜劫後英雄略·序》、《塊肉餘生述·序》裡所謂"義法",指"開場"、"伏脈"、"接筍"、"結穴"、"開闔"等等——一句話,敘述和描寫的技巧。從這一點説,白話作品完全可能具備"古文家義法"。明代李開先《詞謔》早記載"古文家"象唐順之、王慎中等把《水滸傳》和《史記》比美㊴。林紓同時人李葆恂《義州李氏叢刊》裡《舊學盦筆記》似乎極少被徵引過。一條記載"陽湖派"最好的古文家惲敬的曾孫告訴他:"其曾祖子居先生有手寫《<紅樓夢>論文》一書,用黃、朱、墨、綠筆,仿震川評點《史記》之法"㊵;另一條説:"阮文達極賞《儒林外史》,謂:'作者系安徽望族,所記乃其鄉里來商於揚而起家者,與土著無干。作者一肚皮憤激,借此發洩,與太史公作謗書,情事相等,故筆力亦十得六七。'傾倒極矣!予謂此書,不惟小説中無此奇文,恐歐、蘇後具此筆力者亦少;明之歸、唐,國朝之方、姚,皆不及遠甚。只看他筆外有筆,無字句處皆文章,褒貶諷刺,俱從太史公《封禪書》得來"㊶。簡直就把白話小説和《史記》、八家"古文"看成同類的東西,較量高下,追溯淵源。林紓自己在《塊肉餘生述·序》、《孝女耐兒傳·序》裡也把《石頭記》、《水滸》和"史、班"相提並論。我上文已指出,他還發現外國小説"處處均得古文文法"。那末,在"義法"方面,外國小説本來就符合"古文",無需林紓來轉化它為"古文"了。

㊴ 《李開先集》，路工編第3冊945頁。參看周暉《金陵瑣事》上記李贄語，胡應麟《少室山房筆叢》卷四一記“巨公”、“名士”語。其它象袁宏道、王思任等人相類的意見，可看平步青《霞外捃屑》卷七論“古文寫生逼肖處最易涉小說家數”。

㊵ 流傳的歸有光評點《史記》並非真本（參看王懋竑《白田草堂存稿》卷八《跋歸震川<史記>》，又陸繼輅《合肥學舍劄記》卷一引姚鼐自言所見“震川有《史記》閣本，但有圈點，極發人意”），然而古文家奉它為天書，“前輩言古文者所為珍重授受，而不肯輕以示人者”（章學誠《文史通義》內篇一《文理》）。惲敬給與《紅樓夢》以四色筆評點的同樣待遇，可以想見這位古文家多麼重視它的“文”了。

㊶ 阮元語想出自李氏收藏的手跡，別處未見過。李氏對《儒林外史》還有保留：“《醒世恒言》可為快書第一，每一下筆，輒數十行，有長江大河、渾灝流轉之觀。……國朝小說惟《儒林外史》堪與匹敵，而沉鬱痛快處似尚不如。”李慈銘《越縵堂日記補》咸豐十年二月十六日：“閱小說演義《醒世姻緣》者……老成細密，亦此道中之近理者”；黃公度《與梁任公論小說書》：“將《水滸》、《石頭記》、《醒世姻緣》以及太西小說，至於通行俗諺，所有譬喻語、形容語、解頤語，分別鈔出，以供驅使”（錢仲聯《人境廬詩鈔箋注·黃公度先生年譜》光緒二十八年）。這幾個例足夠表明：晚清有名的文人學士急不及待，沒等候白話文學提倡者打鼓吹號，宣告那部書的“發現”，而早覺察它在中國小說裡的地位了。

（參觀《七綴集》修訂本，《林紓的翻譯》第93頁至第94頁，第111頁至112頁，上海古籍出版社1994年8月版）

在這一節中，錢鍾書指出：林紓的朋友以及後來的評論者都異口同聲地稱讚“古文家”林紓是用“古文”翻譯外國小說。甚至像光緒年間高中過翰林的川人趙熙也用“列國虞初鑄馬班”這樣的詩句來恭維他。列國，諸多國家並存之狀也；虞初，西漢人，中國首位小說家也；鑄，造就也；馬班，史學家司馬遷、班固也。短短七個字將小說地位之重要描繪得淋漓盡致，林紓賡續前賢，以“古文”翻譯小說，尤其功莫大焉。

錢鍾書對此卻大不以為然，提出“這是一個需要澄清的問題”。首先，他認為，作為中國文學史上的一個術語，“古文”二字有其“特殊而狹隘的涵義”。而且“文言”不一定算得“古文”，“白話文”也不一定和“古文”互相對立。其次，他指出，“古文”包涵兩個方面，其中一個方面就是林紓所說的“義法”，即林紓所譯小說序中標榜的“開場”、“伏脈”、“接筍”、“結穴”、“開闔”等等。錢鍾書將林紓的“義法”詮釋成“敘述和描寫的技巧”。林紓在翻譯中一再發現外國小說“處處均得古文家義法”（語出《黑奴籲天錄·例言》），於是錢鍾書開門見山地斷言：既然外國小說在“義法”這一方面和“古文”中的“義法”原本就是一回事，又何須林紓轉化翻騰，多此一舉呢。如此一來，眾人對林紓以“古文”翻譯外國小說的讚揚就被打了一半的折扣。

錢鍾書還花了不少筆墨，歷數包括林紓在內的諸多名流是如何將《水滸傳》、《紅樓夢》（《石頭記》）、《儒林外史》與《史記》、《漢書》以及唐宋八大家的“古文”進行“相提並論”、“較量高下”、相互“比美”的，從而得出“白話作品完全可能具備‘古文家義法’”的結論。錢先生的這些議論無非告訴我們，小說中的“敘述和描寫的技巧”，不論中外，都有相似之處，乃至完全一致。正所謂“東海西海，心理攸同；南學北學，道術未裂”是也。譯者不妨以直譯的方法“和盤托出”即可，倘若另用爐錘，那就是對原文的“褻瀆”。

錢鍾書在是節中提到的林紓《塊肉餘生述·序》，羅新璋《翻譯論集》亦未納於其中，此處尾附，或可一饗讀者。

林紓《塊肉餘生記·序》

此書為迭更司生平第一著意之書，分前後二編，都二十余萬言。思力至此，臻絕頂矣！古所謂“鎖骨觀音”者，以骨節鉤聯，皮膚腐化後，揭而舉之，則全具鏘然，無一屑落者。方之是書，則固赫然其為鎖骨也。

大抵文章開闔之法，全講骨力氣勢，縱筆至於灝瀚，則往往遺落其細事繁節，無複檢舉，遂令觀者得罅而攻。此固不為能文者之病。而精神終患弗周。迭更司他著，每到山窮水盡，輒發奇思，如孤峰突起，見者聳目，終不如此書伏脈至細：一語必寓微旨，一事必種遠因，手寫是間，而全域應有之人，逐處湧現，隨地關合，雖偶爾一見，觀者幾複忘懷，而閑閑著筆間，已近拾即是，讀之令人斗然記憶，循編逐節以索，又一一有是人之行蹤，得是事之來源。綜言之，如善弈之著子，偶然一下，不知後來咸得其用，此所以成為國手也。

施耐庵著《水滸》，從史進入手，點染數十人，咸歷落有致。至於後來，則如一群之貉，不復分疏其人，意索才盡，亦精神不能持久而周遍之故。然猶敘盜俠之事，神奸魁蠹，令人聳懾。若是書，特敘家常至瑣至屑無奇之事蹟，自不善操筆者為之，且懨懨生人睡魔，而迭更司乃能化腐為奇，撮散作整，收五蟲萬怪，融匯之以精神，真特筆也。史、班敘婦人瑣事，已綿細可味也，顧無長篇可以尋繹。其長篇可以尋繹者，唯一《石頭記》，然炫語富貴，敘述故家，緯之以男女之豔情，而易動目。若迭更司此書，種種描摹，下等社會雖可噦可鄙之事，一運以佳妙之筆，皆足供人噴飯。英倫半開化時民間弊俗、亦皎然揭諸眉睫之下，使吾中國人觀之，但實力加以教育，則社會亦足改良，不必心醉西風，謂歐人盡勝於亞。似皆生知良能之彥，則鄙之譯是書，為不負矣。

閩縣林紓敘于宣南春覺齋。

二二　林紓未用古文譯小說

錢鍾書在《林紓的翻譯》中（含注釋㊷至㊺）還稱：

不過，“古文”還有一個方面——語言。只要看林紓信奉的“桐城派”祖師方苞的教誡，我們就知道“古文”運用語言時受多少清規戒律的束縛。它不但排除了白話，也勾銷了大部分的文言：“古文中忌語錄中語、魏晉六朝人藻麗俳語、漢賦中板重字法、詩歌中雋語、南北史佻巧語。”㊷後來的桐城派作者更擴大範圍，陸續把“注疏”、“尺牘”、“詩話”等的腔吻和語言都添列為違禁品㊸。受了這種步步逼進的限制，古文家戰戰兢兢地循規蹈矩，以求保衛語言的純潔，消極的、像雪花而不像火焰那樣的純潔[44]。從這方面看，林紓譯書的文體不是"古文"，至少就不是他自己所謂"古文"。他的譯筆違背和破壞了他親手制定的"古文"規律。譬如袁宏道《記孤山》有這樣一句話："孤山處士妻梅子鶴，是世間第一種便宜人！"林紓《畏廬論文·十六忌》之八《忌輕儇》指摘說："'便宜人'三字亦可入文耶?"[45]然而我隨手一翻，看見《滑稽外史》第二九章明明寫著："惟此三十磅亦巨，乃令彼人占其便宜，至於極地。"又譬如《畏廬論文·拼字法》說"古文之拼字，與填詞之拼字，法同而字異。詞眼纖豔，古文則雅煉而莊嚴耳"，舉了"愁羅恨綺"為"填詞拼字"的例子。然而林譯柯南達利的一部小說，恰恰題名《恨綺愁羅記》。更明顯地表示態度的是《畏廬論文·十六忌》之一四《忌糅雜》："糅雜者，雜佛氏之言也。……適譯《洪罕女郎傳》，遂以《楞嚴》之旨，掇拾為序言，頗自悔其雜。幸為遊戲之作，不留稿。"這節話充分證明了，林紓認為翻譯小說和"古文"是截然兩回事。"古文"的清規戒律對譯書沒有任何裁判效力或約束作用。其實方苞早批評明末遺老的"古文"有"雜小說"的毛病，其他古文家也都提出"忌小說"的警告[46]。試想翻譯"寫生逼肖"的小說而文筆不許"雜小說"，那不等於講話而緊緊咬住自己的舌頭嗎? 所以，林紓並沒有用"古文"譯小說，而且也不可能用"古文"譯小說。

---

[42] 沈廷芳《隱拙軒文鈔》卷四《方望溪先生傳》附《自記》。方苞敬畏的李紱《穆堂別稿》卷四四《古文詞禁八條》是一直被忽略的文獻，明白而詳細地規定了禁用"儒先語錄"、"佛老唾餘"、"訓詁講章"、"時文評語"、"四六駢語"、"頌揚套語"、"傳奇小說"和"市井鄙言"。自稱曾被李氏賞識的袁枚也信奉這些"詞禁"，參看《小倉山房文集》卷三五《與孫俌之秀才書》。

[43] 梅曾亮《柏梘山房文集》續集《姚姬傳先生尺牘序》："先生嘗語學者，為文不可有注疏、語錄及尺牘氣"；吳德旋《初月樓古文緒論》第二條："忌小說，忌語錄，忌詩話，忌時文，忌尺牘。"

[44] 推崇方苞的桐城人也不得不承認他的語言很貧薄──"嗇于詞"(劉

開《孟塗文集》卷四《與阮芸台宫保論文書》)。

㊺ 《朱子語類》卷一二五："老子……笑嘻嘻地，便是個退步佔便宜底人。"這原是"語錄"，用字不忌。陳夢錫《無夢園集》馬集卷四《注〈老子〉序》暗暗針對朱熹："老子非便宜人也……非為人開便宜門也，老子最惡便宜。"這就是晚明人古文破了"忌語錄"的戒了。

㊻ 方苞語亦見前注42所引沈廷芳文。吳德旋《初月樓古文緒論》評袁枚"文不如其小說"，自注："陳令升曰：'侯朝宗、王于一其文之佳者尚不能出小說家伎倆，豈是名家！"；按陳氏語見黃宗羲《南雷文定》後集卷四《陳令升先生傳》。參看彭士望《樹廬文鈔》卷二《與魏冰叔書》："即文字寫生處，亦須出之正大自然，最忌纖佻，甚或詭誕，流為稗官諧史。敝鄉徐巨源之《江變紀略》、王于一之《湯琵琶》、《李一足傳》取炫世目，不慮傷品。"李良年《秋錦山房集》卷三《論文口號》九首之六："于一文章在人口，暮年蕭瑟轉欷歔；《琵琶》《一足》荒唐甚，留補《齊諧》志怪書。"汪琬《鈍翁前後類稿》卷四八《跋王于一遺集》："前代之文，有近於小說者，蓋自柳子厚始，如《河間》《李赤》二傳，《謫龍說》之屬皆然。然子厚文氣高潔，故猶未覺其流宕也。至於今日，則遂以小說為古文詞矣。……亦流為俗學而已矣！夜與武曾（即李良年）論朝宗《馬伶傳》、于一《湯琵琶傳》，不勝歎息。"王猷定《四照堂集》卷七《李一足傳》實據"與一足遊最久"的朝程愈《白松樓集略》卷八《李一足小傳》改寫。韓愈的另一同夥李翺所作《何首烏錄》、《解江靈》等，也"近於小說"。

（參觀《七綴集》修訂本，《林紓的翻譯》第 94 頁至第 95 頁，第 112 頁至第 113 頁，上海古籍出版社 1994 年 8 月版）

錢鍾書在本節中分析道："古文"的一個方面是"義法"，另一個方面則是"語言"，具體的說，即是"語言的運用"。"桐城派"創始人方苞就"古文"提出的清規戒律，包括"五忌"。一忌語錄中語、二忌藻麗俳語、三忌板重字法、四忌詩歌雋語、五忌佻巧語。顯而易見，"古文"中"不能有'雜小說'的毛病"亦暗含在這"五忌”之中。創始人的接班人尤其變本加厲，又添上“第六忌”：忌用“注疏”、“尺牘”、“詩話”等的腔吻和語言。作為“桐城派”的一份子，林紓更是後來居上，竟然提出《論文十六忌》。根據這麼多的限制，“古文家”惟有“戰戰兢兢地循規蹈矩”，方能寫出“語言純潔”的“古文”。錢鍾書將這種所謂“純潔”比喻為“消極的、像雪花而不像火焰那樣的純潔”。

想不到的是，林紓在小說翻譯中並未遵從這些“禁忌”，而是成了地地道道的“兩面人”。錢鍾書採用“以其人之道還治其人之身”的辦法，從林紓的譯文中找出並非“個案”的例子，指責其翻譯運作中的口是心非。比如林紓在論文中堂而皇之地指責前人作文中使用“便宜人”一詞不妥。可背過身，他在自己翻譯的《滑稽外史》第二九章裡卻大大方方地用了“便宜”二字。又比如林紓在論文中一本正經地批評前人以“愁羅恨綺”為“填詞拼字”，實屬“詞眼纖豔”，既不“雅煉”，又乏“莊嚴”。然而他在翻譯柯南達利即柯南道爾的小說*The Refugees*時，卻不慌不忙地將這個書名譯作《恨綺愁羅記》。“不解恨”的錢鍾書更是從林紓《論文十六忌》的“忌糅雜”中挑出一節話“糅雜者，雜佛氏之言也。……適譯《洪罕女郎傳》，遂以《楞嚴》之旨，掇拾為序言，頗自悔其雜。幸為遊戲之作，不留稿”，調侃林紓的小說翻譯與“‘古文’是截然兩回事”，且一再斷言：“古文”的清規戒律對林紓“譯書沒有任何裁判力或約束作用”，林紓的譯筆“違背和破壞了他親手制定的‘古文’規律”。至此，便不難看出，眾人對林紓以“古文”翻譯外國小說的讚揚又被打了另一半折扣。於是錢鍾書言之鑿鑿地得出結論：“林紓譯書的文體不是‘古文’”，“林紓並沒有用‘古文’譯小說”。

通情達理的錢鍾書，對林紓未用“古文”的作法其實充滿了同情，於是他又以“律師”的身份為林紓辯解：“試想翻譯‘寫生逼肖’的小說而文筆不許‘雜小說’，那不等於講話而緊緊咬住自己的舌頭嗎?”基於此，最後，錢鍾書得出了另一個結論：林紓根本“不可能用‘古文’譯小說”。

此外，這節文字之後的五則注釋亦值得細細玩味。桐城派的文人們為寫作設定了如此之多的禁忌，或曰條條框框，反過來只是束縛了自己的雙手，筆底流出的文字只能是“很貧乏”的了。倘若衝破這些束縛揮毫，寫出來的文字難免“小説家伎倆”，甚或“流為俗學”，以至為人詬病，遠者如唐代李翱，近者如清代侯朝宗等。兼及翻譯，情形又何嘗不是如此。

二三　林紓譯書文體

錢鍾書在《林紓的翻譯》中（含注釋㊼至㊿）進一步指出：

林紓譯書所用文體是他心目中認為較通俗、較隨便、富於彈性的文言。它雖然保留若干“古文”成分，但比“古文”自由得多，在詞彙和句法上，規矩不嚴密，收容量很寬大。因此，“古文”裡絕不容許的文言“雋語”、“佻巧語”像“樑上君子”、“五朵雲”、“土饅頭”、“夜度娘”等形形色色地出現了。白話口語像“小寶貝”、“爸爸”、“天殺之伯林伯”（《冰雪因緣》一五章，“天殺之”即“天殺的”）等也紛來筆下了。流行的外來新名詞——林紓自己所謂“一見之字裡行間便覺不韻”的“東人新名詞”㊼——像“普通”、“程度”、“熱度”、“幸福”、“社會”、“個人”、“團體”（《玉樓花劫》四章）、“腦筋”、“腦球”、“腦氣”、“反動之力”(《滑稽外史》二十七章、《塊肉餘生述》一二章又五二章)、“夢境甜蜜”、“活潑之精神”、“苦力”（《塊肉餘生述》一一章又三七章)等應有盡有了。還沾染當時以譯音代譯意的習氣，“馬丹”、“密司脱”、“安琪兒”、“俱樂部”㊽之類連行接頁，甚至毫不必要地來一個“列底(尊閨門之稱也)”（《撒克遜劫後英雄略》五章，原文“Lady”），或“此所謂‘德武忙’耳(猶華言為朋友盡力也)”（《巴黎茶花女遺事》，原書一〇章，原文“du dévouement”）。意想不到的是，譯文裡有相當特出的“歐化”成分。好些字法、句法簡直不像不懂外文的古文家的“筆達”，倒像懂得外文而不甚通中文的人的狠翻蠻譯。那種生硬的——毋寧説死硬的——翻譯構成了雙重的“反逆”，既損壞原作的表達效果，又違

背了祖國的語文習慣。林紓筆下居然寫出下面的例句！第一類像

"侍者叩扉曰：'先生密而華德至"(《迦茵小傳》五章)。

把稱呼詞"密司脱"譯意為"先生"，而又死扣住原文裡的次序，把這個詞兒位置在姓氏之前㊾。第二類像

"自念有一絲自主之權，亦斷不收伯爵"(《巴黎茶花女遺事》，原書五章)；

"人之識我，恒多諛辭，直敝我耳。"(《塊肉餘生述》一九章)

譯"Spoils me"為"敝我"，譯"recu le comte"為"收伯爵"，字面上好像比"使我驕恣"、"接納伯爵"忠實。不幸這是懶漢、懦夫或笨伯的忠實，結果產生了兩句外國中文(pidgintranslatorese)，和"他熱烈地搖動(shake)我的手"、"箱子裡沒有多餘的房間(room)了"、"這東西太親愛(dear)，我買不起"等話柄，屬於同一範疇。第三類像

"今此謙退之畫師，如是居獨立之國度，近已數年矣"(《滑稽外史》一九章)。

按照文言的慣例，至少得把"如是"兩字移後："……居獨立之國度，如是者已數年矣。"再舉一個較長的例：

"我……思上帝之心，必知我此一副眼淚實由中出，誦經本諸實心，佈施由於誠意。且此婦人之死，均余搓其目，著其衣冠，扶之入柩，均我一人之力也。"(《巴黎茶花女遺事》，原書二六章："…mais je pense que le bon Dieu reconnaîtra que mes larmes étaient varies, ma prière fervent, mon aumône sincère, et qu' ilaura pitié de celle qui, morte jeune et belle, n' a eu que moi pour lui fermer les yeux et l' ensevelir.")

"均我"、"均余'的冗贅，"著其衣冠"的語與意反(當云："為著衣冠"，原文亦無此意)，都撇開不講。整個句子完全遵照原文秩序，一路浩浩蕩蕩，順次而下，不重新安排組織。在文言語法裡，孤零零一個"思"字無論如何帶動不了後面那一大串詞句，顯得尾大不掉；"知"字雖然地位不那麼疏遠，也拖拉的東西太長，欠缺一氣貫注的勁頭。譯文只好減縮拖累，省去原文裡"上帝亦必憐彼婦美貌短命"那層意思。但是，整句的各個子句仍然散漫

不夠團結；假如我們不對照原文而加新式標點，就會把“且此婦人之死”另起一句。儘管這樣截去後半句，前半句還是接榫不嚴、包紮太松，不很過得去。也許該把“上帝之心必知”那個意思移向後去：“自思此一副眼淚實由中出，祈禱本諸實心，佈施由於誠意，當皆蒙上帝鑒照，且伊人美貌短命，舍我無誰料理其喪葬者，當亦邀上帝悲憫。”這些例子足以表示林紓翻譯時，不僅不理會“古文”的約束，而且常常無視中國語文的習尚。他簡直像《撒克遜劫後英雄略》裡那個勇猛善戰的“道人”，一換去道袍，就什麼清規都不守了㊿。

㊼ 《〈古文辭類纂〉選本・序》；參看朱義胄《貞文先生年譜》卷下民國三年記林紓斥“文中雜以新名詞”。清末有些人認為古文當然不容許“雜以新名詞”，公文也得避免新名詞。例如張之洞“凡奏疏公牘有用新名詞者，輒以筆抹之，且書其上曰：‘日本名詞！’後悟‘名詞’即新名詞，乃改稱‘日本土語”（江庸《趨庭隨筆》；參看胡思敬《國聞備乘》卷四）。易順鼎《嗚呼易順鼎》第五篇自記很蒙張氏器重，但擬稿時用“犧牲”、“組織”兩個“新名詞”，張氏大怪，從此不提拔他。

㊽ 《拊掌錄・李迫大夢》譯意作“朋友小會”；《巴黎茶花女遺事》“此時赴會所尚未晚”是譯原書9章的“Il est temps que j' aille au club・”

㊾ 宗惟惠譯《求鳳記》的《楔言》第3節、第8節等把稱呼詞譯音，又按照漢語習慣，位置在姓名之後，例如“史列門密司”、“克倫密司”，可以和“先生密而華德”配對。

㊿ 《撒克遜劫後英雄略》20章：“蓋我一擐甲，飲酒、立誓、狎妓，節節皆無所諱。”

（參觀《七綴集》修訂本，《林紓的翻譯》第 96 頁至第 98 頁，
第 113 頁，上海古籍出版社 1994 年 8 月版）

林紓究竟是用什麼文體來翻譯外國小説的呢？錢鍾書在是節中給了我們一個非常明確的答案：

“林紓譯書所用文體是他心目中認為較通俗、較隨便、富於彈性的文言”。

這種“文言”，有一些“古文”的成分，但比“古文”自由；句法規矩不很嚴密；詞彙收容量非常大。由是在林譯中，文言“雋語”、“佻巧語”，比比皆是；白話口語，紛至遝來；外來新名詞，應有盡有；以譯音取代譯意，蔚然成風。所有這些，均為這種文體的亮點。不妨説，這是林譯取得成功的一個重要方面。

然而，事物總有不盡於人意之處。林譯雖好，其中卻“有相當特出的‘歐化’成分”。林紓原本是“不懂外文的古文家”，有時候搖身一變，反倒成了“懂得外文而不甚通中文的”的翻譯家。原文經過一番“狠翻蠻譯”的“筆達”而形成的“生硬的”甚至是“死硬的”譯文，不僅字法有問題，而且句法也有問題。如此譯文，對原作而言，損壞了出發語的“表達效果”；對譯作而言，違背了目的語的“語文習慣”。錢鍾書將這種翻譯定格為“雙重的‘反逆’”。他首先從林譯中摘出四個例句進行分析，指出譯文有三類“歐化”現象。第一類是“死扣住原文裡的次序”，如為了體現原文的字序，將本應譯為“密而華德先生至”的一句話，硬生生地折騰為“先生密而華德至”。第二類是盲目追求字面忠實，不惜以“外國中文”取代地道的中文，如“Spoils me”一語，理應譯為“使我驕恣”方為對原文實實在在的忠實，但卻偏偏被譯作為“敝我”，導致了一種“懶漢、懦夫或笨伯的忠實”。第三類是不合文言表達慣例，如“如是居獨立之國度，近已數年矣”的慣常表述應是“居獨立之國度，如是者已數年矣。”

錢鍾書猶搬出第五個例句，指出譯文中成段的表達問題更甚，諸如“冗贅”、“語與意反”、結構“不重新安排組織”、“尾大不掉”、“欠缺一氣貫注的勁頭”、“散漫”、“接榫不嚴”、“包紮太松”等等。此例原文僅40餘詞，弊端竟然有如此之多。錢鍾書只得無可奈何地歎曰：“林紓翻譯時，不僅不理會‘古文’的約束，而且常常無視中國語文的習尚。他簡直像《撒克遜劫後英雄略》裡那個勇猛善戰的‘道人’，一換去道袍，就什麼清規都不守了”！

四條注釋中的注㊼無疑折射出了清代末年某些國人對外來文化的極端排斥。古文中不容許出現“新名詞”，公文中亦得避免。晚清中興名臣張之洞（1837–1909，同治二年探花，官至兩江總督）于此尤烈。一是將“奏疏公牘”中的新名詞統統“筆抹”，二是對在公文擬稿中使用新名詞的下屬大加指責，竟至不予“提拔”。

二四　嘗試、摸索、搖擺

錢鍾書在《林紓的翻譯》中（含注釋㊿至㊼）猶認為：

在林譯第一部小說《巴黎茶花女遺事》裡，我們看得出林紓在嘗試，在摸索，在搖擺。他認識到，“古文”關於語言的戒律要是不放鬆(姑且不說放棄)，小說就翻譯不成。為翻譯起見，他得借助于文言小說以及筆記的傳統文體和當時流行的報刊文體。但是，不知道是良心不安，還是積習難改，他一會兒放下、一會兒又擺出“古文”的架子。古文慣手的林紓和翻譯生手的林紓彷彿進行拉鋸戰或蹺板遊戲；這種忽進又退、此起彼伏的情況清楚地表現在《巴黎茶花女遺事》裡。那可以解釋為什麼它的譯筆比其它林譯晦澀、生澀、“舉止羞澀”；緊跟著的《黑奴籲天錄》就比較曉暢明白。古奧的字法、句法在這部譯本裡隨處碰得著。“我為君潔,故願勿度，非我自為也”，就是一例。原書第一章裡有一節從“Un jour”至“qu' autrefois”共二百十一個字，林紓只用十二個字來譯：“女接所歡，嬺,而其母下之，遂病。”要證明漢語比西語簡括，這種例是害人上當的㊿。司馬遷還肯用淺顯的“有身”或“孕”(例如《外戚世家》、《五宗世家》、《呂不韋列傳》、《春申君列傳》、《淮南衡山列傳》，《張丞相列傳》)，林紓卻從《說文》和《玉篇》引《尚書・梓材》句“至於嬺婦”，摘下了一個斑駁陸離的古字；班固還肯明白說“飲藥傷墮”(《外戚傳》下)，林紓卻仿《史記・扁鵲倉公列傳》，惜墨如金地只用了一個“下”字。這可能就是《畏盧論文》所謂“換字法”了。另舉一個易被忽略的例。小說裡報導角色對話，少不得“甲說”、“乙回答說”、“丙於是說”那些引冒語。外國小說家常常花樣翻新，以免比肩接踵的“我說”、“他說”、“她說”，讀來單調，每每嬌揉纖巧，受到修辭教科書的指斥[52]。中國古書報導對話時也來些變化，只寫“曰”、“對曰”、“問”、“答云”、“言”等而不寫明是誰在開口。更古雅的方式是連“曰”、“問”等都省得一乾二淨，《史通》內篇《模擬》所謂，“連續而去其‘對曰’、‘問曰’等字”[53]。例如：

“……邦無道，穀，恥也。”“克伐怨欲不行焉，可以為仁矣。”曰：“可以為難矣，仁則吾不知也。”(《論語·憲問》)

“……則具體而微。”“敢問所安?”曰：“姑舍是。”(《孟子·公孫丑》)。

佛經翻譯裡往往連省兩次，例如：

“……是諸國土，若算師、若算弟子能得邊際，知其數不?”“不也，世尊。”“諸比丘，是人所經國土……”(《妙法蓮華經·化城喻品第七》)；

“……汝見是學、無學二千人不?”“唯然，已見。”“阿難，是諸人等……”(同書《授學·無學人記品》第九)

在文言小説裡像：

曰：“金也。……”“青衣者誰也?”曰：“錢也……”“白衣者誰也?”曰：“銀也。……”“汝誰也?”(《列異傳·張奮》)；

女曰：“非羊也，雨工也。”“何為雨工?”曰：“雷霆之類也。”……君曰：“所殺幾何?”曰：“六十萬。”“傷稼乎?”曰：“八百里。”(《柳毅傳》)

“道士問眾：‘飲足乎?’曰：‘足矣。’‘足宜早寢，勿誤樵蘇。’”(《聊齋志異·勞山道士》)

都是偶然一見。《巴黎茶花女遺事》卻反復應用這個“古文”裡認為最高雅的方式：

配曰：“若願見之乎?吾與爾就之。”餘不可。“然則招之來乎?”

曰：“然。”“然則馬克之歸誰送之?”

曰：“然。”“然則我送君。”

馬克曰：“客何名?”配唐曰：“一家實瞠。”馬克曰：“識之。”“一亞猛著彭。”馬克曰：“未之識也。”

突問曰：“馬克車馬安在?”配唐曰：“市之矣。”“肩衣安在?”曰：“市之矣。”“金鑽安在?”曰：“典之矣。”

余於是拭淚向翁曰：“翁能信我愛公子乎?”翁曰：“信之。”“翁能信吾情愛，不為利生乎?”翁曰：“信之。”“翁能許我有此善念，足以赦吾罪戾乎?”翁曰：“既信且許之。”“然則請翁親吾額……”

值得注意的是，在以後的林譯裡不再碰見這個方式。第二部有單行本的林譯是《黑奴籲天錄》，書裡就不省去“曰”和“對曰”了(例如九章馬利亞等和意里賽的對話、二〇章亞妃立和托弗收的對話)。

---

(51) 林紓原句雖然不是好翻譯，還不失為雅煉的古文。“嫣”字古色斕斑，不易認識，無怪胡適錯引為“其女珠，其母下之”，輕藐地說：“早成笑柄，且不必論”（《胡適文存》卷一《建設的文學革命論》）。大約他以為“珠”是“珠胎暗結”的簡省，錯了一個字，句子的確不通；他又硬生生在“女”字前添了“其”字，於是緊跟“其女”的“其母”變成了祖母或外祖母，那個私門子竟是三世同堂了。胡適似乎沒意識到他抓林紓的“笑柄”，自己著實賠本，付出了很高的代價。關於漢語比西語簡潔，清末有一個口譯上的掌故。“載洵偕水師提督薩鎮冰赴美考察海軍，抵華盛頓。參觀艦隊及製造廠畢，海軍當局問之曰：‘貴使有何意見發表否？’洵答曰：‘很好！’翻譯周自齊譯稱曰：‘貴國機器精良，足資敝國模範，無任欽佩！’聞者大嘩。……蓋載洵僅一張口，決無如許話也。”（《小說大觀》第一五集陳瀨一《睇向齋秘錄》）這個道聽塗說的故事幾乎是有關口譯的刻板笑話。在十七世紀法國喜劇裡，就有騙子把所謂“土耳其”語兩個字口譯成一大段法語的場面 (Ergaste: “Oui le langage turc dit beaucoup en deux mots”—Jean de Rotrou, *La Soeur*,III. iv,*Oeuvres*,Garnier,pp.252-253;Covielle: “Oui, la langue turque est comme

cela, ell e dit beaucoup en peu demots." —Molière, *Le Bourgeois gentilho -mme,* IV. iv, *Oeuvres complètes,* "La Société des Belles Lettres" ,t.,VI,pp. 271-272）；十九世紀英國諷刺小說裡一反其道，波斯人致照例成章的迎賓辭（a well-set speech），共一百零七字，口譯者以英語六字了事，英國人答辭只是一個"哦"(Oh）字（James Morier，*Hajji Baba in England*，ch.15，"The World 's Clasics"，p.85）。

52 參看亞而巴拉(A · Albalat)《不要那樣寫》(*Comment ine faut pas écrire*) 28–29頁；浮勒(H.W.Fowler)《現代英語運用法》(*Modern English Usage*) 343頁"習氣"(Mannerism)條，高華士（E.Gowers）增訂本第2版302頁"倒裝"(Inversion)條，又533頁"說"(Said)條。

53 參看《管錐編》246–248頁。

（參觀《七綴集》修訂本，《林紓的翻譯》第 98 頁至第 100 頁，第 113 頁至第 114 頁，上海古籍出版社 1994 年 8 月版）

錢鍾書在本節中對林紓起始階段譯書所用文體進行了令人信服的探討。

林紓譯書的第一個"實驗場地"是法國作家小仲馬的小說La *Dame aux Camélias*即《巴黎茶花女遺事》。究竟採用何種文體翻譯這部小說，具有"古文慣手"和"翻譯生手"雙重身份的林紓，堪稱絞盡腦汁，煞費苦心。首先，他清醒地意識到，如果不有限度地擺脫"古文"語言的清規戒律的束縛，外國小說就無法轉換成中國文字。其次，他通過反復"摸索"，認為將"文言小說以及筆記的傳統文體"與"當時流行的報刊文體"進行有機的結合，形成一種新的表述文體來進行翻譯，未嘗不是一種大膽的"嘗試"。

然而在這種文體改革中，林紓的態度不可避免地出現了"搖擺"。錢鍾書極為生動地將林紓的這種"搖擺"描繪為"彷彿進行拉鋸戰或蹺板遊戲"，"忽進又退、此起彼伏"，"一會兒放下、一會兒又擺出'古文'的架子"。這樣一來，第一個翻譯產品的譯筆便顯得"晦澀"、"生澀"，彷彿剛剛出閣的新娘，處處顯得"舉止羞澀"。待到第二部譯作《黑奴籲天錄》亮相，譯筆"就比較曉暢明白”了。

錢鍾書以實例對林紓的第一部譯作作了三個方面的點評。一是“古奧的字法、句法在這部譯本裡隨處碰得著”；二是對話“引冒語”的“反復應用”，可謂“比肩接踵”，以至“讀來單調”；三是為了“證明漢語比西語簡括”，譯文過於“惜墨如金”，如此譯法無疑是會“害人上當的”。

“古奧字法、句法”的隨處可見，是“翻譯生手”林紓向“古文慣手”林紓不斷投降的結果。對話“引冒語”的“比肩接踵”是林紓過多借鑒中國典籍、文言小說乃至“佛教翻譯”的產物。至於譯文的“惜墨如金”，則是林紓與司馬遷、班固競賽的勝利品。是書原文有一段211個字的描述，林紓只用12個字來譯：“女接所歡，媰,而其母下之，遂病。”對這種譯文，錢鍾書在注㊿中稱“林紓原句雖然不是好翻譯，還不失為雅煉的古文”。錢鍾書還在這條注釋中告訴我們，以少譯多的始作俑者並非林紓。比如，十九世紀英國諷刺小說裡，波斯人致迎賓辭共107個字，口譯者僅以英語6個字“了事”便是一例。

林紓以12個中文字譯法文原文211個字的那段話，英文譯文為：

One day, then, she realized that she was to have a child, and all that remained to her of chastity leaped for joy. The soul has strange refuges. Louise ran to tell the good news to her mother. It's a shameful thing to speak of, but we are not telling tales of pleasant sins; we are telling of true facts, which it would be better, no doubt, to pass over in silence, if we did not believe that it is needful from time to time to reveal the martyrdom of those who are condemned without bearing, scorned without judging; shameful it is, but this mother answered the daughter that they had already scarce enough for two, and would certainly not have enough for three; that such children are useless, and a lying-in is so much time lost.

Next day a midwife, of whom all we will say is that she was a friend of the mother, visited Louise, who remained in bed for a few days, and then got up paler and feebler than before.

英文譯文為175字，與法文原文字數相去不遠。

當代中文意思大抵如是：

有一天，她發現自己懷孕了，身上留下的那點兒貞潔忽地化作了歡樂。靈魂，彷彿有了異樣的庇護。露易絲興沖沖地把這件事告訴母親。這當然是件丟人的事，但我們說的絕非風流逸聞，而是活生生的事實。這種事，其實是女人的災難，實在不必張揚。公眾只知道譴責，而不願聽取申訴，只知道蔑視，而不願客觀判斷，有失公正啊！母親回答女兒說：兩個人過活，已經捉襟見肘，再添一口，便難以為繼了。像這樣的孩子生下來也是累贅，挺著個身子更是浪費時間。

第二天來了個產婆，算是母親的朋友吧，探視露易絲。接下來。露易絲一連臥床數日，臉色日益蒼白，身體更加虛弱。

中文凡258字，與法文原文字數相去亦不甚太遠。

又錢鍾書在注[51]中披露的胡適看錯並錯改林譯的一件往事、中方譯員周自齊和法國十七世紀戲劇中某人物以多譯少的兩件軼事 、十九世紀英國小說中口譯員以少譯多的一件趣事，均值得翻譯工作者借鑒。

二五　寧可讀譯文

錢鍾書在《林紓的翻譯》中（含注釋[54]至[59]）猶認為：

林譯除迭更司、歐文以外，前期那幾種哈葛德的小說也未可抹殺。我這一次發現自己寧可讀林紓的譯文，不樂意讀哈葛德的原文。也許因為我已很熟悉原作的內容，而頗難忍受原作的文字。哈葛德的原文滯重粗濫，對話更呆板，尤其冒險小說裡的對話常是古代英語和近代英語的雜拌。隨便舉一個短例。《斐洲煙水愁城錄》第五章：“乃以惡聲斥洛巴革曰：‘汝何為惡作劇？爾非癇當不如是。”這是很利落的文言，也是很能表達原文意義的翻譯，然而沒有讓讀者看出原文裡那句話的說法。在原文裡，那句話(What meanest thou by such mad tricks? Surely thou art mad.)就彷彿中文裡這樣說：“汝幹這種瘋狂的把戲，于意云何？汝准是發了瘋矣！”對英語稍有感性的人看到這些不倫不類的詞句，第一次覺得可笑，第

二、三次覺得可厭了。林紓的譯筆說不上工致，而大體上比哈葛德的明爽輕快。譯者運用“歸宿語言”的本領超過作者運用“出發語言’的本領，或譯本在文筆上優於原作，都有可能性。[54]。最講究文筆的裴德(Walter Pater)就嫌愛倫・坡的短篇小說詞句凡俗，只肯看波德萊亞翻譯的法文本；法朗士說一個唯美派的少年人(un jeune esthete)告訴他《冰雪因緣》在譯本裡尚堪一讀[55]。雖然歌德沒有承認過納梵爾(Gérard de Nerval)法譯《浮士德》比原作明暢，只是傍人附會傳訛[56]，但也確有出於作者親口的事例。惠特曼並不否認弗萊理格拉德(F・Freiligrath)德譯的《草葉集》裡的詩也許勝過自己的英語原作；博爾赫斯甚至讚美伊巴拉（Néstor Ibarra）把他的詩譯成法語，遠勝西班牙原作[57]。惠特曼當然未必能辨識德語的好歹，博爾赫斯對法語下判斷卻確有資格的。哈葛德小說的林譯頗可列入這類事例裡——不用說，只是很微末的事例。近年來，哈葛德在西方文壇的地位稍稍回升，主要也許由於一位有世界影響的心理學家對《三千年豔屍記》的稱道[58]；英國也陸續出版了他的評傳，說明他在同輩通俗小說家裡比較經得起時間的考驗[59]。水漲船高，林譯可以沾光借重，至少在評論林譯時，我們免得禮節性地把“哈葛德是個不足道的作家”那類老話重說一遍了。

---

[54] 參看培茨(R.S.Bates)《近代翻譯，(*Modern Translation*)112頁所舉例。

[55] 班生(A・C・Benson)《裴德評傳》23頁；法朗士（A.France）《文學生活》(*La Vie littéraire*)第1冊178頁。

[56] 見前注⑤所引《比較文學史研究問題論叢》第2冊27頁。

[57] 德老白爾(H.Traubel)《和惠特曼在一起》(*With Walt Whitman in Camden Town*),白拉特來(S・Bradley)編本第4冊16頁；沙蓬尼埃(G.Charbonier)《博爾赫斯訪問記》(*Entrevistascon J.L.Borges*)，索萊爾 (Marti Soler) 西班牙語譯本第3版（1975）11–12頁。

[58] 榮格(C.G・Jung)《現代人尋找靈魂》(*Modern Man in Search of a Soul*)裡那著名的一節已被通行的文論選本采入，例如瑞德(M.Rader)《現代美學論文選》(*A Mondern Book of Esthetics*) 增訂3版、洛奇(D.Lodge)《二十世紀文評讀本》(*Twentieth-Century Literary Criticism：A Reader*)。

(59) 我看到的有柯恩 (M.Cohen)《哈葛德的生平和作品》(*Rider Haggard：His life and Works,1960*) 和愛理斯 (P.B.Ellis)《哈葛德：來自大無限的聲音》(*H.Rider Haggard: A Voice from the Infinite*，1978)。都寫得不算好，但都聲稱哈葛德一直保有讀眾。

（參觀《七綴集》修訂本，《林紓的翻譯》第 100 頁至第 102 頁，第 114 頁至第 115 頁，上海古籍出版社 1994 年 8 月版）

十分明顯，在這段論述中，錢鍾書提出了一個十分重要的翻譯理念，這個理念完全是其1937年張揚的譯本“反勝原作”理念的發展或曰衍變。錢鍾書稱：“譯者運用‘歸宿語言’的本領超過作者運用‘出發語言’的本領，或譯本在文筆上優於原作，都有可能性。”這句話折射了兩種情況。一種情況是譯者具有很高的譯語寫作水準，其水準優於原文作者。另一種情況是譯者在翻譯原文時，譯筆勝過原文。其結果自然是懂原文的譯語讀者或曰雙語讀者，往往舍原文而偏愛譯文，甚至將譯文讀得不忍掩卷。

錢鍾書胸有成竹地一口氣舉了六個例子來説明這兩種情況。

第一例，錢鍾書本人的發現。他認為林紓的譯文就比哈葛德,又譯哈格德（Herry Rider Haggard，1856–1925，英國作家）的原文好。哈葛德的原文滯重粗濫，對話呆板，尤其是冒險小説，裡面的對話古代英語和近代英語相互混雜，顯得不倫不類，令人覺得可笑、可厭。林紓的譯筆也許不太工致，但整體説來比哈葛德“明爽輕快”。所以，他“寧可讀林紓的譯文，不樂意讀哈葛德的原文”。

第二例，英國人裴德即沃爾特·佩特(Walter Pater，1839–1894，英國文藝批評家，文風精煉、準確且華麗)覺得法國人波德萊亞（C.Baudelaire,1821–1867，文藝理論家）法譯美國人愛倫·坡（Allan Poe,1809–1849，美國詩人、小説家、文學評論家）的短篇小説勝過原文，故將法譯本時時捧讀，而置“文筆凡俗”的原文本不顧。

第三例，法國人法朗士（A France，1844–1924，法國作家）曾轉述一位唯美派少年(un jeune esthete)的話。這位少年告訴他，狄更斯創作的*Dombey and Son*即林譯《冰雪因緣》，只要讀讀這本書的譯本就可以了，完全沒有必要花氣力去啃原文本。估計譯本指的是法譯本。

第四例，德國人歌德（Goethe，1749–1832，思想家、作家、科學家）儘管沒有明言納梵爾即奈瓦爾(Gerard de Nerval，1808–1855，法國詩人、作家)法譯的《浮士德》“比原作明暢”，說那只是傍人的“附會傳訛”而已。不過錢鍾書也指出“確有出於作者親口的事例”。

第五例，美國人惠特曼（Walt Whitman，1819–1892，美國詩人）認為德國人弗萊理格拉德(F · Freiligrath，1810–1876，德國詩人、翻譯家)以德文翻譯的《草葉集》“也許勝過自己的英語原作”。

第六例，阿根廷人博爾赫斯（Jorge Luis Borges，1899–1982，阿根廷詩人，小說家，散文家兼翻譯家，通英法德多國文字）對他的摯友伊巴拉（Nestor Ibarra）的讚美。他覺得伊巴拉法譯他的詩，“遠勝西班牙原作”。

隨後，錢鍾書十分幽默地指出，惠特曼不一定能“辨識德語的好歹”，但博爾赫斯“對法語下判斷卻確有資格”。而他本人讀哈葛德小說林譯的感慨只能算是一個諸如此類的“微末事例”。

錢鍾書在此節中還披露了一種文學現象，即“近年來，哈葛德在西方文壇的地位稍稍回升”。“近年”指的是上個世紀60年代。其地位回升的原因，乃是由於一位有世界影響的心理學家以哈葛德小說“*She*”即林譯《三千年豔屍記》為實例，對心理學中的重要概念“靈氣”進行了解釋。這位心理學家便是大名鼎鼎的榮格（Carl Gustav Jung,1875–1961，瑞士心理學家）其實，另一位大名鼎鼎的心理學家即佛洛伊德（Sigmund Freud，1856–1939，奧地利心理學家，精神分析學派創始人）對哈葛德的小說“*She*”也有所贊許，稱這部小說“不僅情節離奇，而且具有許多潛在的意義”。於是一部並不十分起眼的小說居然一版再版，儼然成了“想像文學的經典名作”（參觀張金鳳《解讀哈格德的<她>》，2010年3月《解放軍外國語學院學報》第33卷第2期）。“水漲船高，林譯可以沾光借重”。基於上述理由，批評家們從此便不能老是指責林紓與他的口譯者眼光短淺，不善選材，將哈葛德這個“不足道的作家”譯過來譯過去了。

二六　譯文不像作文慎重

錢鍾書在《林紓的翻譯》中（含注釋⑥⓪至⑥⑤）亦云：

林紓"譯書雖對客不輟，惟作文則輟"。上文所講也證明他"譯文"不象"作文"那樣慎重、認真。我順便回憶一下有關的文壇舊事。

不是一九三一、就是一九三二年，我在陳衍先生的蘇州胭脂巷住宅裡和他長談。陳先生知道我懂外文，但不知道我學的專科是外國文學，以為准是理工或法政、經濟之類有實用的科目。那一天，他查問明白了，就慨歎說："文學又何必向外國去學呢！咱們中國文學不就很好麼?"[60]，我不敢和他理論，只抬出他的朋友來擋一下，就說讀了林紓的翻譯小說，因此對外國文學發生興趣。陳先生說："這事做顛倒了。琴南如果知道，未必高興。你讀了他的翻譯，應該進而學他的古文，怎麼反而嚮往外國了?琴南豈不是'為淵驅魚'麼?'他頓一頓，又說："琴南最惱人家恭維他的翻譯和畫。我送他一副壽聯，稱讚他的畫，碰了他一個釘子。康長素送他一首詩，捧他的翻譯，也惹他發脾氣。"我記得見過康有為"譯才並世數嚴林"那首詩[61]，當時急於要聽陳先生評論他交往的名士們，也沒追問下去。事隔七八年，李宣龔先生給我看他保存的師友來信，裡面兩大本是《林畏廬先生手札》，有一封信說：

> ……前年我七十賤辰，石遺送聯云："講席推前輩；畫師得大年。"于吾之品行文章，不涉一字。（石遺）來書云："爾不用吾壽文，……故吾亦不言爾之好處。"[62]

這就是陳先生講的那一回事了。另一封信提到嚴復：

> ……然幾道生時，亦至輕我，至當面詆毀。[63]

我想起康有為的詩，就請問李先生。李先生說，康有為一句話得罪兩個人。嚴復一向瞧不起林紓，看見那首詩，就說康有為胡鬧，天下哪有一個外國字也不認識的"譯才"，自己真羞與為伍。至於林紓呢，他不快意的有兩點。詩裡既然不緊扣圖畫，都是題外的襯托，那末首先該講自己的古文，為什麼倒去講翻譯小說?捨本逐末，這是一[64]。在這首詩裡，嚴復只是個陪客，難道非用"十二侵"韻不可，不能用“十四鹽”韻，來它一句“譯才並世數林嚴”麼?“史思明懂得的道理，安紹山竟不懂！”⑥⑤喧賓奪主，這是二。後來我和夏敬觀先生談起這件事，他提醒我，他的《忍古樓詩》卷七《贈林畏廬》也說：“同時嚴幾道，抗手極能事。”好在他“人微言輕”，不曾引起糾紛。文人好名，爭風吃醋，歷來傳作笑柄，只要它不發展為無情、無義、無恥的傾軋和陷害，終還算得“人間喜劇”裡一個情景輕鬆的場面。

---

⑥⓪ 好多老輩文人有這種看法，樊增祥的詩句足以代表：“經史外添無限學，歐羅所讀是何詩?”(《樊山續集》卷二四《九疊前韻書感》)。他們不得不承認中國在科學上不如西洋，就把文學作為民族優越感的根據。在這一點上，林紓的識見超越了比他才高學博的同輩。試看王闓運的議論：“外國小說一箱看完，無所取處，尚不及黃淳耀看《殘唐》也。”（《湘綺樓日記》民國三年七月二十四日）。這“一箱”很可能就是《林譯小說》，裡面有《海外軒渠錄》、《魯濱孫漂流記》以及迭更司、司各德、歐文等的作品。看來其它東方古國的人也抱過類似態度。龔古爾 (Edmond de Goncourt) 就記載波斯人說：歐洲人會制鐘錶，會造各種機器，能幹得很，然而還是波斯人高明，試問歐洲也有文人、詩人麼(si nous avons des littérateurs，des poêtes) ？——《龔古爾兄弟日記》1887年9月9日，李楷德(R.Ricatte)編“足本”(Texte integral)第15冊29頁。參看莫理阿《哈吉巴巴在英國》54章，前注52所引書335頁。

⑥① 《庸言》第1卷7號載《琴南先生寫〈萬木草堂圖〉，題詩見贈，賦謝》：‘譯才並世數嚴林，百部虞初救世心。喜剩靈光經歷劫，誰傷正則日行吟。唐人頑豔多哀感，歐俗風流所入深。多謝鄭虔三絕筆，草堂風雨日披尋。”林紓原作見《畏廬詩存》卷上《康南海書來索畫〈萬木草堂圖〉，即題其上》。康有為那首詩是草率應酬之作，“日”、“風”兩字重出，“哀感頑豔”四字誤解割裂（參看《管錐編》1046–1047頁），對仗實在粗拙，章法尤其混亂。第五、六句又講翻譯小說；第七句彷彿前面第一、二、五、六句大講特講的翻譯不算什麼，拿手的忽然是詩、書、畫；第八句把“風雨飄

搖”省為“風雨”，好象説一到晴天就不用看這幅畫了。景印崔斯哲寫本《康南海先生詩集》卷一二《納東海亭詩》沒有收這首詩，也許不是漏掉而是刪去的。

62 朱羲胄《貞文先生學行記》卷二載此聯作：“講席推名輩，畫師定大年。”

63 《畏廬文集》裡《送嚴伯玉（嚴復兒子）至巴黎序》和《尊疑（嚴復別號）譯書圖記》推重嚴復，只是評點家術語所謂“題中應有之義”、不“上門罵人”的“尊題”。《洪罕女郎傳·跋》稱讚嚴復，那才是破格表示友善。《畏廬詩存》卷上《嚴幾道六十壽，作此奉祝》：“盛年苦相左，晚歲荷推致。”坦白承認彼此間關係本來不很和好；據林紓的信以及李先生的話，嚴復“晚歲”對林紓並不怎麼“推致”。嚴復《愈野堂詩集》卷下有為林紓寫的兩首詩。《題林畏廬<晉安耆年會圖>》：“紓也壯日氣食牛，上追西漢摛文藻。……虞初刻劃萬物情，東野囚才遜雄鷙”；《贈林畏廬》：“盡有高詞媲漢始，更搜重譯到虞初。”不直説林紓的古文近法歸有光、方苞等，而誇獎它“上追”《史記》，這大約使林紓感到“荷推致”了。嚴復顯然突出林紓的古文；也不認為他用“古文”翻譯小説，像趙熙所説“列國虞初鑄馬班”；又只把他的翻譯和詩並列為次要。“囚”一個刻本作“受”字。“漢始”和“虞初”對偶工整，缺陷是不很貼切司馬遷的時代；“愈野堂”命名的來歷想是劉歆《移書讓太常博士》：“夫禮失求之於野，古文不猶愈於野乎！”

64 據林紓《震川集選·序》，康有為對他的古文不很許可，説：“足下奈何學桐城！”《方望溪集選·序》所講“某公斥余”，就指那句話。

65 林紓“好詼謔”的例子。史思明作《櫻桃子》詩，寧可不押韻，不肯把宰相的名字放在親王的名字前面；這是唐代有名的笑話(《太平廣記》卷四九五引《芝田錄》，《全唐詩》卷八六九《諧謔》一)。安紹山是《文明小史》四五、四六回裡出現的角色，影射康有為，雙關康氏的姓（“安康”）和安祿山的姓名；“紹”是“紹述”之意；唐史常説“安史之亂”，安祿山和史思明同夥齊名，一對“叛逆”。林紓稱讚《文明小史》“亦佳絕”，見《紅礁畫槳錄·譯餘贅語》；他的《庚辛劍腥錄》9 章裡有個昆南陔，也是“康南海”的諧音。

（參觀《七綴集》修訂本，《林紓的翻譯》第 102 頁至第 103 頁，第 115 頁至第 116 頁，上海古籍出版社 1994 年 8 月版）

反複品評這節文字，覺得錢鍾書主要説了兩件事。一是林紓眼中的翻譯地位，二是林紓和嚴復兩人的關係。

林紓一生有三長：一曰擅長作文，二曰擅長作畫，三曰擅長翻譯。如果有客人來訪，逢上他在作文，他一定會放下手中的筆，一門心思待客；倘若他正在翻譯，他便會耳、口、手一同運作，片刻也不消停。左耳聽客人説話，右耳聽助手口譯，然後，口與客人答腔，手將助手的口譯轉錄為典雅的"古文"。此情此境，固然可以展示林紓才幹的不同凡響，但亦可從中窺見其對待"'譯文'不象'作文'那樣慎重、認真"。

林紓"最惱人家恭維他的翻譯和畫"。陳衍"送他一副壽聯，稱讚他的畫，碰了他一個釘子"。他甚至還驅函李宣龔（1876–1953，福建閩縣人，近代詩人），云："前年我七十賤辰，石遺送聯云：'講席推前輩；畫師得大年。'于吾之品行文章，不涉一字。"石遺即陳衍。"康長素送他一首詩，捧他的翻譯，也惹他發脾氣"，康長素即康有為。康的贈詩中有一句"譯才並世數嚴林"。林紓之所以生氣，理由是詩中"首先該講自己的古文，為什麼倒去講翻譯小説？"實在是"捨本逐末"！由是觀之，在林紓眼中，他的翻譯壓根兒不能與他的作文相提並論，簡直就與他的作畫一樣，均屬雕蟲小技不足掛齒一類。

林紓和嚴復關係如何，只要看看兩人對康有為"譯才並世數嚴林"這句詩的態度便可一目了然。嚴復説："康有為胡鬧，天下哪有一個外國字也不認識的'譯才'"？言下之意，分明就是"羞與林紓為伍"。林紓説："難道非用'十二侵'韻不可，不能用'十四鹽'韻，來它一句'譯才並世數林嚴'麼？"話外之音，便是：既然寫詩贈我，怎麼能將我的姓置於嚴之後，豈不是"喧賓奪主"！更何況，我的古文應當遠在其上。"十二侵"是古人韻書中的第十二種韻部，屬下平聲，其代表字為"侵"字，另有心、琴、森等70字。"十四鹽”情形亦相仿。

不過，兩人的關係並未發展到老死不相往來的地步，而是時有詩歌互贈。如嚴復的《贈林畏廬》，內中就有“盡有高詞媲漢始，更搜重譯到虞初”；林紓則有《嚴幾道六十壽，作此奉祝》，其中稱“盛年苦相左，晚歲荷推致”。即便是在其他場合，兩人亦能比較客觀地評價對方。比如，將嚴復那首《甲辰出都呈通裡諸公》詩即“孤山處士音琅琅，皂袍演說常登堂。可憐一卷茶花女，斷盡支那蕩子腸”反復吟誦之後，難道能不說詩中的三、四兩句是嚴復對林紓翻譯的充分肯定？又比如將林紓《洪罕女郎傳·跋》中的那段話即“學堂中果能將洋漢兩門，分道揚鑣而指授，舊者既精，新者複熟，合中西二文熔為一片，彼嚴幾道先生不如是耶”細細品味之後，難道能不承認那是林紓對嚴復的“破格表示友善”？

基於上述種種，錢鍾書大筆一揮，寫下了是節中的曠古名句：“文人好名，爭風吃醋，歷來傳作笑柄，只要它不發展為無情、無義、無恥的傾軋和陷害，終還算得‘人間喜劇’裡一個情景輕鬆的場面。”這句話，與一千八百年前魏文帝曹丕《典論論文》中的那句話即“文人相輕，自古而然”相比，不知要強到哪裡去了！

又注⑩中提到的樊增祥，湖北恩施人，光緒進士，文學家；王闓運，湖南湘潭人，咸豐舉人，經學家、文學家；夏敬觀，江西新建人，近代詞人、畫家。另，龔古爾兄弟，兄為艾德蒙·德·龔古爾（1822–1896），弟為茹爾·德·龔古爾（1830–1870），法國作家。兄弟二人形影不離。均未結婚，其遺產設“龔古爾文學獎”基金。1903年首度頒獎，以後每年頒發，在法國頗有影響。據說凡是獲得該獎的小說，法國人情願閉著眼睛掏腰包購買。

二七　勿謂翻譯徒，不為文雅雄

錢鍾書在《林紓的翻譯》中（含注釋⑯至⑳）最後寫道：

林紓不樂意被稱為“譯才”，我們可以理解。劉禹錫《劉夢得文集》卷七《送僧方及南謁柳員外》說過“勿謂翻譯徒，不為文雅雄”，就表示一般成見以為“翻譯徒”是說不上“文雅”的。遠在劉禹錫前，有一位公認的“文雅雄”搞過翻譯——謝靈運。他對“殊俗之音，多所通解”；傳佈到現在的《大般涅盤經》卷首明明標出：“謝靈運再治”；撫州寶應寺曾保留“謝靈運翻經台’古跡，唐以來名家詩文集裡都有題詠[66]。我國編寫文學史的人對謝靈運是古代唯一的大詩人而兼翻譯家那樁事，一向都視若無睹。這種偏見也並非限於翻譯事業較不發達的中國。歌德評價卡萊爾的《德國傳奇》（*German Romance*）時，借回教《古蘭經》的一句話發揮說：“每一個翻譯家也就是他本民族的一位先知。”（So ist jeder Uebersetzer ein Prophet in seinem Volke）[67]他似乎忘記了基督教《聖經》的一句話：“一位先知在他本國和自己家裡是不受尊敬的。”（《馬太福音》一三章五七節）近在一九二九年，法國小說家兼翻譯家拉爾波還大聲疾呼，說翻譯者是文壇上最被忽視和賤視的人，需要團結起來抗議，衛護“尊嚴”，提高身份[68]。林紓當然自命為“文雅雄”，沒料想康有為在唱和應酬的文字社交裡，還不肯口角春風，而只品定他是個翻譯家；“譯才”和“翻譯徒”，正如韓愈所謂“大蟲”和“老蟲”，雖非同等，總是同類。他重視“古文”而輕視翻譯，那也不足為奇，因為“古文”是他的一種創作；一個人總覺得，和翻譯比起來，創作更親切地屬於自己，儘管實際上他的所謂“創作”也許並非自出心裁，而是模仿或改編，甚至竟就是偷天換日的翻譯。讓我們且看林紓評價自己的古文有多高，來推測他對待古文和翻譯的差別有多大。

林紓早年承認不會作詩，陳衍先生《石遺室詩集》卷一《長句一首贈林琴南》記載他：“謂‘將肆力古文詞，詩非所長休索和’。”他晚年要刻詩集，給李宣龔先生的信裡說：

> “吾詩七律專學東坡、簡齋；七絕學白石、石田，參以荊公；五古學韓；其論事之古詩則學杜。惟不長於七古及排律耳。”

可見他對於自己的詩也頗得意，還表示門路很正、來頭很大。然而接著是下面的一節：

> “石遺已到京，相見握手。流言之入吾耳者，一一化為雲煙[69]。遂同往便宜坊食鴨，暢談至三小時。石遺言吾詩將與吾文並肩，吾又不服，痛爭一小時。石遺門外漢，安知文

之奧妙！……六百年中，震川外無一人敢當我者；持吾詩相較，特狗吠驢鳴”

杜甫、韓愈、王安石、蘇軾等真可憐，原來都不過是“狗吠驢鳴”的榜樣！為了抬高自己某一門造詣，不惜把自己另一門造詣那樣貶損甚至糟蹋，我不知道第二個事例。雖然林紓在《震川集選》裡說翻譯《賊史》時，“竊效”歸有光的《書張貞女死事》⑰，我猜想他給翻譯的地位決不會在詩之上，而很可能在詩之下。假如有人做個試驗，向他說，“不錯！比起先生的古文來，先生的詩的確只是‘狗吠驢鳴’，先生的翻譯像更卑微的動物——譬如‘癩蟆’吧——的叫聲。”他會怎樣反應呢?是欣然引為知音?還是怫然“痛爭”，替自己的詩和翻譯辯護?這個試驗當然沒人做過，也許是無需做的。

---

⑥⑥ 慧皎《高僧傳，卷七《慧睿傳》、《慧嚴傳》；《永樂大典》卷二六0三《台》字下引自唐至元的題詠詩文。

⑥⑦ 歌德《藝術與文學評論集》(*Schriften zur Kunst und Literatur*)，前注9所引同書第12冊353頁。

⑥⑧ 拉爾波(Valery Larbaud)《翻譯家的庇佑者》(Le Patron des traducteurs)，《全集》迦利瑪（Gallimard）版第8冊15頁。隨便舉幾個十七、八世紀的佐證。索萊爾的有名幽默小說裡說一些人糊口只好靠譯書“那樁很卑賤的事”(traduire des livres, qui est une chose très vile.—C.Sorel, *Histoire comique de Francion*, ed. E.Roy, t.II,p.80)。蒲伯給他朋友一位畫家(C.Jervas)的信裡說自己成為“一個不足掛齒的人”(a person out of the question)，因為“翻譯者算不得詩人，正像裁縫不算是人”(a Translator is no more a Poet, than a Taylor is a Man.—Pope, *Correspondence*, ed.G.Sherburn,Vol.I,p.347)；他又說，一位貴人(Lord Oxford)勸他不要譯荷馬的史詩，理由是：“這樣一位好作家不該去充當翻譯者”(So good a writer ought not to be a translator)”—J·Spence, *Anecdotes, Observations and Characters of books and Men*，“Centaur Classics”, p.181）蒲伯的仇人蒙太葛爵夫人給女兒(the Countess of Bute)的信裡談到一位名小說家：“我的朋友斯摩萊特把時間浪費在翻譯裡，我為他惋惜。”(I am sorry my friend Smollett loses his time in translations.—Lady Mary Wortly Montagu, *Letters*, “Everyman's Lib”,p.449)

⑥⑨ “流言”指多嘴多事的朋友們在彼此間搬弄的是非。

⑳ 見《歸震川全集》卷三；同卷《書郭義官事》、《張貞女獄事》也都是有“小說家伎倆”的“古文”。

（參觀《七綴集》修訂本，《林紓的翻譯》第 103 頁至第 105 頁，第 117 頁，上海古籍出版社 1994 年 8 月版）

這是錢鍾書這篇三萬字（含注釋）長文的最後一節。這一節主要講了兩點：一是林紓心目中的翻譯、古文和詩，二是輕視翻譯是一種普世現象。

林紓心目中最看重的是“古文”，因為“古文”是一種創作，是“更親切地屬於自己”的一種創作。其次是“對於自己的詩也頗得意”。林紓自稱其“詩七律專學東坡、簡齋；七絕學白石、石田，參以荊公；五古學韓；其論事之古詩則學杜”。林紓例舉的這些詩人諸如杜甫、韓愈、蘇東坡、王安石、陳與義（簡齋）、姜夔（白石），都是唐宋兩朝詩壇中的巨擘或著名詩人，可見其“門路很正、來頭很大”。可是當有人將他的詩與他的“古文”相提並論的時候，他又大為不滿了，竟至稱對方是門外漢，根本不懂古文的奧妙。在他心目中，詩與古文相比，只不過是“狗吠驢鳴”罷了。至於翻譯的地位，在他心目中，則肯定“不會在詩之上，而可很能在詩之下”。這樣一來，如果詩是“狗吠驢鳴”的話，那麼翻譯便只能是“更卑微的動物——譬如‘癩蟆’吧——的叫聲”了。錢鍾書不無調侃地說：“為了抬高自己某一門造詣，不惜把自己另一門造詣那樣貶損甚至糟蹋，我不知道第二個事例”。淡淡的語言中，分明流露出錢鍾書對林紓的不滿和批評。

放眼全球，回顧歷史，對翻譯不以為然的人又豈止林紓一人。比如中國“編寫文學史的人對謝靈運是古代唯一的大詩人而兼翻譯家那樁事，一直都視若無睹”。西方的情形更烈。看重翻譯的歌德說“每一個翻譯家也就是他本民族的一位先知。”殊不料基督教《聖經》立馬宣稱：“一位先知在他本國和自己家裡是不受尊敬的。”法國作家索萊爾（C.Sorel）在其創作的小說中稱翻譯是一件“很卑鄙的事”。英國詩人蒲伯（Alexander Pope，1688–1744）曾將古希臘史詩《伊利亞特》、《奧德賽》譯成英文，可他竟然說自己是“一個不足掛齒的人”。法國小說家兼翻譯家拉爾波（Valery Larbaud，1881–1957，喬伊斯《尤利西斯》法文版主要譯者），對“翻譯者是文壇上最被忽視和賤視的人”這種現象實在看不下去了，於是振臂一呼，號召翻譯家們團結起來進行抗議，以求“衛護‘尊嚴’，提高身份”。

所幸情形並非完全如此。比如撰寫《現代中國文學史》的錢基博（1887–1957，史學家）對翻譯家就非常重視。是書1933年由上海世界書局首印，1980年代始，多家出版社連連付梓。在這部巨制中，錢基博對從事翻譯的蘇曼殊、林紓、嚴復大加褒揚。論及林紓時，他稱“紓初年能以古文辭譯歐美小說，風動一時：信足為中國文學別辟蹊徑”。其為文“或經月不得一字，或涉旬始成一篇。獨其譯書，則運筆如風落霓轉，而造次咸有裁制，不加點竄。蓋古文者，創作自我，造境為難；而譯書則意境現成，涉筆成趣已”。又稱“蓋中國有文章以來，未有用以作長篇言情小說者；有之，自林紓《茶花女》始也。”且云林紓“雖譯西書，未嘗不繩以古文義法也”。錢基博甚至還將林紓所寫的譯哈葛德《斐洲煙水愁城錄》序、譯狄更斯《考女耐兒傳》序和《塊肉餘生記》序以及譯森彼得《離恨天譯餘語》的主要內容一一錄出，並對林紓的“中西文字不同，而文學不能不講結構一也”的觀點進行了張揚。

錢鍾書1963年撰寫這篇長文時，他的父親錢基博已經駕鶴西去七年。尚不知他是否參閱過《現代中國文學史》一書。但即便參閱過，由於歷史的原因，他當時也不可能在文章的正文或注釋中有絲毫透露。倘若情形的確如此，現在回想起來，不能不說是一樁令人遺憾的往事。

又此節中提到的宋代詩人石田即林昉，字景初，廣東人，其七言絕句《夜笛》“夜寒孤笛水邊樓，憶著西風古塞頭。一曲落梅吹得苦，吹人不管聽人愁”頗為人傳誦。

二八　好與嚴林爭出手

錢鍾書的七律《喜得海夫書並言譯書事》創作於1965年，詩曰：

乖違人事七年中　失喜書來趁便風　虛願雲龍同下上　真看勞燕各西東
斂才光焰終難閟　諧俗圭棱倘漸礱　好與嚴林爭出手　十條八備策新功

高僧傳二集卷二、載隋僧彥琮辯正論、定十條八備為翻譯之式、幾道琴南皆君鄉獻也

（參觀《槐聚詩存》第 120 頁，生活 · 讀書 · 新知三聯書店 1995 年 3 月版）

這是錢鍾書1965年寫的一首七律。詩題中的"海夫"即鄭朝宗，錢鍾書清華同學，福建福州人，廈門大學教授，曾譯有《德萊登戲劇論文選》（德萊登，John Dryden，1631–1700，英國詩人、劇作家、文學批評家）。所謂"譯書事"，或指鄭朝宗翻譯德萊登戲劇論文一事。

首聯中的"乖違"，指分離；"人事"，指人世間的事或人與人之間；"失喜"，指高興以極以至不能自製；"便風"，指順風；頷聯中的"虛願"，指不切實際的願望；"勞燕"，指伯勞、燕子兩種鳥類，伯勞狀似麻雀。兩鳥瞬息相遇，又順著各自飛行的方向，匆匆離別，成了難以聚首的象徵，後多指親友的別離。頸聯中的"斂"，指收起、約束；"閟"，指深閉、掩蓋；"諧俗"，指與時俗相諧合；"圭"，指古玉器，棱角分明、鋒芒畢露；"倘"，指或許、可能；"礱"，指打磨。尾聯中的"好"，指可以、以便；"嚴林"，指嚴復即幾道、林紓即琴南；"出手"，指顯示才幹、本領。

詩後注釋中的"十條八備"出隋僧彥琮《辯正論》；"策"，指謀劃、策劃；"新功"，指新的功勳、成效。注釋中的"鄉獻"，指家鄉的賢者，嚴復、林紓皆福建福州人。

筆者不揣冒昧，以現代漢語將是詩闡譯如下：

人事紛紜，七年離別，全無音信；東風和暢，手捧來函，喜不自禁。

想像彼此，雙龍舞雲，如同伯仲；現實無情，形同鳥

雀，各飛西東。

壓抑才華，依然橫溢，難以制控；順應時俗，砥礪尖棱，砍削芒鋒。

充分準備，窮追先賢，彰顯本領；借鑒古法，潛心譯事，創建新功。

原詩八句五十六字，充滿了錢鍾書對鄭朝宗的關愛、同情、勉勵和期盼。特別是尾聯兩句，與翻譯息息相關，既向這位朋友指出了能夠效法的譯人榜樣，又向這位知己推介了可以借鑒的翻譯策略。拳拳之心，溢於言表。當年魯迅曾撰聯"人生得一知己足矣，斯世當以同懷視之"贈摯友瞿秋白。今錢、鄭之間，情形亦複如此也。

又彥琮的《辯正論》以及其中的"十條八備"，羅新璋、馬祖毅、陳福康、朱志瑜和朱曉農都分別在《翻譯論集》、《中國翻譯簡史》、《中國譯學理論史稿》、《中國佛籍譯論選輯評注》中有所收錄或評論。

所謂"十條"，即一、字聲，二、句韻，三、問答，四、名義，五、經論，六、歌頌，七、咒功，八、品題，九、專業，十、異本。

所謂"八備"，即一、誠心愛法，志在益人，不憚久時。二、將踐覺場，先牢戒足，不染譏惡。三、文詮三藏，義貫兩乘，不苦闇滯。四、傍涉墳史，工綴典詞，不過魯拙。五、襟抱平恕，器重虛融，不好專執。六、耽於道術，淡於名利，不欲高炫。七、要識梵言，乃閑正譯，不墜彼學。八、薄閱蒼雅，粗諳篆隸，不昧此文。

馬祖毅曾將"八備"今譯如是：

一、誠心熱愛佛法，立志幫助別人，不怕費時長久。二、品德端正，忠實可信，不惹旁人譏疑。三、博覽經典，不存在暗昧疑難的問題。四、涉獵中國經史，兼擅文學，不要過於疏拙。五、度量寬和，虛心求益，不可武斷固執。六、深愛道術，淡於名利，不想出風頭。七、精通梵文，熟悉正確的翻譯方法，不失梵文所載的義理。八、兼通中國訓詁之學，不使譯本文字欠準確。

第三部分

錢鍾書晚歲翻譯理論

1972年3月，錢鍾書和夫人楊絳從河南信陽明港的中國科學院哲學社會科學部“五七”幹校回到北京。

年屆六十二歲的錢鍾書，從這一年開始寫作《管錐編》。之後，又對《談藝錄》進行增補、增訂。其中涉及或增加了許多關於翻譯的論述。錢鍾書這一時期的翻譯論述與早期、中年期相比較，在視野上顯得格外開闊，在認知上則有了更自由的想像。他在這兩部巨制中，考證了諸多中外翻譯歷史，點評了前輩們在翻譯中所運用的宏觀策略與微觀方法，厘定了譯者的身份等。比如，他斷定東晉時期釋道安的《摩訶缽羅若波羅蜜經鈔序》為中國譯史上的第一篇翻譯評論文章。又比如，他確認美國詩人朗費羅的《人生頌》是第一首被譯為中文的外國詩歌。另外，他在撰寫的一些序言和信函中，宣揚了自己的一些翻譯觀點。比如，好的翻譯可以“脱去凡胎，轉成仙體”。又比如，詩歌翻譯，譯出來的詩，從詩歌的角度判斷，興許是好詩；若從翻譯的角度圈點，可能是壞譯。因此，對於詩歌翻譯，宜“各尊所聞，不必強同”。再比如，翻譯貴在實踐，無需過多強調理論。正所謂“The proof of pudding lies in eating”。

錢鍾書最後一次公開議及翻譯，是在1992年4月。他在《宋詩選注·序》的“第七次重印附記”中，褒揚了詩歌翻譯的兩大好處：一是可以增進譯文讀者對原詩的理解，二是能夠令人們發現詩歌翻譯中的不足。

二九 法譯趙氏孤兒

錢鍾書《管錐編》第二冊第531頁（含注釋③）稱：

元曲紀君祥《趙氏孤兒·楔子》屠岸賈道白有云："將神獒鎖在淨房中，三五日不與飲食。於後花園紮下一個草人，紫袍玉帶，象簡烏靴，與趙盾一般打扮，草人腹中懸一付羊心肺。某牽出神獒來，將趙盾紫袍剖開，著神獒飽餐一頓，依舊鎖入淨房中。又餓了三五日後，牽出那神獒，撲著便咬，剖開紫袍，將羊心肺又飽餐一頓。如此試驗百日，度其可用。……某牽上那神獒去，其時趙盾紫袍玉帶，正立在靈公坐榻之邊。神獒見了，撲著他便咬。"

嘗見莫泊桑小說，寫寡婦有獨子為人殺，欲報仇，而無拔刀相助者，因紮草為人（l' homme de paille），加之衣巾，取香腸（un long morceau de boudin noir）繞其頸如領帶（une cravate）；亡子舊畜牝犬（la chienne "Sémillante"）頗猘，婦鏈系之於草人旁，不與食兩晝夜，然後解鏈，犬即怒撲草人齧其頸斷；如是者三月，婦往覓子仇，嗾犬噬而殺焉（③Maupassant: "*Une Vendetta*", Contes du Jour et de la Nuti，Conard，137ff..）。十八世紀法國神甫（le Père Prémaire）曾譯《趙氏孤兒》（Le Petit Orphelin de la Maison de Tchao）,盛傳歐洲，莫泊桑殆本《楔子》謀篇而進一解歟？

（參觀《管錐編》第二冊"列子張湛注第九則說符"，中華書局1979年8月版）

六十二歲的錢鍾書於1972年3月從河南五七幹校回到北京，借住文學研究所的一間辦公室，開始寫作《管錐編》，1975年寫就。四年後即1979年由中華書局出版。

這一節文字揭示了一種現象，即一個國家的文學作品，通過翻譯傳到另一個國家後，很可能成為這個國家某些作家的創作素材。其創作出來的作品，恰如錢鍾書在《林紓的翻譯》一文中所言："所謂'創作'，也許並非自出心裁，而是模仿或改編"。

將法國批判現實主義作家莫泊桑（Maupassant，1850–1893，與俄國契訶夫、美國歐·亨利並稱為"世界三大短篇小說巨匠"，其代表作有《項鍊》、《羊脂球》等）的小說"*Une Vendetta*"（《家族復仇》）與元代雜劇作家紀君祥創作的劇本《趙氏孤兒·楔子》細細比讀，便可發現，兩者何其相似乃爾。

紀氏從《左傳》、《 國語》、《史記》等史籍中細加開採，然後創作出《趙氏孤兒》這樣一部壯烈的悲劇。劇本描寫春秋時晉國奸臣屠岸賈以豢養惡犬等手段謀害忠臣趙盾，使趙家三百餘口滿門抄斬，僅趙盾之孫——繈褓中的嬰兒被義士程嬰救出。屠岸賈發現有人救出孤兒後，下令殘殺國內所有一月以上半歲以下的幼兒。程嬰為保全孤兒和全國幼兒，不惜獻出自己的兒子冒頂孤兒，其至友公孫杵臼亦為此犧牲了自己的性命。孤兒由程嬰扶養成人。二十年後，趙氏孤兒手擒屠岸賈，報了血海深仇。該劇情節扣人心弦，人物鮮明生動，對陰險殘暴進行了無情的鞭撻，對崇高正義進行了熱情的歌頌。

三百年後，在華法國神甫普雷馬雷（le Père Prémaire）或曰馬若瑟（Joseph de Prémaire， 1666–1736，1698年來華）被《趙氏孤兒》這部劇本深深感動，遂於1731年將其譯為法文,並設法將譯稿寄回法國發表，由是引起轟動，成為歐洲街頭巷尾的一個熱門話題。法國著名作家伏爾泰（Voltaire，1694–1778）則依據《趙氏孤兒》法譯本寫出另一部劇本《中國孤兒》，將故事背景由春秋時期挪至元代。是劇於1755年在法國巴黎隆重上演，贏得了廣大觀眾的高度肯定。

作為伏爾泰的熱心讀者，莫泊桑一定讀過這部劇本，而且也一定追根溯源，讀過普雷馬雷的《趙氏孤兒》法譯本。之後，便有了"*Une Vendetta*"（《家族復仇》）的問世。毋庸置疑，紀君祥的靈感啟發了莫泊桑的聯想；紀君祥的憐憫喚起了莫泊桑的同情，正所謂"人同此心，心同此理"是也。

錢鍾書譯述"*Une Vendetta*"（《家族復仇》）中的"狾"，狗之瘋也；"齧"，狗咬也；"嗾"，人用嘴發聲慫恿狗咬人咬物也；"噬"，狗吞食也。真佩服錢鍾書的煮"字"功夫。

三〇　非譯莫解

錢鍾書《管錐編》第二冊第540頁（含注釋①）稱：

《乾》："道陟石阪，胡言連蹇；譯喑且聾，莫使道通。請謁不行，求事無功。"按段成氏《酉陽雜俎》續集卷四《貶誤》門謂梁元帝《易連山》引《歸藏鬥圖》與此文同，"蓋相傳誤也"。《師》之《升》云："耳目盲聾，所言不通；佇立以泣，事無成功。"兩林詞意相近，近世所謂群居而仍獨處（la solitude en commun, solitary confinement inside one's self）、彼此隔閡不通（failure in communication）之境，可以擬象。《舊約全書》載巴別城（the curse of Babel）事，語言變亂不通（confound their language），則不能合作成功（①Genesis，11,6–8），亦可印契。"胡言"者，胡人之言，即外國語，非譯莫解；而舌人既聾且啞，道心之路榛塞，得意之緣圯絕。陡居象寄狄鞮之名，全失通欲達志之用；北斗南箕，六張五角，情事更可笑憫。《文子·符言》記老子曰："夫言者所以通己於人也，聞者所以通人於己也。既喑且聾，人道不通"（《淮南子·泰族訓》同，增"喑者不言，聾者不聞"二句）。夫"譯"一名"通事"，尤以"通"為職志，卻竟"人道不通"，《易林》視《文子》進一解矣。殊方絕域之言，兜離繆糾，耳得聞而心莫能通；浸假則本國語之無理取鬧、匪夷所思者，亦比如外國語之不知所云。"胡説亂道"之"胡"，即"胡虜"、"胡馬"、"胡服"之"胡"。由言而及行，遂曰"胡作妄為"，猶《孟子·滕文公》"南蠻鴃舌之人，非先王之道"，言既"鴃舌"，行必"貊道"。

（參觀《管錐編》第二冊"焦氏易林第二則乾"，中華書局 1979 年 8 月版）

西漢人焦延壽根據儒家經典《周易》寫了一部書，名曰《焦氏易林》。錢鍾書讀這部書，發現該書第一部分即《乾》中有一段話與翻譯息息相關。於是以此為切入點，引經據典，就翻譯的重要性發了一番感慨。

《焦氏易林》之《乾》中的那段話是"道陟石阪，胡言連蹇；譯喑且聾，莫使道通。請謁不行，求事無功。"錢鍾書猶例舉唐人段成式所著《酉陽雜俎》續集卷四的《貶誤》部分亦引有此段話，只是其中有幾個字出現了訛誤。接著，又引出《焦氏易林》第七部分《師》之《升》中的另外一段話，即“耳目盲聾，所言不通；佇立以泣，事無成功。”錢鍾書認為這段話和《乾》中的那段話“詞意相近”。

很明顯，前一段話的意思是：行走異地道路曲折，番人言語一團漆黑，譯者聽不懂說不清，完全無法交流溝通，拜見主人不得允許，協商事宜勞而無功。後一段話的內涵則是：有耳聽不懂，言語互難通，久立泪不止，舉事一場空。兩段話堪稱將內地人和番邦人因為語言隔閡形成的窘境描寫得繪聲繪色。

錢鍾書複以民間說法以及《舊約全書》（*Old Testamemt*）中關於巴比倫城的故事作進一步的“擬象”和“印契”。由於“彼此隔閡不通”，雖“群居”卻仍似“獨處”；由於“語言變亂不通”，故凡事“不能合作成功”。

錢鍾書稱：“‘胡言’者，胡人之言，即外國語，非譯莫解”。然而，當時的譯人亦即舌人，雖有“象寄”、“狄鞮”一類的桂冠，其實對外國話全是一頭霧水，個個都是尸位素餐的聾子和啞巴。結果，當事的中國人和外國人，不能互相瞭解，不能交換意見，不能互通要求，不能互通意向。恰似天上的北斗星、南箕星、六張星、五角星一般，七顛八倒，亂象叢生。

腹笥寬廣的錢鍾書，興致盎然，又從密密的書林中搬出《文子》、《孟子》、《淮南子》等經典，對從事翻譯的人進行闡釋和定義。文子，老子的弟子，與孔子同時，著有《文子》又稱《通玄真經》行世。淮南王，即劉安，漢高祖劉邦之孫，淮南厲王劉長之子。劉安和他的門客集體編寫了一部著作，名《淮南子》，流傳甚廣。兩部書對譯人有同樣的議及，對不懂外文卻謬稱譯人的現象進行了抨擊。

經過一番論證，錢鍾書認為《焦氏易林》中關於譯人的說法源于《文子》，且有所發揮。在他看來，作為譯人，應當以精通外語作為自己的“職志”，成為名副其實的“通事”。如果對外語渾然無知，卻硬著頭皮，一頓亂譯，就會導致連自己的母語也漸漸變得面目全非，甚至成為一堆“無理取鬧、匪夷所思”的語言垃圾。至於所譯目的語，則更是“胡說亂道”，其行徑自然亦是一種“胡作妄為”。“胡”的初始意義本是“外國”，無褒無貶的中性詞，由於這類譯人的倒騰，結果變成了一個貶義詞。這種情形和孟子的說法庶幾近之，其言也，不知所云；其行也，偏執古怪。另此節中的“兜離”，意為言語難懂；“繆糾”或曰“糾繆”，意為纏繞糾結。

三一　未得解而直翻

錢鍾書《管錐編》第二冊第649頁（含注釋①）稱：

鳩摩羅什譯《彌勒下生成佛經》：“唯有三病：一者便利，二者飲食，三者衰老”，而失名譯《彌勒來時經》作：“一者意欲所得，二者饑渴，三者年老”，竊疑“意欲有所得”即指“便利”，原文當類歐語之婉言內逼曰“需要”(①E.g. Quintilian *Institutio oratoria* VIII.vi.59: “At requisita naturae”, “Loeb”，III,334.)，譯者未得解而直翻耳。

（參觀《管錐編》第二冊“太平廣記第六則”，中華書局 1979 年 8 月版）

錢鍾書以兩位譯人所譯《彌勒下生成佛經》與《彌勒來時經》為例，議論了委婉語的翻譯。“便利”二字，無疑是一個中文委婉語，羅什知道梵文所表達的正是這個意思，於是進行了準確的意譯。那位不知名的譯人“未得解而直翻”，將本應該譯為“便利”的梵文直譯成了“意欲所得”，結果令人不得其解。“翻”，翻也，“直翻”即直譯也。現代中國人指此事多以“內急”、“內逼”表達之，也有用“方便”的。西方語言中，如英語除了用at requisite naturae表述之外，還有have a bowel movement、have to do one's duty等亦可表述，夠委婉了。譯人若是不明底細，將have a bowel movement譯為“轉動大腸”，將have to do one's duty譯為“必須盡責”，聽者就難免瞠目結舌了。毋庸置疑，對委婉語的翻譯，錢鍾書是贊同意譯的。

彌勒，即彌勒佛，又稱彌勒菩薩，（梵文Maitreya，巴利文Metteyya），深受支謙、道安和玄奘推崇。在國內一些寺院或旅遊勝地中，人們常常可以見到這位菩薩袒胸露腹、笑容可掬的生動形象。惟其具有如此形象，他才可能關心民間凡夫俗子，知道他們時時面臨三種困苦。

鳩摩羅什（Kumārajīva ，344—413），略稱“羅什”或“什”，意譯“童壽”。祖籍天竺，混血，出生於西域龜茲國（今新疆庫車）。相傳鳩摩羅什自幼天資超凡，半歲會說話，三歲能認字，五歲開始博覽群書，七歲跟隨母親一同出家，曾遊學天竺諸國，遍訪名師大德，深究妙義。與玄奘、不空、真諦並稱中國佛教四大譯經家。

1997年，羅新璋曾撰有萬字長文《文雖左右，旨不違中——讀鳩摩羅什譯經》，對其翻譯實踐和翻譯理念進行了詳盡的闡發。文載是年江蘇文藝出版社《學人》第十二輯。翌年即1998年八月，羅新璋將是輯相贈。筆者讀後，寫了一首小詩《讀羅新璋文有感》：

“故鄉在西域，隨母入佛門。
少小多智慧，壯歲抵關中。
譯經十二載，比研第一人。
準則衍八字，文體達巔峰。
‘舌焦’誓可敬，‘嚼飯’喻彌新。
羅公具慧眼，萬言稱智神。
掩卷方翻悟，英雄識英雄。”

1998年12月19日，錢鍾書逝世。羅新璋和筆者撰聯表示沉痛哀悼。聯云：

圍城、談藝、管錐、七綴，譯求化境，筆底波瀾，千古文章成偉業；

學者、詩人、作家、教授，志在淡泊，天下桃李，一代宗師惠後人。

三二　奪胎換骨，智過其師

錢鍾書《管錐編》第三冊第 874 頁（含注釋①、②、③）稱：

古羅馬詩人《牧歌》亦寫女郎風情作張致，見男子，急入柳林中自匿，然回身前必欲邀男一盼（Malo me Galatea petit, lasciva puella,/ et fugit ad salices, et se cupit ante videri) (① Virgil，*Eclogues*，III.64-5, "Leob"，I，22.)；談者以此篇擬希臘舊什而作，遂謂譯詩可以取則，足矯逐字蠻狠對翻之病（violentius transferantur）(② Aulus Gellius，*Attic Nights*，IX.ix，"Leob"，II，176.)。夫希臘原作衹道女以蘋果擲男 (③ Theocritus，V，*The Greek Bucolic Poets*，"Leob"，73.)，兹數語直是奪胎換骨，智過其師，未宜僅以移譯目之。

（參觀《管錐編》第三冊"全上古三代秦漢三國六朝文第八則全上古三代文卷一〇"，中華書局 1979 年 8 月版）

這一節中，錢鍾書亮出了自己的一種詩歌翻譯理念即譯詩可以脫胎換骨，勝過原作。這種理念的生成，源于其對翻譯實踐的剖析。古羅馬詩人維吉爾（Publius Vergilius Maro，公元前70–19，羅馬文學中最重要的作家）所寫詩歌《牧歌》（*Eclogues*）第三首中有兩行詩描述的是男女之間的愛情。兩行詩的大意是：一位年輕的姑娘看到自己的意中人來了，立馬情意綿綿地向他扔了一隻蘋果，盼望他能看到自己正在匆匆躲入密密的柳林。有人將其譯為"達伽拉蝶雅向我扔來風騷的蘋果，/ 希望我看到，她正往柳林裡躲。"

有學人認為這個情節其實是仿照希臘人作品加工而成的，即"希臘原作衹道女以蘋果擲男"。而"盼望意中人能看到自己正在匆匆躲入柳林"則是維吉爾添加的。如此添加，無疑使詩的意境更能令人怦然心動。於是錢鍾書大筆一揮，評曰："玆數語直是奪胎換骨，智過其師，未宜僅以移譯目之"。"奪胎換骨"，道家語也，說的是地上的人，吃了仙丹，便可換去凡胎凡骨，成為天上的仙人。深層語義則是：學習前人，不露痕跡，並能創新。看來，古羅馬人比古希臘人聰明多了。古希臘人只知道扔蘋果，古羅馬人卻能撩撥對方，火辣辣的一扔，火辣辣的一躲，密密的柳林中還會有什麼更動人的故事發生，無疑給譯語讀者留下了許許多多想像的空間。

錢鍾書的最後結論是，這種翻譯方法足可以"矯正逐字蠻狠對翻之病"，而且完全能夠作為詩歌翻譯的"取則"，即用作準則、規範乃至榜樣。

筆者循錢鍾書的教誨，將這兩行詩翻譯如是：

"姑娘火熱心，眉目千種情。

擲郎一蘋果，飛身入柳林。

盼郎緊相隨，綠樹纏青藤。"

如此大膽落墨，蠻耶？狠耶？懇求讀者諸君一判。

三三　譯之為愚為奸

錢鍾書《管錐編》第三冊第972頁、第973頁稱：

岳珂《桯史》卷一二記金熙宗亶以龍見厭禳肆赦，"召當制學士張鈞視草，其中有'顧兹寡昧'及'眇余小子'之言，譯者不曉其退託謙沖之義，乃曰：'漢兒強知識，託文字以詈我主上耳！'亶驚問故，譯釋其義曰：'寡者孤獨無親，昧者不曉人事，眇為瞎眼，小子為小孩兒。'亶大怒，亟召鈞至，詰其説，未及對，以手劍剺其口，棘而醢之，竟不知譯之為為愚為奸也。"

"眇餘小子"作"瞎眼咱小孩兒"，亦猶"昆命元龜"作"明明説向大烏龜"（俞正燮《癸巳存稿》卷一二《詩文用字》）；一通漢為蕃，一通古為今，皆翻譯也（參觀龔自珍《定盦文續集》卷四《高郵王文簡公墓表銘》、陳澧《東塾讀書記》卷一一、黃遵憲《人境廬詩草》卷一《雜感》），皆直譯也，又皆以曲解為直譯也。

（參觀《管錐編》第三冊"全上古三代秦漢三國六朝文第三四則全後漢文卷一四"，中華書局 1979 年 8 月版）

錢鍾書在此節中，向人們揭示了中國歷史上一樁因為譯者曲解原文進行直譯而釀成的慘案。

南宋高宗趙構時期，並存于北方的金朝皇帝金熙宗完顏亶，突然看見宮中有蒼龍出現，隨即雷雨交加，柱坍瓦裂，由是心中恐懼，旋與群臣商議，擬"厭禳肆赦"，即舉行儀式祈禱上蒼，以求除災降福，同時赦免天下。於是正在值班的翰林學士、漢人張鈞被召入內殿，代熙宗起草詔書。這位傻乎乎的書呆子滿以為學過漢文的金皇帝啥都懂，便在詔書中用了兩句文縐縐的套話"顧茲寡昧"和"眇餘小子”。孰料，這位皇帝對這兩句套話一竅不通，便叫來譯員進行翻譯。這位金人譯員竟然將這兩句套話譯為“寡者孤獨無親，昧者不曉人事，眇為瞎眼，小子為小孩兒。”而且還煞有介事地説“這分明是漢人賣弄學問，借此嘲諷皇帝您老人家。”完顏亶聽後不由得怒火中燒，立馬召來張鈞進行質問，張鈞還沒來得及解釋，完顏亶便用劍刺破他的嘴唇，隨後命刀斧手將他斬首，且將其屍體剁為肉醬，是乃“醢”之謂也，即古代的一種酷刑。又“棘”通“戟”，古之利器也。

“顧茲寡昧”。“顧”，看也；“茲”通“滋”，多也；“寡”，少也；“昧”，不明白也。“眇余小子”。“眇”，瞎眼或微小也；“余”，我也；“小子”，少年也。照字面譯，大致如金人譯員所言。但其真正要表達的卻是：我初執政，事務繁多，諸多決策，難以周全，敬祈上蒼，多加原諒。金人譯員之所以直譯，要麼是漢語文化底蘊太淺，要麼是蓄意陷害，要麼是二者兼而有之。

錢鍾書還擷出“昆命元龜”一例。這四個字若直譯，當然是“明明説向大烏龜”。該典出自《尚書·大禹謨》：“官占，惟先蔽志，昆命於元龜”。意指：占卜的官員行祈禱之禮時，應先斷人之志，然後才將要祈禱的內容告知用來占卜的大烏龜。“昆”，意為“後，然後”。

將漢語譯為金文，即“通漢為蕃”，屬語際翻譯；將古代漢語譯為現代漢語，即“通古為今”，屬語內翻譯。這兩類翻譯皆可運用直譯的方法，但萬萬不可“曲解”原文而進行直譯。稍一不慎，小而言之，則妨礙信息的正確傳遞；大而言之，則造成冤假錯案，奪人性命。

歷史上，並非所有的少數民族譯員都像那位金人一樣，一味敵視漢人。比如元代，元成宗在五臺山大興土木，修建佛寺，皇太后亦積極參與。時任監察禦史的漢人李元禮上疏諫止。由於措辭激烈，這份奏章未被譯為蒙文上呈成宗。翌年，侍御史萬僧從架閣庫翻出李元禮的奏章，告到成宗那裡，説李元禮誹謗佛法。成宗聽了當然很生氣，於是責成右丞相完澤、平章政事不忽木處理此案。不忽木懂漢文，便將奏章一句句的譯為蒙文，説給完澤聽。完澤聽後説：“李元禮的意見與我不謀而合，我也曾用這樣的話諫過太后。”情況彙報上去後，成宗經過反復掂量，最後以誣告罪罷免了萬僧，洗去了李元禮的冤情。

不忽木翻譯這份奏章的時候，用的是直譯還是意譯，不得而知。但他未有曲解原文則是可以肯定的，否則又難免一場冤假錯案了。幸哉，李元禮；悲哉，張魡也！

三四　譯事之信當包達雅

錢鍾書《管錐編》第三冊第1101–1102頁稱（含注釋①、①）：

支謙《法句經序》：“僕初嫌其為詞不雅。維祇難曰：‘佛言依其義不用飾，取其法不以嚴，其傳經者，令易曉勿失厥義，是則為善。’座中咸曰：老氏稱‘美言不信，信言不美’；……’‘今傳梵義，實宜徑達。’是以自偈受譯人口，因順本旨，不加文飾。”按“嚴”即“莊嚴”之“嚴”，與“飾”變文同意。嚴復譯《天演論》弁例所標：“譯事三難：信、達、雅”，三字皆已見此。譯事之信，當包達、雅；達正以盡信，而雅非為飾達。依義旨以傳，而能如風格以出，斯之謂信。支、嚴於此，尚未推究。雅之非潤色加藻，識者猶多；信之必得意忘言，則解人難索。（① Cf.Montesquieu, *Cahiers 1716–1755*, Grasset, 69：“ Difficulté de traduire：il faut d' abord bien savoir le Iatin；ensuite,il faut l' oublier”；P.Cauer, *Die Kuast des Uebersetzens*, 5.Aufl., 13：“so treu wie möglich, so frei als nötig.”）譯文達而不信者有之矣，未有不達而能信者也。一人諷世，制“撒謊表”（Bugie），臚列虛偽不實之言，如文人自謙“拙作”（la mia modesta poema），徵婚廣告侈陳才貌等，而“直譯本”（la traduzione letterale）亦與其數（① D.Provenzal, *Dizionario umoristico*, 4ed.,87（R.de la Serna）.），可謂善滑稽矣。

（參觀《管錐編》第三冊“全上古三代秦漢三國六朝文第一〇〇則全三國文卷七五”，中華書局 1979 年 8 月版）

此節至少含有四層意義。首先，探明了嚴復所標榜的“譯事三難：信、達、雅”的源頭；其次，闡釋了“信”的內涵；再次，解析了“信、達、雅”之間的關係；複次，指出了“直譯本”曾為人詬病。

公元三世紀，支謙撰出《法句經序》，其中“達、雅”的提法當屬其首創，“信”的提法則是取自老子。一千六百餘年後，嚴復譯畢《天演論》，很有可能將支謙的《法句經序》研讀過。然後，他從裡面拈出三個字，道出了翻譯的三種難處，即“譯事三難：信、達、雅。”一向善於總結、提高的某些後人，將嚴復的這七個字幾經琢磨之後，或稱其為翻譯理論，或稱其為翻譯標準，並將其認定是中國翻譯理論的一個重要組成部分。就這樣，區區七字將中國譯人影響了一百餘年，而且還將繼續影響下去。

何謂“信”？在錢鍾書看來，第一，“信”裡面包括了“達”和“雅”；第二，“信”表示譯文既要傳達原文的“義旨”，又要亮出原文的“風格”；第三，“信”尤指譯文必須注重原文的意義，但不必為原文的形式所拘囿，即“得意忘言”，使譯出來的文字，既能充分傳達出發語的意義，又具有目的語的通順流暢，從而能夠“解人難索”。“解”者，“解除、解圍”也；“難”者，困難也；“索”者，“尋找、求索”也；“人”自然是指目的語讀者了。顯而易見，“解人難索”就是指“譯文不要讓譯語讀者在其字裡行間困難重重地尋求原文的意義”。君不見，有幾多譯文，尤其是哲學領域的一些譯文，由於譯者以蠻狠之力譯出，譯語往往詰屈聱牙，譯語讀者即便費盡九牛二虎之力，也難以探出其中的奧妙。這樣的譯文與“解人難索”的譯文相比，自然是背道而馳，南轅北轍了。

“信、達、雅”三者關係如何？“達”服務於“信”，旨在“盡信”。完全體現了“信”的譯文一定“達”，當然也有不忠實于原文的“達”譯文。“雅”不是為“達”推波助瀾，“雅”也不是“潤色加藻”。何謂“雅”？錢先生未有明言。可不可以這樣理解：“雅”指的是“正確”、“規範”、“美好”。如諸葛亮《出師表》中有

“察納雅言”，這個“雅”字便是“正確”。又如《論語・述而》中有“詩書執禮皆雅言也”，這個“雅”字指的是“規範”。再如《史記・張耳陳餘傳》有“張耳雅遊”，這個“雅”字分明就是“美好”之意。

一向行文幽默的錢鍾書，還告訴我們，西方曾有一位“善滑稽”的人，煞費苦心地製作了一份“撒謊表”，將“虛偽不實之言”一一列出，“直譯本”居然榜上有名。將“直譯本”視為“撒謊”，正好印證了錢鍾書“未有不達而能信者也”的說法。

錢鍾書所引頁注亦耐人尋味。法文的意思是“譯事之難，先把拉丁文學好，再把拉丁文忘掉。”德文的意思是“譯文若求忠實，譯筆務必自由。”由是觀之，錢鍾書的內心深處一定是不太主張“直譯”的。讀讀《管錐編》中錢鍾書的那些繁星滿天般的譯文，情形莫不如是。

三五　譯藝自有專門

錢鍾書《管錐編》第三冊第1157–1158頁稱：

《雕龍》（指劉勰《文心雕龍》—鄭注）之有《書記》篇，舉凡占、符、刺、方、牒、簿等一切有字者，莫不囊括也。

紀昀評《雕龍》是篇，譏其拉雜氾濫，允矣。然《雕龍・論說》篇推“般若之絕境”，《諧隱》篇比“九流之小說”，而當時小說已成流別，譯經早具文體，劉氏皆付諸不論不議之列，卻于符、簿之屬，盡加以文翰之目，當是薄小說之品卑而病譯經之為異域風格歟。是雖決藩籬於彼，而未化町畦於此，又紀氏之所未識。小說漸以附庸蔚為大國，譯藝亦復傍户而自有專門，劉氏默爾二者，遂使後生無述，殊可惜也。

（參觀《管錐編》第三冊“全上古三代秦漢三國六朝文第一二六則全晉文卷七七”，中華書局 1979 年 8 月版）

世間對南北朝梁代劉勰（約465–522，字彥和，文學理論家）的《文心雕龍》，可謂一片叫好聲，似乎到了無懈可擊的地步。然則亦不乏挑刺的人。清代紀昀即紀曉嵐（1724–1850，河北滄州人，政治家，文學家，《四庫全書》總纂官）便是其中一個。他讀這部書時，在空白處寫有三百餘條批語，近六千言。當中就有嘲笑是書《書記》篇“拉雜氾濫”一條。一百七十年後，錢鍾書成了紀昀的附和者，直誇紀昀批評得有道理。錢鍾書尤進一步指責劉勰對當時已形成氣候的兩件事關注甚微。比如小說創作這件事，劉勰僅僅在第十五篇《諧隱》中一筆帶過，說了句不痛不癢的話：“然文辭之有諧隱，譬九流之有小說。”再比如佛經翻譯這件事，劉勰亦只是在第十八篇《論說》中，稍微點了一句：“徒銳偏解，莫詣正理，動極神源，其般若之絕境乎！”其中“般若”讀bōrě，系梵文Prajna的音譯，意為如實認知一切事物和萬物本源的智慧。

眾所周知，南北朝時期，小說創作開始盛行，其中有“志怪小說”和“軼事小說”兩種。前者代表作有《李寄斬蛇》、《宋定伯捉鬼》等，後者有《世說新語》等。至於佛經翻譯，已經出現了支謙、安世高、竺法護、鳩摩羅什等一大批翻譯名家，諸如《法句經》、《道行般若》、《放光般若》一類的佛典開始在寺院廟堂盛行。尤其不能忽視的是佛經翻譯業已形成兩大流派，一派謂之“質派”，講究譯文的樸質，一派謂之“文派”，傾向譯文的修飾。換言之，即小說的創作“漸以附庸蔚為大國”，佛經的翻譯“亦復傍戶而自有專門”。

劉勰鍾情于“符、簿之屬，盡加以文翰之目”，亦即偏愛道士的符書、官府的文檔，並將其列入文體、門類，堪稱“決藩籬於彼”，當然無可厚非。可是，“薄小說之品卑而病譯經之為異域風格”，分明就是“未化町畦於此”。兩種截然不同的態度，未免過於厚彼薄此了。“藩籬”，界限、範疇也；“町畦”，界域、約束也。

劉勰家貧，曾依和尚僧佑十餘年，博通佛教經論，還參加過整理佛經工作，理應對佛經翻譯有所關心。孰料其對此居然保持緘默，“遂使後生無述”，無疑成了中國翻譯史和中國文學批評史中的一樁憾事。錢鍾書在批評劉彥和的同時，也輕輕刺了紀曉嵐一下，說他只知道《文心雕龍》有“拉雜氾濫”，而未察其中亦有無視“小說”和

“翻譯”兩大門類的缺陷。正所謂“智者千慮，難免一失”（Homer sometimes nods）矣。

錢鍾書對劉勰乃至紀昀的微詞可以令我們得到這樣一種啟示，即從事文學研究的人，一定要多一份思考，多一雙眼睛，千萬不能對翻譯掉以輕心，而錢鍾書恰恰在這一點上為我們樹立了一個非常好的榜樣。

三六　譯者蒙昧，引者附會

錢鍾書《管錐編》第三冊第1177頁（含注釋①）稱：

邇來《文賦》，譯為西文，彼土論師，亦頗徵引（①E.g. R.P. Blackmur, *The Lion and the Honeycomb*, 237 “to give Dante a little backing”）。然移譯者蒙昧無知，遂使引用者附會無稽，一則盲人瞎馬，一則陽焰空花，於此篇既無足借重，復勿堪借明也。

（參觀《管錐編》第三冊“全上古三代秦漢三國六朝文第一三八則全晉文卷九七”，中華書局 1979 年版）

錢鍾書在此節中揭示出西方當代翻譯界一些譯手的“蒙昧無知”，簡直如同“盲人瞎馬”一般，往往不對原文進行認真的細讀（close reading），就自以為是地盲目移譯，結果導致一些喜歡“附會無稽”的評論家產生妄想和假像，恰似病目者在烈日下看到繁花似錦的虛影一樣，將這些譯文廣為引用。晉代陸機（261–303，西晉文學家、書法家）的《文賦》被譯成西方文字的情形即是如此。這些譯者滿以為自己譯了中國探討文學創作的首文，便可以成為譯界的重鎮人物，其實是“無足借重”。這些文學家亦滿以為自己在文章中引用了中國文學家的金玉良言，便立馬成了“中國古代文學通”，其實也是“勿堪借明”，即一頭霧水而已。

錢鍾書進行論述的目的，無非是提醒從事中國典籍翻譯的人和研究中國文學的人，一定要慎之又慎，不要盲目翻譯原文，更不要盲目引用譯文。這裡不妨推薦《文賦》中一小段話語的現代漢語譯文和兩種英譯文，讀者諸君可對兩種英譯文與原文作一番比讀，看看有無錢鍾書所批評的毛病。

原文：

或因枝以振葉，或沿波而討源。或本隱以之顯，或求易而得難。
或虎變而獸擾，或龍見而鳥瀾。或妥貼而易施，或岨峿而不安。

現代漢語譯文：

或依著枝條振發樹葉，或沿著水波探索源頭。
或從隱晦入手逐漸闡述明白，或從淺顯處著手逐層深入。
或象老虎的咆哮、野獸的奔跑，或象天龍的出現、鳥的飛散。
或信手拈來就很妥帖，或反復推敲而感不適。

香港翻譯家黃兆傑英文譯文：

The poet moves along the branch and comes to the leaves，
He follows the ripples back to the source of the stream ·
At times the obscure leads to the obvious，
As the obvious may land him on the concealed ·
The tiger shows its color and the other beasts are tamed，
The dragon appears and all fowls flit away ·
Thus there are times at which the poet
effortlessly arrives at the appropriate，
Though at other times whatever he writes is
rugged and uncomfortable ·

美國哈佛大學宇文所安（Stephen Owen）教授英文譯文：

He may rely on the branches to shake the leaves，
Or follow the waves upstream to find the source；
He may trace what is hidden as the root and reach the manifest，
Or seek the simple and obtain the difficult ·
It may be that the tiger shows its stripes and

beasts are thrown into agitation，

Or a dragon may appear and birds fly off in waves around it·

It may be steady and sure，simply enacted，

Or tortuously hard，no ease in it·

三七　翻譯術開宗明義首推此篇

錢鍾書《管錐編》第四冊第1262–1263頁稱：

釋道安《摩訶鉢羅若波羅蜜經鈔序》。按論“譯梵為秦”，有“五失本”、“三不易”，吾國翻譯術開宗明義，首推此篇；《全三國文》卷七五支謙《法句經序》僅發頭角，《學記》所謂“開而弗達”。《高僧傳》二集卷二《彥琮傳》載琮“著《辯正論》，以垂翻譯之式”，所定“十條”、“八備”，遠不如安之扼要中肯也。嚴氏輯自《釋藏跡》，凡琮引此《序》中作“胡”字者，都已潛易為“梵”，如“譯胡”、“胡言”，今為“譯梵”、“梵語”，琮明云：“舊喚彼方，總名胡國，安雖遠識，未變常語”也。又如“聖必因時，時俗有易”，今為“聖必因時俗有易”，嚴氏案：“此二語有脫字”；蓋未參補。至琮引：“正當以不關異言，傳令知會通耳”，今為：“正當以不聞異言”云云，殊失義理。安力非削“胡”適“秦”、飾“文”滅“質”，求“巧”而“失實”；若曰“正因人不通異域之言，當達之使曉會而已”；“關”如“交關”之“關”，“通”也，“傳”如“傳命”之“傳”，達也。

（參觀《管錐編》第四冊“全上古三代秦漢三國六朝文第一六一則全晉文卷一五八”，中華書局 1979 年 8 月版）

在這節文字中，錢鍾書提到了三位著名的佛經翻譯評論家和佛經翻譯家以及他們的三篇文章。

第一位是東漢末年至三國時期的支謙。南北朝梁代釋慧皎所撰《高僧傳》卷一是這樣記載他的：“支謙，字恭明，一名躍，本月支人，來遊漢境”，“博覽經籍，莫不精究，世間伎藝，多所綜習，遍學異書，通六國語。其為人細長黑瘦，眼多白而睛黃，時人為之語

曰：‘支郎眼中黃，形軀雖細是智囊’”。“漢獻（公元190–220年）末亂，避地于吳。孫權聞其才慧，召見悅之，拜為博士，使輔導東宮”。“謙以大教雖行，而經多梵文，未盡翻譯，已妙善方言，乃收集眾本，譯為漢語”。

第二位是東晉時期的道安。釋慧皎所撰《高僧傳》卷五對道安進行了這樣的描繪：

“釋道安。姓衛氏。常山扶柳人也。家世英儒。早失覆蔭為外兄孔氏所養。年七歲讀書再覽能誦。鄉鄰嗟異。至年十二出家。神智聰敏。而形貌甚陋不為師之所重。驅役田舍至於三年。執勤就勞曾無怨色。篤性精進齋戒無闕。數歲之後方啟師求經。師與辯意經一卷。可五千言。安賚經入田。因息就覽。暮歸以經還師。更求餘者。師曰。昨經未讀今複求耶。答曰。即已闇誦。師雖異之而未信也。複與成具光明經一卷。減一萬言。賚之如初。暮複還師。師執經覆之不差一字。師大驚嗟而異之。後為受具戒恣其遊學。至鄴入中寺遇佛圖澄。澄見而嗟歎。與語終日。眾見形貌不稱。咸共輕怪。澄曰。此人遠識非爾儔也。因事澄為師”。後“南投襄陽”。“既達襄陽複宣佛法。初經出已久。而舊譯時謬致使深藏隱沒未通。每至講說唯敘大意轉讀而已。安窮覽經典鉤深致遠。其所注般若道行密跡安般諸經。並尋文比句為起盡之義。乃析疑甄解。凡二十二卷。序致淵富妙盡深旨。條貫既敘文理會通”。

第三位是隋代的彥琮。唐代釋道宣所撰《續高僧傳》卷二介紹其如是：

“釋彥琮，俗緣李氏，趙郡柏人也”。“少而聰敏才藻清新，識洞幽微情符水鏡，遇物斯覽事罕再詳。初投信都僧邊法師”。“十歲方許出家，改名道江，以慧聲洋溢如江河之望也”。“年二十有一。以大易老莊陪侍講論”，其“外假俗衣，內持法服，更名彥琮”。“大業二年”，“于洛陽上林園，立翻經館以處之。凡前後譯經，合二十三部，一百許卷，制序述事備於經首”。

三篇文章，分別是支謙的《法句經序》，道安的《摩訶缽羅若波羅蜜經鈔序》，彥琮的《辯正論》。羅新璋所編《翻譯論集》將這三篇文章盡攬其中。

錢鍾書認為，支謙文，對翻譯的議論“僅發頭角”，恰如《學記》中所云，只不過是“開而弗達”而已，即只是啟發了一下人們的思維，並未對翻譯作出全面而深刻的的探究。道安文，則就“譯梵為秦”，提出了“五失本”、“三不易”的見解，因此，“吾國翻譯術開宗明義，首推此篇”。彥琮文，儘管有人以為其中道出了若干翻譯的原則，但“所定‘十條’、‘八備’，遠不如安之扼要中肯”。另據清人嚴可均（1762–1843，浙江吳興人，清代文獻學家，曾輯《全上古三代秦漢三國六朝文》）考證，彥琮文引道安文，均將其中的“胡”字自行改為“梵”字，而且還批評道安“雖遠識，未變常語”，即失于轉“胡”為“梵”。嚴氏還指出，引文中不乏“脱字”現象，以至其中一些“殊失義理”。

錢鍾書指出，道安的文章彰顯出其極力反對這樣三種做法，即第一，削“胡”適“秦”；第二，飾“文”滅“質”；第三，求“巧”而“失實”。錢鍾書還對道安文中的一句話即“正當以不關異言，傳令知會通耳”的幾個關鍵字進行了詮釋：“關”如“交關”之“關”，“通”也，“傳”如“傳命”之“傳”，達也。整句話的意思則是：“正因人不通異域之言，當達之使曉會而已”。

又《釋藏跡》，當是與佛教經典總匯相關的書，包括漢譯佛經以及中國的一些佛教著述等等。

三八　案本而傳，言倒從順

錢鍾書《管錐編》第四冊第1263頁稱：

“五失本”之一曰：“梵語盡倒，而使從秦”；而安《鞞婆沙序》曰：“遂案本而傳，不合有損言游字；時改倒句，餘盡實錄也”，又《比丘大戒序》曰：“於是案梵文書，惟有言倒時從順耳。”故知“本”有非“失”不可者，此“本”不“失”，便不成翻譯。道宣《高僧傳》二集卷五《玄奘傳之餘》：“自前代以來，所譯經教，初從梵語，倒寫本文，次乃回之，順向此俗"；正指斯事。"改倒"失梵語之"本"，而不"從順"又失譯秦之"本"。安言之以為"失"者而自行之則不得不然，蓋失於彼乃所以得於此也，安未克圓覽而疏通其理矣。

（參觀《管錐編》第四冊"全上古三代秦漢三國六朝文第一六一則全晉文卷一五八"，中華書局 1979 年 8 月版）

錢鍾書對道安的"五失本"之一進行了點評。"本"者，當指原文的本來面貌。這第一"失"，便是譯文徹底改變了原文行文的前後次序，而代之以漢語的次序。亦即道安在《鞞婆沙序》中所說的"時改倒句"，在《比丘大戒序》中所說的"惟有言倒，時從順耳"。"時"指"常常"、"經常"。

錢鍾書復引道宣的說法作進一步的印證。道宣稱：翻譯過程中，開始是按梵語或曰胡語的行文次序，原封不動地照搬為漢語。可是，面對如此佶屈聱牙的譯語，譯者本人尚且一頭霧水，遑論目的語讀者了。如是譯者不得不按照漢語的次序，重新表達。即所謂"次乃回之，順向此俗"。

這樣的操作方式，其實是不得已而為之。"改倒"雖然失去了原文的"本"，但"從順"了譯文的"本"，從而使譯語讀者能夠對譯語了然於胸，有所解悟。由是錢鍾書批評道安未能對這種翻譯現象進行周密的觀察和細緻的探究，失於"疏通其理"。

眾所周知，舉凡事，包括翻譯在內，往往是"失於彼乃所以得於此"。這個哲學道理，道安沒有摸透，故令"梵語盡倒，而使從秦"的第一"失"結論留下了漏洞。錢鍾書火眼金睛，看出了道安的疏漏，並得出了"'本'有非'失'不可者，此'本'不'失'，便不成翻譯"的確論。可以説，錢鍾書這一言之鑿鑿的確論將道安第一"失本"的説法完全推翻了。

三九　辭旨如本，不加文飾

錢鍾書《管錐編》第四冊第1263–1264頁稱：

"失本"之二曰："梵經尚質，秦人好文，傳可眾心，非文不合"；卷一六六闕名《首楞嚴後記》亦曰："辭旨如本，不加文飾，飾近俗，質近道。"然卷一六〇釋僧叡《小品經序》："梵文雅質，案本譯之，於麗巧不足，朴正有餘矣，幸冀文悟之賢，略其華而幾其實也"，又《毗摩羅詰提經義疏序》："煩而不簡者，貴其事也，質而不麗者，重其意也"；卷一六三鳩摩羅什《為僧叡論西方辭體》："天竺國俗，甚重文藻。……但改梵為秦，失其藻蔚，雖得大意，殊隔文體，有似嚼飯與人，非徒失味，乃令嘔穢（"穢"應為"噦"—鄭注）也。"則梵自有其"雅"與"文"，譯者以梵之"質"潤色而為秦之"文"，自是"失本"，以梵之"文"損色而為秦之"質"，亦"失本"耳。意蘊悉宣，語跡多存，而"藻蔚"之致變為榛莽之觀，景象感受，非復等類（the principle of equivalent or approximate effect）。安僅譏"斷鑿而混沌終"，亦知其一而未知其二也。慧皎《高僧傳》卷六《僧叡傳》記其參羅什譯經，竺法護原譯《法華經·受決品》有云："天見人，人見天"，什曰："此語與西域義同，但此言過質"，叡曰："得非'人天交接，兩得相見？'"什喜曰："實然！""辭旨如本"，"質"而能"雅"，或如卷一六五僧肇《百論序》："務存論旨，使質而不野"，叡此譯可資隅反。安《鞞婆沙序》謂"求知辭趣，何嫌文質？"流風所被，矯枉加厲，贊寧《高僧傳》三集卷三《譯經篇·論》遂昌言"與其典也寧俗"矣。

（參觀《管錐編》第四冊"全上古三代秦漢三國六朝文第一六一則全晉文卷一五八"，中華書局 1979 年 8 月版）

"失本"之二的"本"，當指出發語的質樸本色。無奈目的語讀者卻喜歡華麗的文字。基於此，譯者不得不依著目的語讀者的愛好，將朴正的原文易為麗巧的譯文。如此一來，原文的質樸本色可謂喪失殆盡矣。

錢鍾書引闕名《首楞嚴後記》語，說明經過文飾的譯文，近乎世俗，與原文闡述的道理相去甚遠。復引僧叡《小品經序》和《毗摩羅詰提經義疏序》語，指出繁瑣的行文，貴在敘述事情的來龍去脈；簡樸的筆墨，則重在表達事情的本質意義。翻譯時，如果完完全全按原文移譯，譯文難免生硬有餘，妍雅不足。所幸像鳩摩羅什這樣的善譯者，往往能在譯文中略去重迭繁複的贅述，使譯文盡可能的接近原文的實質。

僧叡是道安的高足，且長期隨羅什譯經，深受器重，故能有如此深刻的體會。錢鍾書又引羅什《為僧叡論西方辭體》語，說明出發語經過翻譯，雖能得其大意，卻失去了原來的本色，如同將飯粒嚼碎，然後喂給別人吃一樣。這樣的“飯”，無疑已經失去原本的滋味，即便勉強吞食，亦難免嘔噦了。所引“穢”字系“噦”字之誤。噦，嘔吐也。

錢鍾書再引《僧叡傳》中羅什譯經的經典範例。羅什認為《法華經·受決品》中竺法護所譯“天見人，人見天”，雖意義與原文不悖，“但此言過質”。他對僧叡的改譯，即“人天交接，兩得相見”倒是格外喜歡，一再首肯。

通過羅什“嚼飯與人”的比喻，錢鍾書得出這樣的結論：原文自有其“雅”、其“質”，如果譯者易原文的“質”為譯文的“雅”，或者易原文的“雅”為譯文的“質”，便會將原文的本色徹底丟失。這種譯文儘管未失去原文的意蘊，甚至還保留了原文的某些痕跡，但原文那種鮮活的文辭特點卻變成了“一片草叢”、“一片荊棘”。如此糟糕的景觀，又豈能稱之為與原文“對等”或“近似”呢？惜乎道安於此，未能有全面的理解，僅僅以為這只是“斷鑿而混沌終”。所謂“斷鑿而混沌終”，指的是佛經譯者以道家思想穿鑿佛意，猶如給混沌鑿孔開竅，竅是鑿開了，混沌卻命歸西天了。意即牽強附會的譯文往往徹底顛覆了原文的本意。

對於羅什首肯“天見人，人見天”改譯為“人天交接，兩得相見”的史實，錢鍾書提出這樣的看法：如此改譯，說明譯經者可以“質而不麗”，可以“質而不野”，甚至可以“求知辭趣”而不分“文質”。真個是“流風”若是，只能“矯枉加厲”了。不過，面對如此世風，北宋僧人贊寧在《譯經篇·論》中倒是能別張一幟，宣導“與其典也寧俗”。照贊寧所説，所謂“典”，即“經籍之文”；所謂“俗”，即“街巷之説”也。

四〇　削繁刪冗，求簡易明

錢鍾書《管錐編》第四冊第1264頁（含注釋①）稱：

“失本”之三、四、五皆指譯者之削繁刪冗，求簡明易了。梵“丁寧反復，不嫌其煩”，“尋説向語，文無以異”，“反騰前辭，已乃後説”。此如蜀葵之“動人嫌處只緣多”，真譯者無可奈何之事；苟求省淨無枝蔓，洵為“失本”耳。歐陽修《文忠集》卷一三〇《試筆》：“余嘗聽人讀佛經，其數十萬言，謂可數言而盡”，語固過當，未為無故。安《比丘大戒序》：“諸出為秦言，便約不煩者，皆蒲萄酒之被水者也”，意同《全宋文》卷六二釋道朗《大涅槃經序》：“隨意增損，雜以世語，緣使違失本正，如乳之投水。”皆謂失其本真，指質非指量；因乳酒加水則見增益，而“約不煩”乃削減也。又按羅什“嚼飯”語，亦見《高僧傳》卷二本傳，文廷式《純常子枝語》卷一三申之曰：“今以英法文譯中國詩、書者，其失味更可知。即今中國之從天主、耶穌者，大半村鄙之民，其譯新、舊約等書，亦斷不能得其真意。覽者乃由譯本輒生論議，互相詆訾，此亦文字之劫海矣！”即所謂：“誤解作者，誤告讀者，是為譯者”(commonly mistakes the one and misinforms the other)（① Samuel Butler, Characters, “A Translator”, *Prose Writings*, ed. W.Waller, 170)。此猶指説理、記事；羅什專為“文藻”而發，尤屬知言。

（參觀《管錐編》第四冊“全上古三代秦漢三國六朝文第一六一則全晉文卷一五八”，中華書局 1979 年 8 月版）

道安所云“失本”之三、四、五分別為：“三者，胡經委悉，至於歎詠，丁寧反復，或三或四，不嫌其煩。而今裁斥，三失本也。四者，胡有義説，正似亂辭，尋説向語，文無以異，或千五百，刈而不存，四失本也。五者，事已全成，將更傍及。反騰前辭，已乃後説，而惡除此，五失本也”。

錢鍾書將此三種"失本"概而論之，曰："皆指譯者之削繁刪冗，求簡明易了"，且從三種"失本"中各覓出八個字，合計二十四個字，來說明梵語或曰原文的"繁冗"。這二十四個字為"丁寧反復，不嫌其煩；尋說向語，文無以異；反騰前辭，已乃後說"。其中"丁寧反復"，意為"一而再，再而三地囑託吩咐"；"尋說向語"，意為"將前面說過的話又照說一遍"；"反騰前辭"，意為"又回過頭將前面說過的內容重複一次"。錢鍾書將如此繁複累贅的原文比喻為二年生草本植物"蜀葵"，此物又名一丈紅，原本產於四川，後蔓延至華中、華東乃至華北，比比皆是，觸眼可見。唐代詩人陳標曾寫有題為《蜀葵》的七言絕句，云"眼前無奈蜀葵何，淺紫深紅數百窠。能共牡丹爭幾許，得人嫌處只緣多"。面對"蜀葵"這樣的原文，譯者無可奈何地發出一聲長歎，然後，掄起手中的刀剪，理性地去除那些多餘的"蜀葵"，"苟求省淨無枝蔓"也。這樣的"失本"，無疑是在情理之中。

錢鍾書複引唐宋八大家之一歐陽修的說法。為文一向講究"圓融輕快"的歐陽修稱：有些佛經，動輒"數十萬言"，其實"數言"即可。將幾十萬言濃縮至幾句話，錢鍾書認為"語固過當，未為無故"。錢鍾書接著引出兩個比喻。一個是道安的"蒲（葡）萄酒之被水"，另一個是道朗（東晉北涼玄始時僧人）的"如乳之投水"。錢鍾書指出，這兩個比喻"皆謂失其本真，指質非指量"，即不一定就是以簡約的譯文代替繁冗的原文，實質上已經改變了原文的本意，就彷佛"乳酒加水"一樣，味道完全變了那樣。不過道安與道朗兩人的比喻與羅什"嚼飯"的比喻，倒可以稱之為英雄所見略同，皆喻改變原物本味。

錢鍾書再引近人文廷式（1856–1904，江西人，清光緒翰林，詩人、學者）所著《純常子枝語》中語，說明"今以英法文譯中國詩、書者"，往往"失味"；"今中國之從天主、耶穌者"，"其譯新、舊約等書"，更是"不能得其真意"。中國人的看法如此，外國人的看法又何嘗不是如此？曾經以散文形式將荷馬史詩《伊利亞特》（*The*

Iliad）、《奧德賽》（*The Odyssey*）譯為英文的英國作家撒母耳・巴特勒（Samnel Butler 1835–1902）嘗謂“誤解作者，誤告讀者，是為譯者”（commonly mistakes the one and misinforms the other）”。撒母耳・巴特勒的説法“猶指説理、記事”，而“羅什專為‘文藻’而發”。“文藻”者，文章文字，詞采文采也。“知言”者，似出孔子《論語》“不知言，無以識人也”。“知言”即是能分析辨別他人的言語。又“知”通“智”，故“知言”亦可作“智言”解。

四一　移譯之難，詞章最甚

錢鍾書《管錐編》第四冊第1264–1266頁（含注釋②、③、④、⑤，①、②）稱：

蓋移譯之難，詞章最甚。故有人作小詩，託為譯詩者自解嘲云：“譯本無非劣者，祇判劣與更劣者耳”（Es gibt nur schlechte Uebersetzungen / und weniger schlechte）（② Ch.Morgenstern: “Der mittelmassiger Uebersetzer rechtfertigt sich,”。*Epigramme und Sprüche*, R. Piper,45）。西萬提斯謂翻譯如翻轉花毯，僅得見背（el traducer de una lengua en otra… es como quien mira los tapices flamencos por el revés）（③ *Don Quijote*, II.62, “Cláicos Castellaanos”,VIII.156.）；可持較《高僧傳》三集卷三：“翻也者，如翻錦綺，背面俱花，但其花有左右不同耳。”雨果謂翻譯如以寬頸瓶中水灌注狹頸瓶中，傍傾而流失者必多（Traduire, c' est transvaser une liqueur d' un vase à col large dan un vase à col étroit; il s' en perd beaucoup）（④ *Littérature et Philosophie mêlées*, “Reliquat”,Albin Michel,253.）；“酒被水”、“乳投水”言水之入，此言水之出；而其“失本”惟均，一喻諸質，一喻諸量也。叔本華謂翻譯如以此種樂器演奏原為他種樂器所譜之曲調（Sogar in blosser Prosa wird die allerbeste Uebersetzung sich zum Original höchstens so verhalten, wie zu einem gegebenen *Musikstück* dessen *Transposition* in eine andre Tonart）（⑤ *Parerga und Paralipomena*, Kap.25, § 299, *Samtl.Werk*., hrsg. P.Deussen, V,627.Cf.E.M.Fusco, *Scrittori e Idee*, 578：“trasposizione o sostituzione di strumenti: ad esempio l' adattamento al pianoforte di un' opera concepita e scritta per orchestra, e viceversa.”）；此喻亦見吾國載籍中，特非論譯佛經為漢文，而論援佛説入儒言，如《朱文公集》卷四三《答吳公濟》：“學

佛而後知，則所謂《論語》者，乃佛氏之《論語》，而非孔氏之《論語》矣。正如用琵琶、秦箏、方響、觱栗奏雅樂，節拍雖同，而音韻乖矣。”伏爾泰謂，倘欲從譯本中識原作面目，猶欲從板刻複製中睹原畫色彩（Qu' on ne croie point encore connaitre les poètes par les traductions; ce serait vouloir apercevoir le coloris d' un tableau dans une estampe）（① *Essal sur la Poésie épique*, in Oeuv.compl., éd.L.Moland, VIII, 319, Cf.Herder："der verzogenste Kupferstich von einem schönen Gemählde"，*Sämtl.Werk*., hrsg.B.Suphan，V，166.）。有著書論翻譯術者，嘗列舉前人醜詆譯事、譯人諸詞，如"驢蒙獅皮"（asses in lions' skins），"蠟制偶人"（the Madame Tussaud' s of literature），"點金成鐵"（the baser alchemy）之類頗夥（② E.Stuart Bates, *Modern Translation*，141.）；余尚別見"沸水煮過之楊梅"（a boild strawberry）、"羽毛拔光之飛鳥"（der gerupfte Vogel）、"隔背嗅花香"（smelling violets through a blanket）等品目，僉不如"嚼飯與人"之尋常而奇崛也。

（參觀《管錐編》第四冊"全上古三代秦漢三國六朝文第一六一則全晉文卷一五八"，中華書局 1979 年 8 月版）

這一節，錢鍾書以"移譯之難，詞章最甚"為突破口，說明詩歌翻譯的結果只有"劣與更劣者"之分。以此類推，其他文學形式的翻譯情形恐怕亦複如此。接下來，錢鍾書引用大量對翻譯進行比喻的說法來印證這一現象。

西方人的比喻可謂層出不窮，如動物類："驢蒙獅皮"，"羽毛拔光之飛鳥"；金屬等物質類："點金成鐵"，"蠟制偶人"；水果類："沸水煮過之楊梅"；嗅覺類："隔背嗅花香"；視覺類："西萬提斯謂翻譯如翻轉花毯，僅得見背"；樂器類："叔本華謂翻譯如以此種樂器演奏原為他種樂器所譜之曲調"；流體類："雨果謂翻譯如以寬頸瓶中水灌注狹頸瓶中，旁傾而流失者必多"；圖畫複製類："伏爾泰謂，倘欲從譯本中識原作面目，猶欲從板刻複製中睹原畫色彩"。這些比喻多為諷貶，其餘則為不偏不倚，褒揚的比喻很難尋覓。錢鍾書例舉中的西萬提斯，即賽凡提斯，文藝復興時期西班牙小說家，《堂吉訶德》作者；叔本華，德國哲學家；雨果，法國作家，著有《巴黎聖母院》、《悲慘世界》等；伏爾泰，法國思想家、文學家。

諸如此類的比喻，中國人也有相同説法。如視覺類，中國僧人云："翻也者，如翻錦綺，背面俱花，但其花有左右不同耳"；又如樂器類，朱熹（1130–1200，宋代思想家、教育家、詩人）稱："學佛而後知，則所謂《論語》者，乃佛氏之《論語》，而非孔氏之《論語》矣。正如用琵琶、秦箏、方響（古代打擊樂器）、觱栗（讀音bīlī，古代管樂器）奏雅樂，節拍雖同，而音韻乖（讀音guāi，意為違背、不和諧）矣"。再如流體類，道安稱翻譯頗似"葡萄酒之被水"，道朗云翻譯恰似"如乳之投水"。

錢鍾書認為所有這些比喻全都不及"嚼飯與人"這個比喻，因為這個比喻既尋常又奇崛。仔細想想，這個比喻的確好。"嚼飯"者，譯者也；"人"，譯語讀者也。好心的譯者，生怕譯語讀者咽不下，看不懂，於是將原作反復咀嚼，反復打磨，滿以為譯語讀者讀了他的譯文一定會感激他，誇獎他，孰料，結果恰恰相反。當然也有這樣的情形，當譯語讀者幼稚得如同襁褓中的嬰兒一樣時，也就只能聽從譯者奶奶或者譯者姥姥的擺佈，乖乖地將她們咀嚼過的飯粒，無可奈何地一股腦兒吞下去了。

四二　宛轉重譯，義皆可明

錢鍾書《管錐編》第四冊第1366–1367頁稱：

那伽仙《上書》："吉祥利世間，感攝於群生；所以其然者，天感化緣明。……菩薩行忍慈，本跡起凡基，一發菩提心，二乘非所期。……生死不為厭，六道化有緣，具修於十地，遺果度人天。功業既已定，行滿登正覺，萬善智善備，惠日照塵俗。……皇帝聖宏道，興隆於三寶，垂心覽萬機，威恩振八表。……陛下臨萬民，四海共歸心，聖慈流無疆，被臣小國深。"按《南齊書・蠻、東南夷傳》記扶南王遣天竺道人釋那伽仙上表進貢，載二表文及此《書》，當皆是譯文。此書詞旨酷肖佛經偈頌，然偈頌雖每句字數一律，而不押韻腳，此《書》乃似五言詩而轉韻六次者。竊謂其有類《東觀漢記》卷二二載莋都夷白狼王唐菆《遠夷樂德、慕德、懷德歌》三章，亦見《後漢書·南蠻、西南夷列傳》，譯文出犍為郡掾田恭手。恭所譯為四言，《慕德》、《懷德》二篇叶韻，而《樂德》以"意"或"合"（王先謙《後漢書集解》引惠棟曰："當作'會'"）、"來"、"異"、"食"、"備"、"嗣"、"熾"押腳，強叶而已；又據《漢記》並載"夷人本語"，原作每句四字或四音，與譯文句當字對。釋那伽仙此篇本語決不與華語字音恰等，而譯文整齊劃一，韻窘即轉，俾無岨峿，工力在田恭譯之上也。紀昀《紀文達公文集》卷九《耳溪詩集序》："鄭樵有言：'瞿曇之書能至諸夏，而宣尼之書不能至跋提河，聲音之道有障礙耳。'此似是而不盡然也。夫地員九萬，國土至多。自其異者言之，豈但聲音障礙，即文字亦障礙。自其同者言之，則殊方絕域，有不同之文字，而無不同之性情，亦無不同之義理，雖宛轉重譯，而義皆可明。見於經者，《春秋傳》載戎子駒支自云言語不通而能賦《青蠅》，是中夏之文章可通於外國。見於史者，《東觀漢記》載白狼《慕德》諸歌，是外國之文章，可通於中夏。"論殊明通。

（參觀《管錐編》第四冊"全上古三代秦漢三國六朝文第一九〇則全齊文卷二六"，中華書局 1979 年 8 月版）

錢鍾書的此節文字重點在於引導人們關注兩種譯文和一個說法。

兩種譯文，一種是天竺道人釋那伽仙所譯《上書》，另一種是東晉時期川蜀一帶羌族人犍為郡掾田恭所譯《遠夷樂德歌》、《遠夷慕德歌》、《遠夷懷德歌》三篇。

前譯原文當是扶南王即柬埔寨古老王國國王委託其大臣所寫。《書》的內容酷似佛經偈頌，其譯文形式則與五言詩雷同，且有韻腳。後譯原文作者系羌族首領白狼王唐菆。這三篇歌辭原文均有漢字記音，其原文形式為"每句四字或四音"，犍為郡掾田恭亦以四言譯之，可謂"句當字對"。其中《慕德》、《懷德》二篇為叶韻，即譯文中的一些韻字必須進行改讀，方能與其他詩行的韻腳協調和諧。而《樂德》篇的韻腳，不合規矩處頗多，只能勉強以叶韻的方法進行彌補。

錢鍾書認為那伽仙所譯《上書》所展示出來的功力超過犍為郡掾田恭所譯三歌。理由有二。一是沒有漢字記音的借鑒，但譯文卻能“整齊劃一”；二是當韻腳遇到麻煩時，能夠很快轉韻，令詩行讀起來十分順暢，即“韻窘即轉，俾無岨峿”是也。“岨峿”（讀音jǔwǔ），意為“抵觸、不合、不順當”。

一個說法，乃是清人紀曉嵐即紀昀的一段見解。紀曉嵐先引宋人鄭樵（1104–1162，史學家、目錄學家，著有《通志》行世）的一句話，即“瞿曇之書能至諸夏，而宣尼之書不能至跋提河，聲音之道有障礙耳。”這句話的意思是釋迦牟尼的佛經可以傳到中國，而孔子的學說卻到不了印度，原因是說話構成了障礙。紀曉嵐覺得鄭樵所說的理由不夠充分。他認為土地遼闊，國家甚多，話語各異。其不同處是雙方不僅說話不同，而且文字也不同。其相同處則是雙方雖然說話文字不同，但性情相同，義理相同，有了這兩個相同，通過反復翻譯，雙方是完全可以溝通的。

接下來，紀曉嵐又以古代羌族首領駒支能讀《詩經・小雅》中的《青蠅》、漢人能讀古代羌族首領唐菆的《樂德》、《慕德》、《懷德》三歌為例，說明“中夏之文章可通於外國”，“外國之文章可通於中夏”。紀氏的說法實在是太透徹了。

當代哲學家賀麟（1902–1992，四川金堂人，哲學家、教育家、翻譯家）曾有言：“翻譯的哲學基礎，即在於‘人同此心，心同此理’”。（參觀1990年第3期《中國社會科學院研究生院學報》）紀曉嵐的“殊方絕域，有不同之文字，而無不同之性情，亦無不同之義理，雖宛轉重譯，而義皆可明”的說法與賀麟的說法堪稱庶幾近之。看來，這位《四庫全書》總纂修官的骨子裡真還有幾分哲學家的氣質呢。

紀曉嵐寫過一首題為《富春至嚴陵山水甚佳》的七言絕句，詩云：

濃似春雲淡似煙，參差綠到大江邊。
斜陽流水推篷坐，翠色隨人欲上船。

將詩中的最後一句反復琢磨，深感擬人化的想像中分明隱含著一種哲人的理念。

四三　譯詞調諧，宜於諷誦

錢鍾書《管錐編》第四冊第1367頁稱：

《說苑·善說》篇載越人《擁楫之歌》，本語之難解，不亞白狼三《歌》，而譯文之詞適調諧，宜於諷誦，遠逾三《歌》及那伽仙一《書》，紀氏不舉作譯詩之朔，當是以其為中土方言而非異族或異域語耳。《樂府詩集》卷八六無名氏《敕勒歌》下引《樂府廣題》云："歌本鮮卑語，譯作齊言，故句長短不等"；字句固參差不齊，而押韻轉韻，口吻調利，已勿失為漢人詩歌體。北朝樂府，相類必多，如《折楊柳歌辭》之四："遙看孟津河，楊柳鬱婆娑，我是虜家兒，不解漢兒歌"；其為譯筆，不啻自道。皆吾國譯韻語為韻語之古例，足繼三《歌》一《書》者。耶律楚材《湛然居士文集》卷八《醉義歌》有《序》云："遼朝寺公大師賢而能文，《醉義歌》乃寺公之絕唱也。昔先人文獻公嘗譯之；先人早逝，予恨不得一見。及大朝之西征也，遇西遼前郡王李世昌於西域，予學遼字于李公，朞歲頗習，不揆狂斐，乃譯是歌，庶幾形容于萬一云。"七言歌行幾九百字，偉然鉅觀，突過後漢、南北朝諸譯詩矣。

（參觀《管錐編》第四冊"全上古三代秦漢三國六朝文第一九〇則全齊文卷二六"，中華書局 1979 年 8 月版）

這一節的主題是錢鍾書對四首詩歌的翻譯進行論述。第一首詩歌指《擁楫之歌》，又稱《越人歌》。第二首詩歌指《敕勒歌》。第三首詩歌指《折楊柳歌辭》之四。第四首指《醉義歌》。

按照捷克斯洛伐克翻譯理論家安東·波波維奇編纂的《文學翻譯分析詞典》（*Dictionary for the Analysis of Literary Translation*，1975年加拿大阿爾貝塔大學比較文學系出版）中的"翻譯"條目分類，《越人歌》的翻譯屬於"語內翻譯"（Intralingual Translation），其餘三首詩歌的翻譯當歸屬"語際翻譯"（Interlingual Translation）。

根據《樂府詩集》卷八六《樂府廣題》中説法，《敕勒歌》的原語是鮮卑語，被不知名的譯者譯為齊言，即漢語。錢鍾書認為，儘管譯文的字句“長短不等”，“參差不齊”，但“押韻轉韻，口吻調利”，卻與漢人創作的詩歌庶幾無差。且看譯文：

“敕勒川，陰山下。天似穹廬，籠蓋四野。
天蒼蒼，野茫茫。風吹草低見牛羊。”

將譯文反複吟誦，可謂沒有絲毫原文的痕跡，完完全全是一首地地道道的“漢人詩歌體”。

《折楊柳歌辭》之四的情形亦複如此。原語應當是鮮卑語，其漢語譯文為：

“遙看孟津河，楊柳鬱婆娑，我是虜家兒，不解漢兒歌。”

錢鍾書評價這首詩曰：“其為譯筆，不啻自道。皆吾國譯韻語為韻語之古例，足繼三《歌》一《書》者”。“不啻自道”，即是不異于譯者在用譯語即漢語進行寫作，堪稱開創了中國“譯韻語為韻語”的先河，成了古代的經典譯例，不愧為那伽仙譯《上書》，犍為郡掾田恭譯《遠夷樂德歌》、《遠夷慕德歌》、《遠夷懷德歌》之後的又一經典佳譯。

《醉義歌》的原作者是宋代時期北方遼人寺公大師，疑為僧人。《醉義歌》原文為契丹文，首譯者是耶律楚材（1190–1244，契丹族，號湛然居士，遼、金及元代時期政治家）的“先人文獻公”。惜乎，文獻公歿後，譯文亦不知去向。於是耶律楚材以一年的時間，從西遼前郡王李世昌學習遼字，即契丹文。然後，“不揆狂斐，乃譯是歌”。“不揆”，不自量的意思，謙詞；“狂斐”，指狂妄無知者率爾操觚，亦為謙詞。耶律楚材的譯文為：

“曉來雨霽日蒼涼，枕幃搖曳西風香。困眠未足正輾轉，兒童來報今重陽。
吟兒蒼蒼渾塞色，客懷衮衮皆吾鄉。斂衾默坐思往事，天涯三載空悲傷。
正是幽人歎幽獨，東鄰攜酒來茅屋。憐予病窟伶仃愁，自言新釀秋泉曲。
凌晨未盥三兩卮，旋酌連斟折欄菊。我本清臒酒户低，羈懷開拓何其速。

愁腸解結幹萬重，高談幾笑吟秋風。遙望無何風色好，飄飄漸遠塵寰中。
淵明笑問斥逐事，謫仙遙指華胥宮。華胥咫尺尚未及，人間萬事紛紛空。
一器才空開一器，宿酲未解人先醉。攜棋挈榼近花前，折花顧影聊相戲。
生平豈無同道徒，海角天涯我遐棄。我愛南村農丈人，山溪幽隱潛修真。
老病尤耽黑甜味，古風清遠途猶迍。喧囂避遁岩路僻，幽閒放曠雲泉濱。
旋舂新黍爨香飯，一樽濁酒呼予頻。欣然命駕匆匆去，漠漠霜天行古路。
穿村迤邐入中門，老幼倉忙不寧處。丈人迎立尾杯寒，老母自供山果醋。
扶攜齊唱雅聲清，酬酢温語如甘澍。謂予綠鬢猶可需，謝渠黃髮勤相諭。
隨分窮秋搖酒卮，席邊籬畔花無數。巨觥深斝新詞催，閑詩古語玄關開。
開杯屬酒謝予意，村家不棄來相陪。適遇今年東鄙阜，黍稷馨香棲畎畝。
相進鬥酒不浹旬，愛君蕭散真良友。我酬一語白丈人，解譯羈愁感黃耇。
請君舉盞無言他，與君卻唱醉義歌。風雲不與世榮別，石火又異人生何。
榮利儻來豈苟得，窮通夙定徒奔波。梁冀跋扈德何在，仲尼削跡名終多。
古來此事元如是，畢竟思量何怪此。爭如終日且開樽，駕酒乘杯醉鄉裡。
醉中佳趣欲告君，至樂無形難説似。泰山載斫為深杯，長河釀酒斟酌之。
迷人愁客世無數，呼來稽耳充罰卮。一杯愁思初消鑠，兩盞迷魂成勿藥。
爾後連澆三五卮，幹愁萬恨風蓬落。胸中漸得春氣和，腮邊不覺衰顏卻。
四時為馭馳太虛，二曜為輪輾空廓。須臾縱轡入無何，自然汝我融真樂。
陶陶一任玉山頹，藉地為茵天作幕。丈人我語真非真，真兮此外何足云。
丈人我語君聽否?聽則利名何足有。問君何事從劬勞，此何為卑彼豈高。
蜃樓日出尋變滅，雲峰風起難堅牢。芥納須彌亦閒事，誰知大海吞鴻毛。
夢裡蝴蝶勿云假，莊周覺亦非真者。以指喻指指成虛，馬喻馬兮馬非馬。
天地猶一馬，萬物一指同。胡為一指分彼此，胡為一馬奔西東。
人之富貴我富貴，我之貧困非予窮。三界唯心更無物，世中物我成融通。
君不見千年之松化仙客，節婦登山身變石。木魂石質既我同，有情于我何瑕隙。
自料吾身非我身，電光興廢重相隔。農丈人，幹頭萬緒幾時休，舉觴酩酊忘形跡。”

錢鍾書對譯詩的評價是“七言歌行幾九百字，偉然鉅觀，突過後漢、南北朝諸譯詩矣”。

《擁楫之歌》或曰《越人歌》的古越語發音記載於漢代劉向《説苑・善説》篇。劉向書中對歌詞的古越語記音為 32 個漢字：

“濫兮抃草濫予昌枑澤予昌州州鍖州焉乎秦胥胥縵予乎昭澶秦逾滲惿隨河湖”

歌詞表達越人對楚王胞弟鄂君子晳的敬仰之情，鄂君子晳不懂越人説的話，便請人翻譯如是：

“今夕何夕兮，搴舟中流。
今日何日兮，得與王子同舟。
蒙羞被好兮，不訾詬恥。
心幾煩而不絕兮，得知王子。
山有木兮木有枝，心説君兮君不知。”

譯詩中，搴舟，蕩舟意；被，同“披”，覆蓋意；訾，説壞話；詬恥：恥辱；幾，同“機”；王子，即鄂君子，春秋時楚國王子；説，同“悦”。

錢鍾書稱“越人《擁楫之歌》，本語之難解，不亞白狼三《歌》，而譯文之詞適調諧，宜於諷誦，遠逾三《歌》及那伽仙一《書》，紀氏不舉作譯詩之朔，當是以其為中土方言而非異族或異域語耳”。“朔”系“起點”的意思。

今人周流溪的現代漢語譯文為：

“今晚在河裡掌船，是什麼好日子？
和哪一位同船？和王子你們，
承蒙大人美意賞識見愛，我無比羞愧。
我多麼希望認識王子！今天終於認識了。
山上有樹叢，竹木有枝梢。
您知道嗎？我心裡對您非常敬慕眷戀。”

今人趙春彥的英譯為：

The Yue Folk's Song

What night is tonight, all through the waves I row.

What day is today, I share with Your Highness the same canoe

Ashamed, ashamed am I, in status slow
Disturbed, disturbed am I, Your Highness I come to know
Uphill grow trees, on the trees boughs grow
My heart goes to you, but you don't know.
The tree has boughs, and the hill has trees,
You do not know your grace does me please.

四四　歐羅巴人長友詩

錢鍾書《管錐編》第四冊第1367–1368（含注釋①）頁稱：

晚清西學東漸，移譯外國詩歌浸多，馬君武、蘇曼殊且以是名其家。余所睹記，似當數同治初年董恂譯"歐羅巴人長友詩"為最早，董氏《荻芬書屋詩稿》未收，祇載于董長總理衙門時僚屬方濬師《蕉軒隨錄》卷一二中。"歐羅巴人長友詩"實即美國詩人郎法羅（Longfellow）之《人生頌》（*A Psalm of Life*）；英駐華公使威妥瑪漢譯為扞格不順之散文，董從而潤色以成七言絕句，每節一首。與董過從之西人又記威妥瑪慫恿董譯拜倫長詩卒業（① H.E.Parker, *John Chinaman*, 62：“Tung Sün was a renowned poet whose sacred fire was easily kindled by Sir Thomas Wade; and I believe he has inflicted upon the Peking world a translation of *Childe Harold*”）；卻未之見，倘非失傳，即系失實，姑妄聽之。

（參觀《管錐編》第四冊“全上古三代秦漢三國六朝文第一九〇則全齊文卷二六”，中華書局 1979 年 8 月版）

錢鍾書在這一節文字中披露了中國近代史上一樁翻譯詩歌的歷史。

詩歌作者系美國詩人郎法羅即郎費羅或朗費羅（Longfellow），詩歌名*A Psalm of Life*。大約是同治初年，這首詩首先由英駐華公使威妥瑪譯為中文。威妥瑪（Thomas Francis Wade），生於1818年，卒於1891年。英國外交官，漢學家。在中國生活長達40餘年，因發明羅馬字母標注漢語發音系統即威妥瑪注音而著名。威妥瑪注音曾被歐美國家廣為使用。威妥瑪漢譯的這首詩歌實際上是散文體，讀起來磕磕碰碰，不很通暢。不知道是出於威妥瑪的請求，還是出於董恂本人的自願，這首詩由董氏將原譯文的每一小節潤色為七言絕句一首。董恂，江蘇揚州人，1807年出生，1892年去世，道光進士，曾任清政府總理各國事務衙門。作為全權大臣，曾赴比、英、俄、美諸國簽訂通商條約，既能顧全大局，又能維護國家利益。善詩，有《荻芬書屋詩稿》行世。他沒有將他潤色的這首譯詩收入詩稿，倒是他的下屬方浚師（1830–1889，安徽定遠人，咸豐五年舉人）是個有心人，將他的譯詩收進了自己的《蕉軒隨錄》卷一二中。

與董恂有過交往的外國友人曾記載"威妥瑪慫恿董譯拜倫長詩卒業"。長詩者，拜倫之*Childe Harold' Pilgrimage*也，即《恰爾德·哈洛爾得遊記》。董恂是不是真正譯了該詩或曰對威妥瑪或威妥瑪們的該譯詩初稿進行了潤色，完全沒有憑證。故錢鍾書說"卻未之見，倘非失傳，即系失實，姑妄聽之"。

清朝末年，西學東漸，翻譯西方詩歌的學者專家也漸漸多了起來。其中馬君武（1882–1939，廣西桂林人，曾參加辛亥革命）是比較突出的一位。他翻譯過拜倫、歌德、雨果等人的詩歌，如譯雨果的一首情詩：

"此是青年有德書，而今重展淚盈裾。斜風斜雨人增老，青史青山事總虛。

百字題碑記恩愛，十年去國共艱虞。茫茫天國知何處？人世倉皇一夢如。"

他還譯過歌德的《米麗容歌》。且看其中一節：

"君識此，是何鄉？
園亭暗黑橙橘黃。碧天無翳風微涼，芍藥沉靜叢桂香。
君其識此鄉？
歸歟！歸歟！願與君，歸此山。"

此外，蘇曼殊（1884–1918，廣東香山人，近代作家、詩人）的詩歌翻譯，在當時影響也很大。他譯過拜倫、雪萊、彭斯等人的詩歌，稱自己所譯"按文切理，語無增飾。陳義悱惻，事辭相稱"。不妨從他的譯詩中拈出兩例。一例是以七言譯拜倫：

“星耶峰耶俱無生，浪撼沙灘岩滴淚。
圍范茫茫寧有情？我將化泥溟海出。”

另一例是以五言譯雪萊：

“孤鳥棲寒枝，悲鳴為其曹。池水初結冰，冷風何蕭蕭！
荒林無宿葉，瘠土無卉苗。萬籟盡寥寂，唯聞喧挈皋。”

不難發現，馬、蘇二人的譯詩質量較之于董恂所譯《人生頌》，堪稱有過之而無不及。

四五　不解梵語而因音臆意

錢鍾書《管錐編》第四冊第1458–1459頁稱：

劉勰《滅惑論》。按駁道士《三破論》而作，當與卷七四釋僧順《釋<破三論>》合觀。兩篇所引原《論》語，即《全齊文》卷二二顧歡《夷夏論》之推波加厲，鄙誕可笑，勰目為“委巷陋說”，誠非過貶。庸妄如斯，初不煩佛門護法智取力攻，已可使其鹿埵東籠而潰敗矣。故勰之陳義，亦卑無高論。《三破論》云：“佛舊經本云‘浮屠’，羅什改為‘佛徒’，知其源惡故也。……故髡其頭，名為‘浮屠’況屠割也。……本舊經云‘喪門’，‘喪門’由死滅之門，云其法無生之教，名曰‘喪門’；至羅什又改為‘桑門’，僧禕改為‘沙門’，‘沙門’由沙汰之法，不足可稱。”勰斥其“不原大理，惟字是求”，是也；僧順乃曰：“‘桑’當為‘乘’字之誤耳，‘乘門’者，即‘大乘門’也”，則逞私智而錯用心矣。前論《全晉文》戴逵《放達為非道論》，謂名為實之賓而可利用為事之主，《三破論》斯節正是其例。吾國古來音譯異族語，讀者以音為意，望字生義，舞文小慧，此《論》以前，惟覩《全晉文》卷一三四習鑿齒《與謝侍中書》、《與燕王書》皆曰：“匈奴名妻‘閼氏’，言可愛如烟支也”，蓋“閼氏”音“燕支”而“烟支”即“胭脂”；顏師古《匡謬正俗》卷五駁曰：“此蓋北狄之言，自有意義，未可得而詳；若謂色像烟支，則單于之女謂之‘居次’，復比何物？”佛典譯行，讀者不解梵語，因音臆意，更滋笑枋。如《全後周文》卷二〇甄鸞《笑道論·稱南無佛十二》："梵言'南無'，此言'歸命'，亦云'救我'；梵言'優婆塞'，此言'善信男'也。若以老子言'佛出於南'，便云'南無佛'者，若出於西方，可云'西無佛'乎？若言男子守塞，可名'憂塞'，女子憂夫恐夷，可名為'憂夷'，未知'婆'者，復可憂其祖母乎？如此依字釋詁，醜拙困辱，大可笑！"《高僧傳》二集卷二《達摩笈多傳》："世依字解'招'謂招引、'提'謂提擕，並浪語也，此乃西言耳。"《五燈會元》卷三記法明與慧海諍論，明曰："故知一法不達，不名'悉達'"；海曰："律師不唯落空，兼乃未辯華竺之音，豈不知'悉達'是梵語耶？"蘇籀《欒城遺言》記蘇轍語："王介甫解佛經'三味'之語用《字説》。示法秀，秀曰：'相公文章，村和尚不會！'介甫悻然。秀曰：'梵語三味，此云正定，相公用華言解之，誤也！'……《字説》穿鑿儒書，亦如佛書矣！"；《朱子語類》卷四五："王介甫不惟錯説了經書，和佛經亦錯解了；'揭諦、揭諦'，注云：'揭真諦之道以示人'，大可笑！"（卷一三〇作："'揭其所以為帝者而示之'，不知此是胡語"）。

《管錐編》第四冊"全上古三代秦漢三國六朝文
第二二三則全梁文卷六〇"，中華書局 1979 年 8 月版）

此節的看點是錢鍾書引經據典，披露了諸多古人對音譯的誤解。這些人或者"以音為意，望字生義"，強行解讀"音譯異族語"，其中有人甚至舞文弄墨，將錯誤的理解寫成文章，以顯示自己的"小慧"；或者對翻譯的佛經"因音臆意"，儘管他們對梵語一竅不通。如此以來，鬧出的笑話更是層出不窮。

錢鍾書從典籍中拈出十一例，進行了印證。

第一例"浮屠"。誤解者説是"髡其頭"，髡讀kun，亦即古代一種剃頭發的刑罰。其實"浮屠"是音譯，指佛或者佛塔。

第二例"喪門"。誤解者將"喪門"説成是"死滅之門"。

第三例"沙門"，誤解者稱其源于"沙汰之法"。

第四例"桑門"，誤解者説"桑"是"乘"字之誤。

第二、三、四例的説法，其實都是"逞私智而錯用心"。究其實，“喪門”、“沙門”、“桑門”全是梵語shramana的音譯，其真正的意思指勤息、息心、淨志。

第五例“閼氏”，本意指頗有名氣的匈奴單于之妻，讀音“燕支”，有人便附會為“烟支”即“胭脂”，於是“閼氏”頓成“可愛如烟支”的女人，與其本意大相徑庭。

第六例“南無”。這兩個梵語譯音字意為“歸命”，亦云“救我”。如果據老子言“佛出於南”，便稱“南無”為南無佛，豈不大錯。

第七例“優婆塞”，這三個梵語譯音字意為“善信男”，如果據其讀音，類推出男子守塞，可名“憂塞”，女子憂夫恐夷，可名“憂夷”，那麼憂其祖母，便可名“憂婆”，豈不徒添笑柄。

第八例“招提”。有人“解‘招’謂招引、‘提’謂提攜”，完全是信口雌黃。“招提”二字源於梵語caturdesa，音譯“佳拓鬥提奢”。省稱“拓提”，誤寫為“招提”，遂援用。其意譯為“四方”，後專指寺院。

第九例“悉達”。有人將這兩個梵語譯音字解釋為只要“一法不達”，便不能稱之為“悉達”，殊不知“悉達”乃是指一種不可思議的力量。

第十例“揭諦”。宋代著名人物王安石即王介甫將其釋為“揭真諦之道以示人”。畢竟大學問家也有“打盹”的時候，於是招致另一位宋代著名人物朱熹的嘲諷，說他這種解釋“大可笑”。原來“揭諦”二譯音字當讀gādì，意為“去經歷、去體驗”，與王安石的牽強附會毫無瓜葛。

第十一例“三昧”。王安石在這個字眼的解釋上也同樣栽了跟頭。“三昧”本是梵語samadhi的音譯，又譯“三摩提”，其意為“止息雜念，使心神平靜”，也就是僧人法秀所說的“正定”，系佛教的重要修行方法。

錢鍾書提到的《三破論》，系南北朝時期南朝佚名道教徒抨擊佛教的一篇文章。當時劉勰撰《滅惑論》，釋僧順撰《釋<破三論>》進行批駁。論戰的結果，自然是道教徒們“鹿埵東籠而潰敗矣”。“鹿埵”、“東籠”都是指敗退、潰散的樣子。

透過錢鍾書的評説，可以發現，他在充分肯定劉勰的同時，也指出“勰之陳義，亦卑無高論”；他對王安石也毫不留情、將王的誤解一連標出兩例，足見其從不將歷史人物偶像化。細細揣測，這興許是錢鍾書能夠成為學界泰斗的原因之一吧。

又，此節中涉及名人甚多，如東晉著名史學家、文學家習鑿齒、南北朝時期齊代著名上清派道士顧歡、南北朝時期北周數學家甄鸞、唐代初期經學家兼訓詁學家顏師古等。另，蘇籀，系北宋文學家蘇轍之孫，其所撰《欒城遺言》乃追記所聞于蘇轍之語，凡一卷，其中論及文字流派、古今人是非得失，頗為詳實。

四六　漢譯言音字未正

錢鍾書《管錐編》第四冊第1459–1460頁稱：

劉勰曰：“漢明之世，佛經始過，故漢譯言音字未正，‘浮’音似‘佛’，‘桑’音似‘沙’，聲之誤也”；劉氏未料辟佛者即因“佛”字發策，特非道士而為儒士耳。《全後魏文》卷五一荀濟《上梁武帝論佛教表》：“其釋種不行忠孝仁義，貪詐甚者，號之為‘佛’，‘佛’者戾也，或名為‘勃’，‘勃’者亂也”；錢謙益《牧齋有學集》卷四三《<釋迦方志>續辨》引濟語，復曰：“程敏政引《曲禮》：‘獻鳥者，佛其首’，……《學記》：‘其求之也佛’，……《周頌》：‘佛時仔肩’，……曲解‘佛’字，矯亂唐梵，亦何異于荀濟乎！”錢氏不曉宋羅泌早有此解會也，《路史・發揮》卷三《佛之名》：“《學記》曰：‘其施之也悖，其求之也佛’，《釋名》曰：‘轡，佛也，言引佛戾以制馬也’，故《曲禮》曰：‘獻鳥者佛其首，畜鳥者則勿佛。’‘佛’者、拗戾而不從之言也。觀‘佛’制字，以一‘弓’從兩‘矢’，豈不佛哉？語曰：‘從諫勿拂’，是‘輔拂’之‘拂’……，義可見矣。佛曰：‘吾之道，佛於人者也’；人曰：‘彼之道，佛於我者也。’人固以此而名之，佛固以此而自名。其所謂‘佛’，如此而已。”

《管錐編》第四冊“全上古三代秦漢三國六朝文
第二二三則全梁文卷六〇”，中華書局 1979 年 8 月版）

此節內容聚焦在某些古人對音譯字“佛”的誤解上。

被標出的誤解者中有三人。一個是荀濟，南北朝時期梁朝人。他認為“不行忠孝仁義，貪詐甚者，號之為‘佛’，‘佛’者戾也，或名為‘勃’，‘勃’者亂也”。戾，意乖張，不順從；勃，通“悖”，意違背、背叛。

另一個是宋人羅泌。他引《學記》中的話“其施之也悖，其求之也佛”；再引《釋名》中的話“轡，佛也，言引佛戾以制馬也”；復引《曲禮》中的話“獻鳥者佛其首，畜鳥者則勿佛”；可謂將“佛”字誤解得一無是處。至於他說的“‘佛’者，拗戾而不從之言也。觀‘佛’制字，以一‘弓’從兩‘矢’，豈不佛哉？”云云，則更是將佛“解會”得一塌糊塗。

接下來第三個是明人程敏政。他步宋人羅泌的後塵，引《曲禮》中的“獻鳥者，佛其首”；引《學記》中的“其求之也佛”；引《周頌》中的“佛時仔肩”；把個“佛”字“曲解”得令人瞠目結舌。

對於這種曲解音譯字的行徑，前有劉勰的批評，說這是“漢譯言音字未正”的結果；後則有錢謙益的指責，稱這是“矯亂唐梵”。錢鍾書更是火眼金睛，發現“辟佛者即因‘佛’字發策，特非道士而為儒士耳”。“辟”者，駁斥、排除之謂也；“發策”者，發動、策劃之謂也。荀濟、羅泌、程敏政等人的所為，分明顯示率先向“佛教”發難的不是道教徒，而是儒家弟子。如果要論功行賞的話，寫《三破論》的那位道士充其量也只能得個二等獎了。

是節中提到了好幾部古代經典如《曲禮》、《學記》、《周頌》、《釋名》等。《曲禮》是《禮記》的組成部分，議論具體細小的禮儀規範。《學記》是《禮記》中的一篇，議論教育和教學中的問題。《周頌》為《詩經》風雅頌中的“周頌”部分，即專記周王室宗廟祭祀的詩歌。《釋名》系東漢末年劉熙所著，一部專門探求事物名源的著作。

又劉勰少時曾與僧人住在一起長達十餘年，對經文很精通，且分門別類地整理、抄錄了很多經文，並寫有序言。這些經文時至今日仍藏在南京江寧的定林寺內。錢謙益，江蘇張家港人，號牧齋，學者稱虞山先生；明萬曆三十八年（1610）探花（一甲三名進士），後降清，為禮部侍郎。有《牧齋詩鈔》與《楞嚴經蒙抄》、《金剛心經注疏》等著述行世。劉勰、錢謙益二人與佛家淵源不淺，一旦發現儒、道兩家中有人對佛學音譯字眼有意曲解時，便能挺身而出，予以批評指責，這無疑是情理之中的舉動。

四七　別樹一義，深文厚誣

錢鍾書《管錐編》第四冊第1460頁稱：

明人舍程氏外，尚有如張萱《疑耀》卷二引《曲禮》、《釋名》而申之曰：“佛者，拂人者也”；李日華《六硯齋三筆》卷一謂“辟佛先生”得《曲禮》“佛、戾也”之解而“大喜”；錢一本《黽記》據《學記》語以明佛之戾；《檀几叢書》所收畢熙暘《佛解》六篇中《捩篇》、《拂性篇》等亦皆隱拾羅氏之唾餘。此就“佛”字之音以攻異端也。褚人穫《堅瓠五集》卷二載“‘佛’為‘弗人’，‘僧’為‘曾人’”之謔；李紱《穆堂別稿》卷九《“僧”、“佛”字說》、卷三七《與方靈皋論箋注韓文字句書》附《原道》注六八條嚴詞正色而道：“‘曾人’為‘僧’，‘弗人’為‘佛’，‘需人’為‘儒’”；此就“佛”字之形以攻異端也。《宋元學案》卷六三載詹初語“‘儒’者‘人’之‘需’”，已啟李說，釋大汕《海外紀事》卷三：“‘僧’系‘曾人’；曾不為人者，為僧可乎？”，復反唇以塞利口矣！都穆《聽雨紀談》：“聞之一儒者：佛居西方，西方金也，至南方而無，火克金也；稱‘比丘’、‘比丘尼’，皆冒吾先聖名字”；“南無”之釋，于甄鸞所破外，別樹一義，釋佛教出家男女之名為自“比”孔“丘”、仲“尼”，深文厚誣，用意更狡毒於“喪門”、“浮屠”之望文生義，作《三破論》之道流尚匆辨如此讒間也。

《管錐編》第四冊“全上古三代秦漢三國六朝文
第二二三則全梁文卷六〇”，中華書局 1979 年 8 月版）

此節錢鍾書繼續披露某些古人對音譯字“佛”的曲解，且進一步指出某些古人甚至對音譯字“佛”的“字之形”也進行曲解。

明代目錄學家張萱據《曲禮》、《釋名》二書，將“佛者”引申為“拂人者也”。在他的眼裡，所謂吃齋念佛的人，都是專門與人作對的異徒。明代學者、萬曆十年進士錢一本從《學記》中悟出“佛”即“戾”；明代文學家、萬曆二十年進士李日華披露，排斥佛教的人喜形於色地從《曲禮》中解出“佛”即“戾”。“戾”者，不是殘忍兇暴，便是性格反常，總之一身罪過。清人畢熙暘“隱拾”宋人羅泌“之唾餘”，竟至舞文弄墨，就“佛即拂”大做討伐文章。所有這些情形的出現，無疑都是音譯造成的短板。

還有一些人則“就‘佛’字之形以攻異端”。明末清初文學家、《隋唐演義》作者褚人穫稱“‘佛’為‘弗人’，‘僧’為‘曾人’”；清代理學家李紱將宋代理學家詹初的“‘儒’者‘人’之‘需’”一說大加發揚，“嚴詞正色”地指出：“‘曾人’為‘僧’，‘弗人’為‘佛’，‘需人’為‘儒’”。比李紱年長、與褚人穫同時的僧人自然不服氣，反唇相譏道：“‘僧’系‘曾人’；曾不為人者，為僧可乎？”

明代金石學家都穆，記載自己曾聽“一儒者”說“佛居西方，西方金也，至南方而無，火克金也；稱‘比丘’、‘比丘尼’，皆冒吾先聖名字”。前第四0節曾提及南北朝時期北周數學家甄鸞批駁某些人用老子語誤解“南無”，此節中都穆所說的儒者竟然別出心裁，以金木水火土五行理論曲解“南無”，堪稱“別樹一義”矣。尤其令人不得其解的是，這位儒者張冠李戴地將佛家“比丘”、“比丘尼”的稱呼，說成是源于“孔丘”的“丘”、“仲尼”的“尼”。錢鍾書莫可奈何地感歎道：寫作《三破論》等論文的道教徒們，頂多是望文生義地在“喪門”、“浮屠”這些音譯字上做做文章，而儒者們卻“深文厚誣”，其“狡毒”用心真可謂令道教徒們望塵莫及了。

都穆，系弘治十二年進士，曾有詩云：

“學詩渾似學參禪，不悟真乘枉百年。切莫嘔心並剔肺，須知妙語出天然。

學詩渾似學參禪，筆下隨人世豈傳。好句眼前吟不盡，癡人猶自管窺天。

學詩渾似學參禪，語要驚人不在聯。但寫真情並實景，任它埋沒與流傳。”

看來，這位金石學家對佛教學說還是挺感興趣的，故將學詩與學參禪拉扯到了一起，用今天的話來說，也算一種創新吧。

四八　唵嘛呢叭嚩吽

錢鍾書《管錐編》第四冊第1460–1461頁稱：

至明人以六字真呪“唵嘛呢叭嚩吽”（om mani padme hum）象聲釋為“俺把你哄”(趙吉士《寄園寄所寄》卷一二引《開卷一噱》)，雖出嘲戲，手眼與以“閼氏”釋為“胭脂”、“優婆塞”釋為“憂守邊塞”，一貫而通歸焉。孫星衍《問字堂集》卷二《三教論》：“‘菩薩’當即‘菩薛’，‘菩’乃香草、‘薛’即‘蘖’，謂善心萌芽。‘釋迦’之‘迦’當作‘茄’，‘迦葉佛’謂如莖葉之輔菡萏。‘牟尼’，‘比丘’，則竊儒家孔子名以為重”；清之樸學家伎亦止此，無以大過於明之道學家爾。抑不僅破異教為然，攘外夷亦復有之。《四庫總目》卷四六《欽定遼、金、元三史國語解》提要：“考譯語對音，自古已然。……初非以字之美惡分別愛憎也。自《魏書》改‘柔然’為‘蠕蠕’，比諸蠕動，已屬不經。《唐書》謂‘回紇’改稱‘回鶻’，取輕健如鶻之意，更為附會。至宋人武備不修，鄰敵交侮，力不能報，乃區區修隙於文字之間，又不通譯語，竟以中國之言，求外邦之義。如趙元昊自稱‘兀卒’，轉為‘吾祖’，遂謂‘吾祖’為‘我翁’；蕭鷓巴本屬蕃名，乃以與曾淳甫作對，以‘鷓巴’‘鵝脯’為惡謔。積習相沿，不一而足。”所論甚允，特未察此“習”之源遠瀾闊也。蔡襄《蔡忠惠公集》卷一六《不許西賊稱“吾祖”奏疏》即謂“元昊初以‘瓦卒’之名通中國，今號‘吾祖’，猶言‘我宗’也”；“純甫”乃曾覿字，作對之謔出於唐允夫，事見陸游《老學庵筆記》卷五。

《管錐編》第四冊“全上古三代秦漢三國六朝文第二二三則全梁文卷六〇”，中華書局 1979 年 8 月版）

錢鍾書在此節中，繼續引領讀者遨遊于音譯字誤讀曲解的書林之中。

清人趙起士（1628–1706，安徽休寧人，學者，歷任山西交城知縣等職，官聲較好）在《寄園寄所寄》中披露，“明人以六字真呪‘唵嘛呢叭嚰吽’（om mani padme hum）象聲釋為‘俺把你哄’”，其實這六個源于梵文的字，從字面上解釋，不過是“如意寶啊，蓮花喲！”一句感歎語句。有人將其意譯為：“啊！願我功德圓滿，與佛融合！”或“如意蓮花呦，讓我帶你去渡眾生吧！”佛家人説此咒即是觀世音菩薩的微妙本心，常誦具有不可思議的功德和利益。

清人孫星衍（1753–1818，江蘇常州人，目錄學家）在《問字堂集》中對“菩薩”、“釋迦”、“牟尼”、“比丘”的曲解，與明人如出一轍。清代的樸學家或曰考據學家與明代的道學家或曰理學家，借音譯字對佛學的諷刺挖苦，其伎倆和手法堪稱伯仲。憤憤不平的錢鍾書用十五個字“抑不僅破異教為然，攘外夷亦復有之”，一語中的地揭穿了明清兩代的理學家與考據學家抵觸排斥外來文化的狹隘保守心理。

錢鍾書所引《四庫總目》卷四六《欽定遼、金、元三史國語解》，告訴我們，音譯字“初非以字之美惡分別愛憎”。從《魏書》開始，對音譯字的漢字書寫選擇便出現了不合常理甚至近乎荒誕的作法。到了宋代，“武備不修，鄰敵交侮，力不能報，乃區區修隙於文字之間，又不通譯語，竟以中國之言，求外邦之義。”如西夏開國皇帝趙元昊即李元昊自稱‘兀卒’，被宋人轉解為‘吾祖’，“遂謂‘吾祖’為‘我翁’”，以至大書法家蔡襄向皇帝呈上了《不許西賊稱“吾祖”奏疏》。陸游《老學庵筆記》卷五記：某日，番人蕭鷓巴拜見宋朝官吏曾覿即曾淳甫，浙江漕官曹詠亦在座，蕭走後，曹遂問客曰：“蕭鷓巴可對何人？”客曰：“正可對曾鶉脯”。其實“鷓巴”是番語“札八”的音譯，與鷓鴣一類的鳥兒毫無瓜葛。放翁所記，純屬“以‘鷓巴’‘鶉脯’為惡謔。積習相沿，不一而足。”

又明人吳承恩創作的長篇小説《西遊記》第十四回中有這樣一

節文字："攀藤附葛，只行到那極巔之處，果然見金光萬道，瑞氣千條，有塊四方大石，石上貼著一封皮。卻是'唵、嘛、呢、叭、彌、吽'六個金字。"

英人Jenner即詹納爾，將此節中文英譯若是：

By hanging on to creepers they managed to reach the summit, where they saw a myriad beams of golden light and a thousand wisps of propitious vapour coming from a large,square rock on which was pasted a paper seal bearing the golden words *Om mani padme hum*.

顯而易見，"唵、嘛、呢、叭、彌、吽"六個金字，被英譯者運用音譯法進行了處理。當佛教文化與基督教文化相碰撞時，不知道基督教徒們將會以何種心理來對待這種文化？會不會像中國古代的儒人道士一樣，用牽強附會的辦法進行誤讀曲解呢？但願情形不會如此。

四九　遺風未沫，惟字是求

錢鍾書《管錐編》第四冊第1461–1462頁稱：

清季海通，此"習"未改；如平步青《霞外捃屑》卷二："璱耽幼侍其父，遠歷西洋，周知夷詭，謂：利瑪竇《萬國全圖》，中國為亞細亞洲，而以西洋為歐邏巴洲；'歐邏巴'不知何解，以'太西'推之，亦必誇大之詞，若'亞'者，《爾雅・釋詁》云：'次也'，《說文解字》云：'醜也'，《增韻》云：'小也'，'細'者，《說文解字》云：'微也'，《玉篇》云：'小也'，華語'次小次洲'也，其侮中國極矣！元昊改名'兀卒'，華言'吾祖'，歐陽文忠上箚子謂朝廷乃呼蕃賊為'我翁'；而明人甘受利瑪竇之侮嫚，無人語其奸者！"；王闓運《湘綺樓日記》光緒二十二年十月二十七日："看《中俄條約》；'俄'者俄頃，豈云'義帝'？'義'亦假也，未可號國。"王氏為此言，固不足怪，平氏熟諳本朝掌故，亦似未聞乾隆"欽定"《三史語解》，何耶？黃公度光緒二十八年《與嚴又陵書》論翻譯，有曰："假'佛時仔肩'之'佛'而為'佛'，假視天如父、七日復蘇之義為'耶穌'，此假借之法也"；蓋謂"耶穌”即“爺甦”，識趣無以過於不通“洋務”之學究焉。余三十歲寓湘西，於舊書肆中得《書舶庸譚》一冊，無印鈐而眉多批識，觀字跡文理，雖未工雅，亦必出耆舊之手，轉徙南北，今亡之矣。書中述唐寫本《聽迷詩所經》言“童女末豔之子移鼠”，猶憶眉批大意云：“天主教徒改‘移鼠’為‘耶穌’，師釋子改‘喪門’為‘桑門’之故智也。‘穌’者可口之物，如‘桑’者有用之樹。觀其教竊入中國，行同黠鼠，正名復古，‘移鼠’為當。日人稱德國為‘獨’，示其孤立無助，稱俄國為‘露’，示其見日即消，頗得正名之旨。”亦《三破論》之遺風未沬也。劉勰此篇云：“得意忘言，莊周所領；以文害志，孟軻所譏。不原大理，惟字是求，宋人‘申束’豈復過此？”宋人事出《韓非子·外儲說》左上，不若莊、孟語之熟知，聊復識之。

《管錐編》第四冊“全上古三代秦漢三國六朝文
第二二三則全梁文卷六〇”，中華書局 1979 年 8 月版）

錢鍾書稱，“習”者，指“以字之美惡分別愛憎”對音譯字進行曲解的習慣也。“清季海通”，開始與西方洋人打交道。音譯字曲解的對象發生了轉向，瞄準了西洋文字。一些人將“歐邏巴洲”說成是“誇大之詞”，將“亞細亞洲”解釋為“次小次洲”。將“俄國”的“俄”，看成是“俄頃”；對日本人“稱德國為‘獨’，示其孤立無助，稱俄國為‘露’，示其見日即消”。另外一些人對這部分人的主觀臆說，更是大加附和，且贊之為“頗得正名之旨”。所有這些，表明曲解音譯字已經成為其時中國人的一種“積習”或曰頑疾。

其實，“亞細亞洲”的音譯源于英文Asia，意思是“太陽升起的地方”。相傳古代腓尼基人在海上頻繁的活動，客觀環境要求他們必須確定方位，於是他們把愛琴海以東的地區泛稱為“Asu”，意即“日出地”。“歐羅巴洲”的音譯源于英文為Europe，傳說在希臘神話中，專管農事的女神德墨忒爾又名歐羅巴，她保佑人間五穀豐登、人畜兩旺，人們出於對這位女神的敬意，便將他們居住生活的大洲命名為“歐羅巴洲”。

至於“俄國”的來源，則是因為元、明朝時，俄羅斯族被稱為“羅斯”或“羅剎國”。當時蒙古族人用蒙語拼讀俄文“Roccia”時，在“R”前面加一個元音，因此，“Roccia”就成了“Oroccia”。到了清朝，蒙語的“Oroccia”按讀音轉譯成漢語時，就成了“俄羅斯”，簡稱“俄國”。又俄羅斯的俄文是 Россия，古代俄羅斯被稱為 Русь，日本人根據漢語讀音將其音譯成“露西”，簡稱“露國”。

清末學者王闓運（1833–1916，號湘綺，湖南湘潭人，晚清經學家、文學家）將“七日復蘇之義為‘耶穌’”理解為“假借之法”。更有某人稱“耶穌”本應是“移鼠”，後來大主教徒仿照佛教徒改“喪門”為“桑門”的辦法，將“移鼠”改為“耶穌”，並稱“‘耶’者可口之物，如‘桑’者有用之樹”。這位“耆舊”想像力之豐富足可令人歎為觀止。至於“耆舊”所謂“觀其教竊入中國，行同黠屬，正名復古，‘移鼠’為當”的說法則分明是“破異教”、“攘外夷”的再版了。

追根溯源，“耶穌”的音譯來自英文“Jesus”，這是希臘文英語化後的寫法。早期來華的西方傳教士，下了一番狠工夫學習漢語，把“Jesus”翻譯成“耶穌”，其中的“耶”的對應音節為“Je”；“穌”的對應音節“su”，可見“耶穌”二字並非王闓運所說的“假借之法”。孰料後來有人竟將“耶穌”附會為“父親蘇醒”，故錢鍾書批評曰“蓋謂‘耶穌’即‘爺甦’，識趣無以過於不通‘洋務’之學究焉”。此外，“耶穌”本是“移鼠”的說法更是無稽之談，由是錢鍾書調侃這種說法為“亦《三破論》之遺風未沫”。

五〇　主達意譯和主信直譯

錢鍾書《管錐編》第五冊即增訂、增訂之二、增訂之三第238頁稱：

歐陽修所譏佛典辭費之病，吾國釋子未嘗不知。後漢釋支讖譯《道行經》，有釋道安《序》，論《放光品》云：“斥重省刪，務令婉便，若其悉文，將過三倍”；釋慧遠《大智論鈔・序》云：

"童壽（鳩摩羅什）以此論深廣，難卒精究，因方言易省，故約本以為百卷。計所遺落，殆過三倍，而文藻之士，猶以為繁。……信言不美，固有自來矣。"或且進而飾説解嘲。唐玄奘譯《大般若波羅蜜多經》，弁以釋玄則《大般若經初會序》云："義既天悠，詞仍海溢。……或謂權之方土，理宜裁抑。竊應之曰：'一言可蔽'，而雅頌之作聯章；二字可題，而涅槃之音積軸。優柔闡緩，其慈誨乎。若譯而可削，恐貽譏於傷手；今傳而必本，庶無譏於溢言。"蓋"言"誠苦"溢"而"宜裁"，譯則求"信"而"必本"，固亦明知詞"繁"不殺之非"美"也。歐陽之誚，實中彼法譯徒之心病焉。唐釋澄觀《大方廣華嚴疏鈔會本》卷三："故會意譯經，姚秦羅什為最；若敵對翻譯，大唐三藏稱能"；近世判別所謂主"達"之"意譯"與主"信"之"直譯"，此殆首拈者歟。

（參觀《管錐編》第五冊即增訂之二，中華書局 1996 年 1 月版）

錢鍾書指出，東漢末年，僧人支讖翻譯了一部《道行經》。到了東晉，另一位僧人道安看到了，便寫了一篇序，其中議及了經書的翻譯。比如《放光品》，被翻譯時，就已經"省刪"了很多重複的地方，目的是為了讀起來"婉便"。如果悉數翻譯，就會比已經翻譯出來的譯文多上三倍還不止。也是東晉僧人的慧遠在《大智論鈔·序》中説鳩摩羅什的《大智論》譯文一百卷，只不過是原文的三分之一，可那些文人學士"猶以為繁"。慧遠乘機幽了一默，稱省去了一大半的譯文尚且不被人看好，倘若全部譯出，恐怕更會遭人詬病了。可見"信言不美，固有自來矣"！錢鍾書不無同情地説慧遠的幽默其實彰顯了翻譯佛經的僧人的"飾説解嘲"。換言之，即是莫可奈何。

唐代僧人玄奘翻譯了《大般若波羅蜜多經》，將另外一位僧人玄則的《大般若經初會序》作為引言。引言的大意為：原文意義深遠，所以用詞煩瑣，翻譯時，為了能使譯語讀者一目了然，理應刪繁就簡。可這樣一來，經過刪削的譯文就會面臨一些人的攻訐譏諷。與其遭人攻諷，倒不如和盤譯出，正所謂"今傳而必本，庶無譏於溢言"是也。錢鍾書對這種説法進而闡釋曰："蓋'言'誠苦'溢'而'宜裁’，譯則求‘信’而‘必本’，固亦明知詞‘繁’不殺之非‘美’也”。竊以為，錢鍾書所要表達的意思是：為文求誠，難免過繁，故應刪削；翻譯求信，務必案本，寧繁不美。

唐宋八大家之一的歐陽修常常譏諷僧人譯經有“辭費之病”。“費”者，言辭煩瑣也。錢鍾書認為，歐陽修火眼金睛，一語擊中了“寧信守繁絕不刪”這一派僧人心中的糾結即“心病”。

不難發現，僧人譯經大致有兩種走向。一種是揮斤運斧，盡可能刪削原文，用意譯的方法操作，以順應某些文人的愛好；另一種則不敢越雷池一步，完完全全忠實于原义，用直譯的方法悉數譯出，以避免另一些文人的刁難。孰料，兩種翻譯運作似乎都不怎麼被看好。而且相互之間亦頗有微詞。正在尷尬之際，唐代僧人澄觀站了出來打圓場：“故會意譯經，姚秦羅什為最；若敵對翻譯，大唐三藏稱能”（“敵”者，“匹敵、相當”之謂也），不偏不倚，兩種翻譯操作均在可取之列。咱們的前輩還是挺有能耐的，創造了兩個術語，一個叫“會意翻譯”，一個叫“敵對翻譯”。並且舉出了兩種翻譯流派的代表人物。前者是鳩摩羅什，後者是玄奘。看看同一時期的歐羅巴那邊，好像正在忙著《聖經》一類的翻譯，他們當中是否也有像澄觀這樣的勇敢分子，能夠切中肯綮地提出這樣明確的翻譯術語呢？

僧人澄觀的這番表白，讓錢鍾書高興了。他不無讚美地説：“近世判別所謂主‘達’之‘意譯’與主‘信’之‘直譯’，此殆首拈者歟”！此處“首拈”可解讀為首創。

五一　語系不同，移譯更難

錢鍾書《管錐編》第五冊即增訂、增訂之二、增訂之三第239頁稱：

叔本華之喻（謂翻譯如以此種樂器演奏原為他種樂器所譜之曲調，參觀《管錐編》第四冊第1265頁—鄭注）早見史達爾夫人名著中：“條頓語系各語種互譯非難，拉丁語系各語種亦復如是；然拉丁語系語種卻不辦移譯日爾曼族人詩歌。為此種樂器所譜之曲調而以他種樂器演奏焉，則不能完美”（Les langues teutoniques se traduisent facilement entre ells; il en est de même des langues latines;mais celles-ci ne sauraient render la póesie des peuples germaniques. Une musique, composée pour un instrument n’ est point exécutée avec succès sur un instrument d’ un autre genre.-- *Madame de Staël, De l’ Allemagne,* Ptie II, ch.l, Berlin: A. Asher,n.d.,p.110）。

文廷式《純常子枝語》卷三五引乾隆四八年八月諭：“近來凡有諭旨兼蒙古文者，必經朕親加改正，方可頒發。而以理藩院所擬原稿示蒙古王公，多不能解。緣翻譯人員未能諳習蒙古語，就虛文實字，敷衍成篇。……又如從前德通所譯清文，阿岱閱之，往往不能盡曉；……乃由德通拘泥漢字文義，牽綴為文，於國語神理，全未體會。”昭槤《嘯亭續錄》卷三：“貝勒存齋主人永珔言：‘今日之翻譯經典，即如南人學國語，祗能彷彿大概，至曲折微妙處，終有一間未達者’”；當亦指漢籍之譯為“清文”者，其書卷一嘗稱户曹郎中和素“翻譯極精”，即謂以“清文”迻譯《西廂記》、《金瓶梅》等也。伍拉訥子《批本隨園詩話》於卷五《徐蝶園相國元夢》條有批語：“翻譯《金瓶梅》，即出徐蝶園手”，則《金瓶梅》清文譯非祗一本矣。海通以前，清人論“譯事之難”，殊不多見，故拈出之。

（參觀《管錐編》第五冊即增訂之二，中華書局 1996 年 1 月版）

錢鍾書指出，德國哲學家叔本華（Arther Schopenhauer，1788–1860，唯意志論創始人）比喻“翻譯如以此種樂器演奏原為他種樂器所譜之曲調”。原本以為這是他最先提出來的，孰料，莫道君行早，更有早行人。錢鍾書告訴我們，法國女作家史達爾夫人（Madame de stael，1766–1817）搶在叔本華之前，在*De I’Allemagne*這本書裡面就用了這個比喻。她說“為此種樂器所譜之曲調而以他種樂器演奏焉，則不能完美”。她還指出，在條頓語系（Teutonic）中，各語種之間進行互譯並不難，在拉丁語系（Lingua Latina）各語種之間進行互譯，情形亦復如此。但要將操條頓語的日爾曼族人創作的詩歌譯為拉丁語系中的任何一種語種，就不是一件容易的事了。史達爾夫人的這些分析，表明不同語系之間進行溝通比較麻煩，詩歌翻譯尤其困難。為鋼琴譜寫的樂曲，用小提琴演奏，其產生的效果可想而知。

中國是一個多民族的國家，語種不少。有蒙古文，屬阿勒泰語系蒙古語族；有滿文，屬阿勒泰語系通古斯語族。按照史達爾夫人的説法，這兩種語言進行互譯，應當是一樁不難的事，然而情形並非如是。錢鍾書隨手拈來一例。光緒十六年進士文廷式（1856–1904，江西萍鄉人，近代愛國詩人、詞家、學者）在其著作《純常子枝語》中提到過乾隆皇帝的一道手諭。手諭稱理藩院（即清政府負責蒙古、西藏、新疆等少數民族地區事務的中央機構）用蒙古文擬的公文，“蒙古王公多不能解”。乾隆認為其原因是譯員沒有把蒙古文真正學好，滿文公文原稿一到手，不深加思索，不反復推敲，便“就虛文實字，敷衍成篇”。乾隆是個比較負責的行政一把手，沒有將這件事小看，而是做出了“近來凡有諭旨兼蒙古文者，必經朕親加改正，方可頒發”的鄭重決定。

乾隆還舉了個例子，翰林院官員德通將漢語譯為滿語時，“拘泥漢字文義，牽綴為文，於國語神理，全未體會”，結果令讀譯文的“阿岱”反復捉摸，仍“不能盡曉”。這也難怪，漢語本屬漢藏語系中的漢語語族，與滿文所屬語系甚是遠矣，迻譯起來，困難當然更多。

錢鍾書復以努爾哈赤七世孫昭槤《嘯亭續錄》中貝勒存齋主人永琦語為例，進一步説明漢滿兩種文字互譯之艱難。語曰：“今日之翻譯經典，即如南人學國語，祇能彷彿大概，至曲折微妙處，終有一間未達者”。“國語”者，頗類今日之普通話（Standard Mandarin）也。從上海人學講普通話或廣東人學講普通話的音調中，誰都可以發現，確實只能“彷彿大概”，與地地道道的“京腔”相比，總要差那麼一點點。錢鍾書稱永琦語中的“翻譯經典”當指“漢籍之譯為‘清文’”，比如將《西廂記》、《金瓶梅》譯成滿文等等。

錢鍾書再舉出閩浙總督伍拉訥的兒子伍子舒《批本隨園詩話》中的記載，指出《金瓶梅》的滿文譯本有好幾種，其中一種出自滿人、康熙進士徐蝶園之手。當是時也，尚未“海通”，即沒有對外開放，所以翻譯文學作品的選材不得不拘囿在華夏的本土產品上，在幾個民族的文字中翻過來譯過去。然而即便如是，在翻譯的具體運作中也是困難重重，並非易事。

五二　翻譯的附會

錢鍾書《管錐編》第五冊即增訂、增訂之二、增訂之三第247頁稱：

> 西晉竺法護譯《生經·比喻經》第五五："時儒童菩薩亦在山中，學諸經術，無所不博。……儒童者，釋迦文佛是也。"揣譯文本意當是"博學童子"，著"儒"字者，以《法言·君子》稱"通天地人曰'儒'"也。後來遂滋附會為孔門儒家之"儒"矣。

（參觀《管錐編》第五冊增訂之二，中華書局 1996 年 1 月版）

西晉僧人竺法護（231–308，佛經翻譯家，先祖為月氏人，世居敦煌）翻譯《生經·比喻經》，將"學諸經術，無所不博"的釋迦牟尼佛先是譯作"儒童菩薩"，然後，又譯解為"儒童者，釋迦文佛是也"。竺法護的譯風曾被道安贊之曰"宏達欣暢"，當是屬於佛經翻譯"文質"二派中的"文"派。

不太長的一段譯文裡，一個"儒"字重複出現，自然引發了錢鍾書的一番議論。首先，錢鍾書認為譯文中的"儒童"，應該是"博學童子"的意思。竺法護為什麼偏偏要在"童"字前面冠一"儒"字？想必是這位晉代高僧從漢代著名作家楊雄的《法言·君子》中借來的，因為這篇文章中稱通天地人者謂之"儒"。釋迦牟尼佛既然對"學諸經術，無所不博"，那就理所當然地通天、通地、通人了。

其次，錢鍾書指出，隨著時間的推移，這個"儒"字慢慢地與春秋戰國時期以孔子為代表的中國文化核心扯到了一起，其意義亦演變成或曰擴充至"儒家學說"中的"儒"了。

錢鍾書的這段話原本是對《管錐編》第四冊第1385頁的增訂。不妨回過頭看看這一頁裡講了些什麼。按圖索驥，很快就能在裡面找到錢鍾書的一段話："道士謂釋迦是老子別傳之外國弟子，僧徒謂孔、老皆釋迦別傳之中國弟子。教宗相哄，於強有力而爭難勝者，每不攻為異端，而引為別支，以包容為兼併（annexation）”

作為僧人的竺法護之所以一再擇用“儒”字，除了借鑒楊雄之外，恐怕亦暗含這樣的深層想法，即：咱們的釋迦牟尼佛早在孔聖人之前就已經搶佔了儒學這塊山頭，只待孔子師徒前來頂禮膜拜。是耶非耶，諸子百家、特別是孔孟老莊的門徒當可自行判斷矣！

由是更加嘆服錢鍾書治學之深遠廣博。

五三　真正的翻譯是靈魂轉生

錢鍾書《寫在人生邊上的邊上》第169頁稱：

> 十九世紀末德國最大的希臘學家（Ulrich von Wilamowitz-Moellendorff）在一部悲劇（Euripides：*Hippolytus*）譯本的開頭，說：“真正的翻譯是靈魂轉生”，比如古希臘原著裡的實質換上了德語譯文的外形。他用的比喻是我們中國人最熟悉不過的，而且我們知道它可以有形形色色的含義。幾千年來，筆記、傳奇、章回小說裡所講投胎轉世和借屍還魂的故事真是無奇不有；往往老頭子的靈魂脫離了衰朽的軀殼而假藉少年人的身體再生，或者醜八怪的靈魂拋棄了自慚形穢的臭皮囊而轉世成為美人胚子。我相信，通過荒井、中島兩先生的譯筆，我的原著竟會在日語裡脫去凡胎，換成仙體。

（參觀《寫在人生邊上的邊上》《< 圍城 > 日譯本序》，
生活·讀書·新知三聯書店 2001 年 1 月版）

錢鍾書的這篇序發表在頗有影響的《讀書》1981年第一期雜誌上。他以引進的方式，向人們介紹了19世紀末德國最大的希臘學家Ulrich von Wilamowitz-Moellendorff的翻譯理念，即“真正的翻譯是靈魂轉生”。

顯而易見，“靈魂”，指“原著裡的實質”；“生”即生命，指“譯文的外形”；“轉”，指譯者在翻譯中的運作過程。錢鍾書認為，這個比喻與中國古代“筆記、傳奇、章回小說裡所講投胎轉世和借屍還魂的故事”雷同，具有“形形色色的含義”。比如“老頭子的靈魂脫離了衰朽的軀殼而假藉少年人的身體再生”。再比如“醜八怪的靈魂拋棄了自慚形穢的臭皮囊而轉世成為美人胚子”。錢鍾書甚至還認為自己創作的長篇小說《圍城》的日譯本也完全有可能“脫去凡胎，換成仙體”。

“老頭子的靈魂”、“醜八怪的靈魂”、“凡胎”，都是出發語，而“少年人的身體”、“美人胚子”、“仙體”都是目的語。從出發處的起跑線到目的地的終點線，一路迤邐過來，經過譯手們魔術般的轉換、倒騰，其結果都比原來的好，這分明就是譯文勝過原文了。

原來錢鍾書豐富的翻譯理念中也同樣包含有“翻譯超勝論”。1963年，錢鍾書寫《林紓的翻譯》一文時，裡面講到“發現自己寧可讀林紓的譯文，不樂意讀哈葛德的原文。也許因為我已很熟悉原作的內容，而頗難忍受原作的文字。哈葛德的原文滯重粗濫，對話更呆板，尤其冒險小說裡的對話常是古代英語和近代英語的雜拌”。這段話的深層含義分明就是林紓的譯文比哈葛德的原文好。十七年之後，錢鍾書在這篇序言中將自己的這種觀點闡釋得更加形象深刻。

譯文勝過原文的例子雖不是俯拾皆是，但畢竟可以找得到。一般人拿出來的例子或許沒有說服力，倘若是譯界做學問做得很扎實，且有影響的人物舉出的譯例，就不能不令人相信了。比如呂叔湘，他編注過一本《英譯唐人絕句百首》，1980年由湖南人民出版社再版。他對每一首譯詩都進行了點評。一百首譯詩中，他對兩首譯詩評價很高。對其中一首譯詩的評語是“要是我們不為這首詩的名氣所懾伏的話，竟不妨說譯詩是青出於藍”；對另一首譯詩的評語是“譯得很好，竟不妨說比原詩好”。

前者原文是李白的《靜夜思》：

床前明月光，疑是地上霜。
舉頭望明月，低頭思故鄉。

Bynner的譯文：

In the Quiet Night

So bright a gleam on the foot of my bed---
Could there have been a frost already?
Lifting myself to look, I found that it was moonlight.
Sinking back again, I thought suddenly of home.

後者是楊貴妃的《贈張雲容舞》：

羅袖動香香不已，紅蕖嫋嫋秋煙裡，
輕雲嶺上乍搖風，嫩柳池邊初拂水。

美國女詩人Amy Lowell與Florence Ayscough女士的合作譯文：

Dancing

Wide sleeves sway,
Scents,
Sweet scents
Incessant coming.

It is red lilies,
Lotus lilies,
Floating up,
And up,
Out of autumn mist.

Thin clouds
Puffed,
Fluttered,
Blown on a rippling wind
Through a mountain pass.
Young willow shoots
Touching
Brushing,
The water

Of the garden pool.

毋庸置疑，兩首詩歌的原文肯定不是“老頭子的靈魂”、“醜八怪的靈魂”、“凡胎”。這樣一來，超勝的譯文便只能是更加出色的“少年人的身體”、“美人胚子”、“仙體”了。

五四　英詩漢譯第一首

錢鍾書《七綴集》第138頁（含注釋③、④）稱：

郎費羅最傳誦一時的詩是《人生頌》（*A Psalm of Life*）；他的標準傳記裡詳述這首詩轟動了廣大的讀眾，產生了深刻的影響，列舉事實為證，例如一個美國學生厭世想自殺，讀了《人生頌》後，就不尋短見，生意滿腔③。對於這些可誇耀的事例，不妨還添上一項：《人生頌》是破天荒最早譯成漢語的英語詩歌。在一切外語裡，我國廣泛和認真學習得最早的是英語。正像袁枚的孫子所說：“中土之人莫不以英國語言為‘泰西官話’，謂到處可以通行。故習外國語言者皆務學英語，於是此授彼傳，家弦户誦。近年以來，幾乎舉國若狂。”④《人生頌》既然是譯成漢語的第一首英語詩歌，也就很可能是任何近代西洋語詩歌譯成漢語的第一首。

---

③ 塞繆爾·郎費羅（Samuel Longfellow）《郎費羅傳》（1886）第1冊271–272頁，參看303頁。郎費羅這首詩阻止了一個人自殺，傳説歌德《少年維特的煩惱》導致了許多人自殺；我不知道是否有批評家從這個角度去衡量兩位詩人。

④ 袁祖志《出洋須知》。他就是《二十年目睹之怪現狀》六十六回裡的“侯石翁的孫子侯翱初”；他在光緒九年（1883）出洋後，發現英語並不“到處通行”。參看丁韙良（W. A. P. Martin）《中國六十年》（*A Cycle of Cathay*）（1897）316–317頁記載光緒帝和王公大臣一窩蜂學英語（a rush to learn English）的趣事。

（參觀《七綴集》中《漢譯第一首英語詩＜人生頌＞及有關二三事）》，上海古籍出版社 1994 年 8 月版）

《漢譯第一首英語詩<人生頌>及有關二三事）》一文，原本是1940年代錢鍾書用英文寫的一篇文章。1980年代初，學人張隆溪找到了這篇英文，建議錢鍾書翻譯成中文。錢鍾書遂根據英文原來的大意，以中文重新撰出。先後刊載於香港《抖擻》1982年第1期、北京大學《國外文學》1982年第1期、《新華文摘》1982年第4期。

關於美國詩人郎費羅即朗費羅的《人生頌》漢譯一事，錢鍾書在1979年出版的《管錐編》第四冊中曾有所議及。在本節中，錢鍾書舊事重提，並言之鑿鑿地説，美國詩人朗費羅的“《人生頌》是破天荒最早譯成漢語的英語詩歌”，且進一步揭示“《人生頌》既然是譯成漢語的第一首英語詩歌，也就很可能是任何近代西洋語詩歌譯成漢語的第一首”。

錢鍾書在是文中引方浚師《蕉軒隨錄》卷十二《長友詩》條文，披露了朗費羅《人生頌》漢譯的基本經過。該條文稱“英吉利使臣威妥瑪嘗譯歐羅巴人長友詩九首，句數或多或少，大約古人長短篇耳；然譯以漢字，有章無韻。請于甘泉尚書，就長友底本，裁以七言絕句。尚書閱其語皆有策勵意，無礙理者，乃允所請。”方浚師隨後將譯詩錄之於此條文之中。“甘泉尚書”即戶部尚書董恂，因董系江蘇甘泉人（即今之揚州），故有此稱。

威妥瑪翻譯朗費羅《人生頌》以及董恂潤色的時間，應該是在1865年之前。理由是朗費羅在1865年11月30日的日記中記載他收到一把中國扇，扇面上書有“華文書《人生頌》”。翻開中國近代史，可以發現，當時清政府領導的中國，外有英法聯軍的侵略，圓明園被他們燒成焦土；內有太平軍、捻軍的起義，國已淪為分裂之勢。作為一名在中國生活了四十多年的外交官員和友人，也許對中國的國情以及民眾的心情有所惻隱，特別是對後者造成的影響，可能更為擔心，基於此，他不譯莎士比亞，不譯雪萊拜倫，單挑朗費羅的這首《人生頌》進行翻譯，應當説是在情理之中了。至於董恂，作為清政府的一名正部級幹部，面對國家的內患外憂，焉不焦慮？當他發現威妥瑪所譯朗費羅《人生頌》是一首旨在鼓勵人們積極向上的詩歌時，自然願意加工修飾或謂重譯，以求譯詩能夠在國人當中廣為傳頌。由是觀之，西方人的《人生頌》之所以是“譯成漢語的第一首英語詩歌”，其源或可出於此也。

在是節中，錢鍾書稱“在一切外語裡，我國廣泛和認真學習得最早的是英語”，且引清代袁枚之孫袁祖志語，披露當時“習外國語言者皆務學英語，於是此授彼傳，家弦戶誦。近年以來，幾乎舉國若狂”，其中亦包括“光緒帝和王公大臣一窩蜂學英語（a rush to learn English）”（參觀此節注④）。興許國人開始意識到，要強國，就必須先學習西方先進的科學技術，而要做到這一點，英語學習就必須先行。只可惜，直到百餘年後這種願景才開始真正成為現實。毋庸置疑，這種“舉國若狂”的學習英語熱潮也大大推進了中國的翻譯事業。

又此節注④中的英文書名*A Cycle of Cathay*被漢譯為《中國六十年》，亦當是出自錢鍾書的手筆，可謂又一妙譯也。

五五　兩種譯文

錢鍾書《七綴集》第145–147頁引詩原文與兩種譯文（含注釋⑩至㊷）稱：

郎費羅原作：
Tell me not, in mournful numbers,
 Life is but an empty dream!
For the soul is dead that slumbers,
 And things are not what they seem.

威妥瑪譯文：
勿以憂時言
人生若虛夢
性靈睡即與死無異
不僅形骸尚有靈在

董恂譯詩：
莫將煩惱著詩篇
百歲原如一覺眠
夢短夢長同是夢
獨留真氣滿坤乾

原作：
Life is real—life is earnest—
And the grave is not its goal:
Dust thou art, to dust returnest,
Was not spoken of the soul.

威譯：
人生世上行走非虛生也總期有用
何謂死埋方至極處
聖書所云人身原土終當歸土
此言人身非謂靈也

董譯：
天地生材總不虛
由來豹死尚留皮
縱然出土仍歸土
靈性常存無絕期

原作：
Not enjoyment, and not sorrow,
Is our destin'd end or way;
But to act, that each to-morrow
Find us farther than to-day.

威譯：
其樂其憂均不可專務
天之生人別有所命
所命者作為專圖日日長進

明日尤要更有進步

董譯：
無端憂樂日相循
天命斯人自有真
人法天行強不息
一時功業一時新

原作：
Art is long, and time is fleeting,
  And our hearts, though stout and brave,
Still, like muffled drums, are beating
  Funeral marches to the grave.

威譯：
作事需時惜時飛去
人心縱有壯膽遠志
仍如喪鼓之敲
皆係向墓道去

董譯：
無術揮戈學魯陽
枉談肝膽異尋常
一從薤露歌聲起
邱隴無人宿草荒

原作：
In the world's broad field of battle,
  In the bivouac of Life,
Be not like dumb, driven cattle!
  Be a hero in the strife!

威譯：
人世如大戰場
如眾軍在林下野盤

莫如牛羊無言待人驅策
爭宜努力作英雄

董譯：
擾擾紅塵聽鼓鼙
風吹大漠草萋萋
駑駘甘待鞭笞下
騏驥誰能轡勒羈

原作：
Trust no Future, howe'er pleasant!
Let the dead Past bury its dead:
Act-act in the glorious present！
Heart within, and God o'er head!

威譯：
勿言異日有可樂之時
既往日亦由已埋已
目下努力切切
中盡己心上賴天佑

董譯：
休道將來樂有時
可憐往事不堪思
只今有力均須努
人力殫時天佑之

原作：
Lives of great men all remind us
We can make our lives sublime,
And, departing, leave behind us
Footsteps on the sands of time.

威譯：
著名人傳看則繫念
想我們在世亦可置身高處

去世時尚有痕跡
勢如留在海邊沙面

董譯：
千秋萬代遠蜚聲
學步金鼇頂上行
已去冥鴻亦有跡
雪泥爪印認分明

原作：
Footsteps, that, perhaps another,
  Sailing o'er life's solemn main,
A forlorn and shipwreck'd brother,
  Seeing, shall take heart again.

威譯：
蓋人世如同大海
果有他人過海
船隻擱淺受難失望
見海邊有跡才知有可銷免

董譯：
茫茫塵世海中漚
才過來舟又去舟
欲問失帆誰挽救
沙洲遺跡可追求

原作：
Let us then be up and doing,
  With a heart for any fate;
Still achieving, still pursuing,
  Learn to labor and to wait.

威譯：
顧此即應奮起動身
心中預定無論如何總有濟期

日有成功愈求進功
習其用工堅忍不可中止

董譯：
一鞭從此躍征鞍
不到峰頭心不甘
日進日高還日上
肯教中道偶停驂

威妥瑪的譯文不過是美國話所謂學生應付外語考試的一匹“小馬”（pony）——供夾帶用的逐字逐句對譯。董恂的譯詩倒暗合赫爾德（Johann Gottfried Herder）的主張：譯者根據、依仿原詩而作出自己的詩（nachdichten, umdichten）㊵。不幸的是，他根據的並非郎費羅的原詩，只是威妥瑪詞意格格不吐的譯文——媒介物反成障礙物，中間人變為離間人。關於譯詩問題，近代兩位詩人講得最乾脆。弗羅斯脫（Robert Frost）給詩下了定義：詩就是“在翻譯中喪失掉的東西”（What gets lost in translation）㊶。摩爾根斯特恩（Christian Morgenstern）認為詩歌翻譯“只分壞和次壞的兩種”（Es gibt nur schlechte Uebersetzungen und weniger schlechte）㊷，也就是說，不是更壞的，就是壞的。一個譯本以詩而論，也許不失為好“詩”，但作為原詩的複製，它終不免是壞“譯”。像威妥瑪和董恂的《長友詩》，“詩”夠壞了，“譯”更壞，或者說，“譯”壞而“詩”次壞。詩壞該由董恂負責，譯壞該歸咎於威妥瑪。威妥瑪對郎費羅原作是瞭解透徹的，然而他的漢語表達力很差。詞彙不夠，例如“art”不譯為“藝業”、“術業”而譯為“作事”；句法不順不妥，有些地方甚至不通費解，例如“由己埋己”（Let the dead Past bury its dead），“看則繫念”（remind us）。為使意義明白，他添進了闡釋，例如“人生世上行走非虛生也”（Life is real），也多此一舉。懂英語的人看出這匹“小馬”表現得相當馴服聽話，而董恂可憐不懂英語，只好捧著生硬以至晦澀的漢譯本，捉摸端詳，誤會曲解。單憑這篇譯文，我們很容易嘲笑那位在中國久住的外交官、回英國主持漢文講座的大學教授。不過，漢語比英語難學得多；假如我們想想和他對等的曾紀澤所寫離奇的《中西合璧詩》，或看看我們自己人所寫不通欠順的外語文章，就向威妥瑪苛求不起來了。

㊵ 參看海姆（R. Haym）《赫爾德》（1958）東柏林重印本第2冊201頁。叔本華《哲學小品》（*Parerga und Paralipomena*）25章299節也認為這是譯詩的惟一辦法，然而很不"保險"（misslich），道生（P. Deussen）編《叔本華全集》（1911–29）第5冊627頁。

㊶ 格雷芙斯（Robert Graves）極口讚美這個定義為"絕妙的鄉曲之見"（splendid provincial definition），《故事、談話、散文、詩歌、歷史》（STEPS）（1958）142頁。奧登（W. H. Auden）卻說這個定義"似是而非"（Looks plausible at first sight but will not quite do），《染色匠人的手》（*The Dyer's Hand And other Essays*）（1962）23–24頁。當然，但丁從聲調音韻（cosa per legame musaico armonizzata）著眼，最早就提出詩歌翻譯（della sua loquela in altra trasmutata）的不可能，見《席上談》（*Il Convivio*）1篇3節，穆爾（E. Moore）與托音貝（P. Toynbee）合編《但丁集》244頁。

㊷ 摩爾根斯特恩《諷刺小詩與警語》（*Epigramme und Sprüche*）（1921）45頁。

（參觀《七綴集》中《漢譯第一首英語詩＜人生頌＞及有關二三事）》，上海古籍出版社 1994 年 8 月版）

本節中主要含有五個方面的信息。第一，朗費羅《人生頌》的英文原詩；第二，威妥瑪的初譯和董恂的改譯；第三，錢鍾書對兩個譯本的評價；第四，三位西方人的譯詩觀點；第五，錢鍾書的譯詩理念。

朗費羅的原詩，創作於1838年，公開發表於1839年，無疑是一首很優秀的詩歌，因為"他的標準傳記裡詳述這首詩轟動了廣大的讀眾，產生了深刻的影響"。一百五十餘年前，一位身穿西服的英國人和一位留有長辮的中國人先後翻譯出來的譯文，不失為兩件"古董"，無論如何值得後人觀摩。

在錢鍾書的眼球裡，兩個譯本各有千秋。威妥瑪譯本是一隻動物，pony一匹。這是美國大學生的一種俚語，不用功的大學生參加拉丁語、希臘語之類的外語考試時，往往將直譯的外語小紙條偷偷帶在身邊，監考老師一轉背，他們便趁機作弊，彷彿小騎士乘著小馬闖關一樣。換言之，這個譯本的優點是"逐字逐句對譯"，便於理解。董恂譯本是以威妥瑪譯本為底本的再創作，只可惜，威妥瑪的中文語料庫太小，儘管他的原文理解力強，但目的語表達力太弱，結果令本應該是"媒介物"、"中間人"的譯者變成了"障礙物"、"離間人"。

在本節中，錢鍾書引進了三位西方人關於詩歌翻譯的說法。其中一個人說的是詩歌翻譯方法，另一個人說的是詩歌翻譯定義，第三個人說的是詩歌翻譯質量。赫爾德（Johann Gottfried Herder，1744–1803，德國文學家，翻譯家）主張的詩歌翻譯方法是："譯者根據、依仿原詩而作出自己的詩"。錢鍾書認為"董恂的譯詩倒暗合"這種方法。弗羅斯脫（Robert Frost，1874–1963，美國詩人）給詩歌或曰詩歌翻譯所作的定義為：詩就是"在翻譯中喪失掉的東西"。言下之意便是：詩歌根本不可以翻譯，如果硬要翻譯，那麼譯出來的詩就不是原來的詩。摩爾根斯特恩（Christian Morgenstern，1871–1914，德國作家，詩人，翻譯家）認為詩歌翻譯質量只有兩種，一種是"壞"，另一種是"次壞"，"也就是說，不是更壞的，就是壞的"。

聰慧的錢鍾書在張揚這幾位西方人士的觀點之後，立馬亮出自己的詩歌翻譯理念："一個譯本以詩而論，也許不失為好'詩'，但作為原詩的複製，它終不免是壞'譯'"。如此一來，從翻譯的角度評價譯詩，就只能往"壞"座標方向單邊行動；從詩歌的角度對譯詩進行品評，則可以左右逢源，既可以往"好"座標方向而行，也可以往"壞" 座標方向而行。錢鍾書認為威妥瑪譯本和董恂譯本都在"壞"座標方向這一邊，如果說董恂譯本離軸中心五十步，那麼威妥瑪譯本離軸中心則是一百步，難兄難弟，不相上下而已。

此外，錢鍾書還提出"漢語比英語難學得多"，反之，則是"英語沒有漢語那麼難學"。既然學過英語的曾紀澤（1839–1890，清代著名外交家，曾國藩次子）們尚不能寫出流暢的英文詩或英文文章，這樣一來對威妥瑪們的漢譯詩文便完全可以網開一面了。

本節的注釋亦極具參考價值。如叔本華首肯赫爾德的詩歌仿譯或曰仿寫，但同時認為此法缺乏安全感。又如二十世紀英國詩人格雷芙斯（Robert Graves，1895–1985，後移居美國）誇獎弗羅斯脱的譯詩定義。而另一位英國詩人奥登（W. H. Auden，1907–1973，後移居美國）卻認為這是一種模棱兩可的說法。再如意大利詩人但丁（Dante,1265–1321）很早就從聲調音韻的視角，指出詩是不能翻譯的。

另，錢鍾書將注釋中的splendid provincial definition譯為“絕妙的鄉曲之見”，將*The Dyer's Hand and Other Essays*省譯為《染色匠人的手》均不失為外譯漢的佳例。

五六　董譯符合兩條件

錢鍾書《七綴集》第147–148頁稱：

> 董恂的譯詩還能符合舊日作詩的起碼條件，文理通，平仄調（第七首“已去冥鴻亦有跡”的“亦”字多分是“猶”字之誤），只是出韻兩次。第二首把“六魚”的“虛”字和“四支”的“皮”字、“期”字通押，幸而“虛”字在首句，近體詩容許所謂“孤雁入群”；第五首把“四支”的“羈”字和“八齊”的“萋”字、“鞞”字通押，“羈”字又在尾句，按那時的標準，就算是毛病了。
>
> 第一節第一句“勿以憂時言”的“時”字一定是抄錯或印錯了的“詩”字；威妥瑪不但沒有譯錯，而且沒有寫錯，所以董恂也說“莫將煩惱著詩篇”。威妥瑪的譯文加上新式標點：“勿以憂詩言：‘人生若虛夢’”，正確地轉述了郎費羅的原意，只是“憂詩”二字生澀難懂；“人生若虛夢”是“憂詩”所“言”的內容，發這種“言”的“詩”是要不得的（“勿以”）。董恂沒理會這兩行是一句裡的主語和次語，把威妥瑪的譯文改寫為平行對照的兩句：“莫將煩惱著詩篇，百歲原如一覺眠。”還接上第三句說“同是夢”，完全反背了原意。原意是：人生並非一夢，不應該抱悲觀；董恂說：人生原是一夢，不值得去煩惱。最經濟的局部糾正辦法也許是改換兩個字：“百歲休言一覺眠。”只是緊跟著“莫將”，語調又太重複了。

（參觀《七綴集》中《漢譯第一首英語詩<人生頌>及有關二三事）》，上海古籍出版社 1994 年 8 月版）

錢鍾書從兩個譯本中挑出了幾個抄錯或印錯的字眼，並予以更正。如威妥瑪譯本第一節第一句“勿以憂時言”的“時”字應為“詩”字，董恂譯本第七首第三句“已去冥鴻亦有跡”的“亦”字應為“猶”字。

錢鍾書接著從詩的角度，評析了董恂譯詩。他肯定“董恂的譯詩還能符合舊日作詩的起碼條件，文理通，平仄調”，但第二、第五首“出韻兩次”。第二首的出韻尚在允許範圍之內，而第五首的出韻則“算是毛病了”。

之後，便從譯的角度，對譯詩第一、二句進行批評。經錢鍾書校正的威妥瑪譯本為“勿以憂詩言：‘人生若虛夢’”。錢鍾書不容置疑地評價威妥瑪“沒有譯錯”，而且“正確地轉述了郎費羅的原意”。美中不足的是“憂詩”二字難免有“生澀難懂”之嫌。董恂譯的第一句“莫將煩惱著詩篇”尚能差強人意，但第二句“百歲原如一覺眠”以及第三句的“同是夢”，就“完全反背了原意”，不折不扣地譯錯了。董恂沒有他的晚輩林紓那麼幸運，有個懂外語的初譯者坐在他的旁邊，畏廬先生只需舞弄一支羊毫，將不會有錯的直譯，轉換成能使譯語讀者感到賞心悅目的意譯便可以了。

機智的錢鍾書出了個主意，提出將“百歲原如一覺眠”改換兩個字，變成“百歲休言一覺眠”，不過他又覺得此句與第一句中的“莫將”緊隨一起，“語調又太重複了”。

這裡，不妨從另外兩個譯本中摘出此節一、二句的譯文，與原文以及威譯、董譯比較一下。一個是蘇仲翔（1808–1995，浙江平陽人，華東師範大學教授）的譯本，一個是楊德豫（1928–2013，湖南長沙人，翻譯家）的譯本。

原文：

Tell me not, in mournful numbers,
  Life is but an empty dream!

威譯：

“勿以憂詩言：

'人生若虛夢'。"（錢鍾書校正本）

董譯：

"莫將煩惱著詩篇，
百歲休言一覺眠。"（錢鍾書修正本）

蘇譯：

"莫唱傷感調：
夢幻是人生！"

楊譯：

"不要在哀傷的詩句裡告訴我：
'人生不過是一場夢幻！'"

不難看出，蘇譯是傳統的五言句譯法，楊譯是現代詩譯法。又，原文第一句中的numbers，複數形式，意為"韻文；詩"。錢鍾書之所以毫不含糊地斷定"'勿以憂時言'的'時'字一定是抄錯或印錯了的'詩'字"，乃是因為他對numbers這個英文詞語的各種含義全都把握透了的結果。蘇譯將這個詞譯作"調"，楊譯則為"詩句"，威譯作"詩"，董譯作"詩篇"，幾乎一致。再看Tell一詞的譯法。威譯作"言"，董譯作"著"，蘇譯作"唱"，楊譯作"告訴"，可謂八仙過海，各顯神通了。

筆者不免技癢，追隨前賢，亦將此兩句原文翻轉為中文如是：

"休向我詠傷悲曲：
人生原本夢一場！"

如此譯句，只能說是狗尾續貂，貽笑大方了。

五七　一字相貫和索性拋開

錢鍾書《七綴集》第148–149頁（含注釋㊸、㊹）稱：

第四節裡心和喪鼓的比喻可能脫胎於十七世紀亨利·金（Henry King）的悼友名作（My pulse, like a soft drum, / Beats my approach, tells thee I come）㊸；波德萊爾（Baudelaire）很賞識它，從郎費羅那裡幾乎原封不動地搬它進自己詩裡（Mon coeur, comme un tambour voilé / Va battant des marches funebres) ㊹。英、法語可用同一字（beat, battre）表達心的怦怦"跳"和鼓的砰砰"敲"，郎費羅和波德萊爾都不費氣力，教那個字一身二任。漢語缺乏這個方便，威妥瑪只能譯一字相貫為兩事相比："人心如喪鼓之敲。"董恂索性把"心"和"鼓"都拋開了。

㊸ 亨利·金《送窆》（*The Exequy*），聖茨伯利（G. Saintsbiny）編《查理時代小家詩合集》（*Caroline Poets*）第3冊197頁。

㊹《惡運》（Le Guignon），勒唐戴克（Y. G. Le Dantec）編《波德萊爾集》，《七星（la Pléiade）叢書》本92頁，參看1386頁注。

（參觀《七綴集》中《漢譯第一首英語詩＜人生頌＞及有關二三事）》，上海古籍出版社 1994 年 8 月版）

錢鍾書指出，朗費羅詩中"心和喪鼓的比喻"大約源于英國詩人亨利·金（Henry King，1592–1669）的悼友名作*The Exequy*中的這兩行詩句：

My pulse, like a soft drum,，
Beats my approach, tells thee I come

有人以淺顯的文言將其譯作：

予之脈搏似柔鼓輕擊，
告予已將至。

錢鍾書還指出，法國詩人波德萊爾（Baudelaire，1821–1867，法國19世紀現代派詩人，法國象徵派詩歌先驅）很賞識亨利·金的這種比喻，於是幾乎原封不動地將其從郎費羅的詩裡面搬了出來，然後放進自己詩中：

Mon coeur, comme un tambour voilé
Va battant des marches funebres

有人以現代漢語將其迻譯如是：

我的心像那悶響的鼓，
在無言的葬禮中行進。

顯而易見，英語的beat，法語的battre（battant），均可“一身二任”，一方面可表示心的怦怦“跳”，另一方面又可表示鼓的砰砰“敲”。

接下來，不妨看看朗費羅的原文第四節以及威妥瑪譯本和董恂譯本。

原文：

Art is long, and time is fleeting,
And our hearts, though stout and brave,
Still, like muffled drums, are beating
Funeral marches to the grave.

威譯：

作事需時惜時飛去
人心縱有壯膽遠志
仍如喪鼓之敲
皆系向墓道去

董譯：

無術揮戈學魯陽
枉談肝膽異尋常
一從薤露歌聲起
邱隴無人宿草荒

漢語在這一點上，表現得很古板，缺乏“一身二任”的特色。心動，必須用“跳”；鼓響，必須用“敲”。故“威妥瑪只能譯一字相貫為兩事相比：‘人心如喪鼓之敲’”

董恂的四行譯詩，全然不見“心”和“鼓”。他通過對威妥瑪譯本的反復揣摩，重新創作出了四行七言。詩中，董恂用了個典故。春秋時，楚國魯陽公大戰韓國，眼看日將落，仍難分勝負，於是魯陽公揮戈向日怒吼。打不贏，對太陽發脾氣，只能説是無術了。儘管壯志淩雲，肝膽通天，如果缺乏真才實學，仍然會一事無成。“薤露”源於《漢樂府》，説的是人生如草葉上的露水，頃刻即逝。“薤”，音xie，草本植物。“邱隴”即“邱壟”，墓地也。人生短暫，到頭來一抔黃土，棲於荒郊野草之中，正所謂“獨留青塚向黃昏”是也。二十八個漢字所要表達的是珍惜時間，利用時間，腳踏實地，有所作為，堪稱與原詩所要表達的主旨毫無悖意。細細品讀，總覺得譯詩比原文要稍稍勝出一籌。

又，錢鍾書將注釋43中亨利·金悼友名作*The Exequy*譯作《送窆》，亦屬一種創新。窆者，埋葬之意也，讀音bian。

五八　含糊帶過和一掃而光

錢鍾書《七綴集》第149頁（含注釋[45]）稱：

第五節裡的比喻曾遭一度著名的語文教授郎士伯利（Thomas R. Lounsbury）指摘，他認為：在戰場上的“鬥爭”(strife) 裡，該“作英雄”，這話說得有道理，但是在露宿營（bivouac）裡會有同樣的“鬥爭”，也得搶“作英雄”，這話說不過去[45]。威妥瑪的譯文把這個語病含糊帶過，因為他譯成“爭宜努力作英雄”，就彷彿郎費羅原句不是“Be a hero in the strife”，而是“Strive to be a hero”；“爭宜”也很不妥，至少得倒過來為“宜爭”，文言這裡的“爭”等於白話的“怎”，“怎宜”是反詰或慨歎的語氣了。董恂的詩筆把戰場、露營一掃而光，使“牛羊”變為“駑駘”——“劣馬”、“疲弱的馬”，使“英雄”變為不受“羈”的“騏驥”——另一意義的“劣馬”、頑強的馬。

---

[45] 見費爾撥斯（W. L. Phelps）《自傳附書信》(*Autobiography with Letters*)（1939）324頁。

（參觀《七綴集》中《漢譯第一首英語詩<人生頌>及有關二三事）》，上海古籍出版社 1994 年 8 月版）

不妨先看第五節原文：

In the world's broad field of battle,
In the bivouac of life,
Be not like dumb, driven cattle!

Be a hero in the strife!

美國耶魯大學英語語言文學教授郎士伯利（Thomas Raynesford Lounsbury，1838–1915，美國文學史家、文學批評家）對這一節中的比喻頗有微詞。他指出："在戰場上的'鬥爭'（strife）裡，該'作英雄'，這話說得有道理，但是在露宿營（bivouac）裡會有同樣的'鬥爭'，也得搶'作英雄'，這話說不過去"。

再看威妥瑪的譯文：

人世如大戰場
如眾軍在林下野盤
莫如牛羊無言待人驅策
爭宜努力作英雄

錢鍾書評論威妥瑪的譯文說：威妥瑪將Be a hero in the strife譯成"爭宜努力作英雄"，算是把美國教授指出的這個語病含糊帶過去了。譯語表明，朗費羅原句"Be a hero in the strife"，在威妥瑪眼球裡變成了"Strive to be a hero"。不過，錢鍾書認為"爭宜"二字用得不恰當，理由是，文言裡的"爭"等於白話的"怎"。"爭宜"即"怎宜"，如此一來，"爭宜努力作英雄"便成了反詰或慨歎的語氣。因此，他建議將"爭宜"倒過來,改為"宜爭"。

董恂的譯文是：

擾擾紅塵聽鼓鼙
風吹大漠草萋萋
駑駘甘待鞭笞下
騏驥誰能轡勒羈

錢鍾書分析說，"董恂的詩筆把戰場、露營一掃而光"，"牛羊"變"駑駘"，"英雄"變"騏驥"。"駑駘"是馬，只不過是"劣馬"、"疲弱的馬"；"騏驥"也是馬，一種另一意義的"劣馬"、頑強的馬，而且不受任何"羈絆"。將董譯反復吟誦，只覺得這是一首不悖原文深層含義的好詩。

不妨再看看其他譯者是如何翻譯的。

蘇仲翔的譯文為：

世界一戰場，
人生一軍營；
莫效牛馬走，
奮發斯英雄！

雖然是五言，卻能緊貼原文。以“信”而論，當在董之上；以“雅”而論，似乎比董稍遜一籌。

楊德豫的譯文是：

世界是一片遼闊的戰場，
人生是到處紮寨安營；
莫學那聽人驅策的啞畜，
做一個威武善戰的英雄！

以音韻而言，譯文與原文似乎有一種“暗合”，這是楊譯獨特的個人風采，其他譯人很難學到。

原文中的In the bivouac of life一語，威妥瑪譯作“如眾軍在林下野盤”；蘇仲翔譯作“人生一軍營”；楊德豫譯作“人生是到處紮寨安營”。顯而易見，在這幾位譯者的心目中，人生彷彿就是一座軍營。軍營裡要舉行軍事訓練，和真正的戰場一樣，爬模滾打，刀光劍影，頑強拼搏，一決勝負。作為一名軍人，焉能不爭強好勝？焉能不搶作英雄？延伸至人生，情形亦複如此。由是以為，Thomas R. Lounsbury教授的批評只能說是書齋裡的一種清談而已。

五九　有欠勻稱與平列清楚

錢鍾書《七綴集》第149–150頁稱：

第六節裡原作對照了“死的過去”和“活的現在”；在“新名詞”大量流入以前，文言很難達出這個“成雙的對立”（binary opposition）。晚明以來有句相傳的名言：“以前種種，譬如昨日死，以後種種，譬如今日生。”但在漢語裡，“死昨”、“生今”終是過不去的詞組——當然，對中國語文享有治外法權的洋人、半洋人們盡可以那樣說和寫。文言裡兼指過去與死亡的常用字是"逝"和"故"，只是"故"的天然配偶是"新"，"逝"的天然配偶是"留"，都不是"生"；而且搭配上"新"和"留"，"逝"和"故"涵有的死亡意義就沖淡甚至沖掉。威妥瑪也許尊重當時的語言習慣，只譯為"既往日"、"目前"，而不譯為"既死之往日"、"方生之當前"。他忽略了一點，既然"死"已省去，"埋"又從那裡說起呢？無怪董恂乾脆把"埋"也精簡掉。在董恂詩裡，"將來"、"往"、"今"三個時態平列得清清楚楚；相形之下，威妥瑪譯文的"異日"、"往日"、"目下"就欠勻稱，我不知道他為什麼不用"今日"來代替"目下"。

（參觀《七綴集》中《漢譯第一首英語詩＜人生頌＞及有關二三事）》，上海古籍出版社 1994 年 8 月版）

先讀讀第六節的原文以及威妥瑪和董恂的譯文。

朗費羅原文：

Trust no Future, howe'er pleasant!
　Let the dead Past bury its dead:
Act-act in the glorious present！
　Heart within, and God o'er head!

威譯：

勿言異日有可樂之時
既往日亦由已埋已
目下努力切切
中盡已心上賴天佑

董譯：

休道將來樂有時
可憐往事不堪思
只今有力均須努
人力殫時天佑之

十分清楚，原文運用了"成雙的對立"（binary opposition）這一表達方式，即對照了"死的過去"the dead Past和"活的現在"the glorious present（有版本為：the living present，參觀1990年北京中國對外翻譯出版公司《英美名詩100首》第258頁）。這種二元對立的寫作手法，在明代袁黃（1533–1606，浙江嘉興人，號了凡，萬曆進士）所著《了凡四訓》（又名《命自我立》，論述如何種德立命、修身治世）中曾有所體現，如名句"以前種種，譬如昨日死，以後種種，譬如今日生"即是一例。以威妥瑪的漢語水準，他不大可能步袁黃先生的後塵，像錢鍾書所指點的那樣，將這兩個英文短語譯作"既死之往日"、"方生之當前"。他只能譯為"既往日"、"目下"。錢鍾書很客氣地點評説，威妥瑪之所以這樣譯，也許是"尊重當時的語言習慣"。但他也不留情面地指出，威妥瑪"忽略了一點，既然'死'已省去，'埋'又從那裡說起呢？"錢鍾書同時還批評威妥瑪的"異日"、"往日"、"目下"的譯法有"欠匀稱"。

錢鍾書對董恂的譯文肯定了兩點。一是善於"精簡"，能將原文bury一省了事；二是"'將來'、'往'、'今'三個時態平列得清清楚楚"。董恂的改譯的確是筆下生花，但總覺得第二、四句的表達與威妥瑪的初譯相去甚遠，遑論原文了。

不妨讀讀另外兩種譯本：

蘇仲翔譯：

莫信未來好，
過去任埋葬。
努力有生時，
心誠祈上蒼！

楊德豫譯：

別指靠將來，不管它多可愛！
把已逝的過去永久掩埋！
行動吧——趁著活生生的現在！
胸中有赤心，頭上有真宰！

兩位譯者的"信"字功夫確實了得，故能在意義上十分貼近原文。倘若威妥瑪、董恂可以回過頭來讀他們的譯文的話，肯定自歎弗如了。

筆者的譯文是：

錦繡前程未必真，
傷悲往昔埋土深；
把握今朝貴拼搏，
自有神明見丹心。

六〇　借用名句的不足

錢鍾書《七綴集》第150頁（含注釋㊻、㊼）稱：

第七、八節海灘沙面留下腳印的比喻也引起疑問。關漢卿《玉鏡臺》第二折裡男角看見女角在“沙土上印下的腳蹤兒”，就說：“幸是我來的早！若來的遲呵，一陣風吹了這腳蹤兒去。”印在海灘沙面上的痕跡是更短暫、更不耐久的。十六、七世紀歐洲抒情詩裡往往寫這樣的情景：彷彿《紅樓夢》第三十回椿齡畫“薔”，一男或一女在海灘沙面寫上意中人的名字，只是倏忽之間，風吹（un petit vent）浪淘（the waves, l'onde），沙上沒有那個字，心上或世上也沒有那個人了㊻。英語經典裡最有名的海灘腳印也許是魯賓遜勘探荒島時所發見的，他嚇得心驚肉跳，竟以為是魔鬼搞的把戲，要不然，沙上的痕跡是保留不住的，風吹海漲，早消滅得無影無蹤（entirely defaced）㊼。在《潮上、潮退》（The Tide Rises, the Tide Falls）那首小詩裡，郎費羅自己寫“海浪用柔白的手，抹掉沙上的腳印”（The little waves, with their soft white hands, / Efface the footprints in the sands）；在他這首詩裡，沙灘腳印卻有點兒像咱們蘇州靈岩山石上古代美人西施留下的巨大腳印了。董恂詩裡借用蘇軾《和子由澠池懷舊》的名句，也很現成，但他忘了上文該照顧到下文。“痕跡留在海邊沙面”，雖然煞費辯解，卻和下文“見海邊有跡才知有可解免”語脈一貫相承。“雪泥爪印認分明”和“沙洲遺跡可追求”就對不上口。一來雪泥鴻印和沙洲人跡絕然是兩回事；二來泥印是“認分明”，不用尋尋覓覓，沙跡是“可追求”，等於“待追求即可發現”。是不是理解為“可據以作進一步追求”呢？那得改“可”為“足”才行。

㊻ 蘭讓德（Jean de Lingendes）《亞爾西唐説》（Alcidon parle），盧塞（J. Rousset）編《法國奇崛派詩選》（*Anthologie de la Poésie baroque française*）（1961）第1冊87頁，參看262頁注；斯賓塞（Edmund Spenser）《情詩集》（*Amoretti*）第75首，格林勞（E. Greenlaw）主編《全集》中《小詩集》（*Minor Poems*）(1958）第2冊226頁；馬利諾（G. B. Marino）《情變》(*Fede rotta*)，喬治・凱（George Kay）編《企鵝本意大利詩選》(*The Penguin Book of Italian Verse*)（1958）219頁。伏爾太《查迪格》（*Zadig*）以海邊為溪（ruisseau）邊，蓬莫（R. Pomeau）編伏爾太《小説與故事集》(*Romans et Contes*)（1966）67頁。布渥爾神父（Dominique Bouhours)《對話集》（*Les Entretiens d'Ariste et d'Eugène*)（1671）第一篇講一個西班牙女郎在海灘沙上不寫情人的名字，而寫一句誓言："寧死也不變心"（Antes muerta que mudada），新版（Armand Colin, 1962）20頁。在蘭德（W. S. Landor）的詩裡，意中人當場微笑道："傻孩子！你以為你在石頭上寫字呢！"（You think you're writing upon stone），《虛構的對話與詩歌集》（*Imaginary Conversations and Poems*）《人人叢書》本351頁。

㊼《魯賓孫飄流記》，《世界經典叢書》(The World's Classics）本198頁。

（參觀《七綴集》中《漢譯第一首英語詩 < 人生頌 > 及有關二三事）》，上海古籍出版社 1994 年 8 月版）

先讀朗費羅原詩第七、八節：

Lives of great men all remind us
　We can make our lives sublime,
And, departing, leave behind us
　Footsteps on the sands of time.

Footsteps, that, perhaps another,
　Sailing o'er life's solemn main,
A forlorn and shipwreck'd brother,
　Seeing, shall take heart again.

詩中海灘沙面留下腳印的比喻，彷佛一股急流，衝開了錢鍾書知識記憶寶庫的門鎖，一個接一個的經典從裡面直蹦了出來。關漢卿的劇本，曹雪芹的小說，蘇軾的詩篇，西施的腳印，十六、十七世紀歐洲抒情詩、魯濱遜漂流記、朗費羅潮上潮退小詩，頃刻間，全都展現在我們的面前。這些經典與朗費羅詩裡“海灘沙面留腳印”的比喻都有這樣那樣的瓜葛。

威妥瑪將這兩節詩句翻譯若是：

著名人傳看則繫念
想我們在世亦可置身高處
去世時尚有痕跡
勢如留在海邊沙面

蓋人世如同大海
果有他人過海
船隻擱淺受難失望
見海邊有跡才知有可銷免

董恂將威妥瑪的譯文一再琢磨之後，終於也打磨出了自己的譯句：

千秋萬代遠蜚聲
學步金鼇頂上行
已去冥鴻亦有跡
雪泥爪印認分明

茫茫塵世海中漚
才過來舟又去舟
欲問失帆誰挽救
沙洲遺跡可追求

錢鍾書讀了董恂的譯詩，立馬發現，他在譯詩中“借用”了蘇東坡《和子由澠池懷舊》的名句。蘇軾的這首詩是一首七言律詩，全詩為“人生到處知何似，應似飛鴻踏雪泥。泥上偶然留指爪，鴻飛那複計東西。老僧已死成新塔，壞壁無由見舊題。往日崎嶇還記否，路長人困蹇驢嘶。”

顯而易見，董恂借用的是“應似飛鴻踏雪泥”和“泥上偶然留指爪”這兩句。不過錢鍾書認為董恂的借用，卻“忘了上文該照顧到下文”。威妥瑪譯本中第七節末兩句“去世時尚有痕跡，勢如留在海邊沙面”與第八節末句“見海邊有跡才知有可銷免”，“雖然煞費辯解”，但兩句之間的語脈卻是“一貫相承”的。而董譯本的“雪泥爪印認分明”和“沙洲遺跡可追求”“就對不上口”。理由何在？錢鍾書提出了兩點：一是“雪泥鴻印”與“沙洲人跡”是絕然不同的兩回事；二是飛鴻留下的泥爪印，一看便知，“不用尋尋覓覓”，沙洲上留下的人跡卻要細細找尋，換言之，需要“待追求即可發現”。基如此，錢鍾書建議將“沙洲遺跡可追求”改為“沙洲遺跡足追求”，以“足”代“可”，或可理順兩者之間的關係。

今人蘇仲翔的譯文如是：

偉人洵不朽，
我亦能自強，
鴻爪留身後，
遺澤印時光。

或有飄零人，
苦海中浮沉，
睹我足印時，
衷心又振奮。

蘇先生，雖然在時空兩個節點上與董先生相隔百年，卻能和這位老前輩“心有靈犀一點通”，居然也將朗費羅的一個比喻一分為二，活生生地將其化作“鴻爪”、“足印”，用在了自己的譯詩中。人如鳥，可留痕，人踏沙，能遺跡，都是情理之中的現象。譯者翻譯時，在不違背原文深層內涵的前提下，來點小小的創新，亦可看作是一種情理之中的事兒吧。

在“文”、“道”兩方面最貼近原文的當數楊德豫。他的譯文是：

偉人的生平啟示我們:
我們能夠生活得高尚,
而當告別人世的時候,
留下腳印在時間的沙上;

也許我們有一個弟兄
航行在莊嚴的人生大海,
遇險沉了船,絕望的時刻,
會看到這腳印而振作起來。

朗費羅詩中前後重複出現的Footsteps,在楊譯本中都是不折不扣的"腳印"。如此真實于原文的譯文恐怕誰也不好挑剌了,甚至包括錢鍾書在內。

六一 介紹近代西洋文學第一人

錢鍾書《七綴集》第150–151頁(含注釋⑱、⑲)稱:

董恂不過譯了一首英語詩,譯筆又不好,但是我們只得承認——儘管已經忘記——他是具體介紹近代西洋文學的第一人。和他相熟的中國通帕克(H. E. Parker)在回憶錄裡沒提起他翻譯郎費羅的事,只講他幹了一樁我們現在還得驚訝為規模弘大的翻譯工作。"董恂是一位名詩人(a renowned poet),威妥瑪爵士一下子就把他的詩火(sacred fire)點著了;我相信北京社會都曾忍受過他的《哈羅而特公子》的譯本"(I believe he has inflicted upon the Peking World a translation of "Childe Harold")⑱。就是說他譯過拜倫的巨著。董恂雖有詩集,而且他那位揚州府同鄉符葆森選過他的詩⑲,但在當時算不得詩人。不過,外國人看來,寫幾句詩的大官不用說是"名詩人"。帕克似乎承認他是詩人,只暗示他的翻譯一定不好,讀來只會受罪。威妥瑪無疑曾引起董恂對英語詩歌的興趣,《人生頌》的翻譯正是"點著了他的詩火"的結果。然而董恂要譯拜倫的行數那末多的長詩,得找人供給像《長友詩》那樣的底稿,威妥瑪未必有此功夫,更未必有此耐心和熱忱,當時同文館的學生也肯定沒有足夠的英語程度。所以,我懷疑董恂是否真有一部使他的同僚或下屬硬著頭皮、咬緊牙關去"忍受"的拜倫譯稿。帕克的“相信”也許缺乏事實根據，至於他說董恂由威妥瑪而接觸西洋文學，那倒是有憑有據的。我們看到的只是他譯的郎費羅，他很可能又聽說起拜倫或其他詩人。

㊽ 帕克《約翰·中國人及其他幾個人》(*John Chinaman and A Few Others*)（1901）62頁。

㊾ 《國朝正雅集》卷八十六選董恂五律一首、七律二首。這部選集多至一百卷，採錄的是乾、嘉到符葆森同時人的詩。像許多廣收同時人作品的選集一樣，它又一次證明（假如需要證明的話）兩點：一、寫詩、刻詩集的人多絕不等於詩人多；二、評選詩文常是社交活動，而不是文藝活動。

（參觀《七綴集》中《漢譯第一首英語詩<人生頌>及有關二三事）》，上海古籍出版社 1994 年 8 月版）

錢鍾書在本節中講了三件事。第一，對董恂在翻譯史上地位的肯定；第二，對董恂翻譯拜倫一說的否定；第三，對詩人以及選詩活動的界定。

錢鍾書認為，儘管董恂翻譯朗費羅《人生頌》不能完全盡如人意，但無論如何“他是具體介紹近代西洋文學的第一人”。換言之，即董恂是中國近代翻譯史上，迻譯西方詩歌的第一人。

英國駐華外交官、漢學家愛德華·哈珀·帕克（Parker，Edward Harper，1849–1926，漢名莊延齡，1869–1894年在華，著有《韃靼千年史》等）與董恂“相熟”，其在回憶錄中稱：威妥瑪點燃了董恂的詩火，使他幹了一件令人驚訝的“規模弘大的翻譯工作”，即董恂將拜倫（Byron，1788–1824，英國著名詩人）的長詩*Childe Harold' Pilgrimade*（《恰爾德·哈樂德遊記》）譯成了中文。錢鍾書認為這種說法“缺乏事實根據”。錢鍾書給了兩個理由。一是“威妥瑪未必有此功夫，更未必有此耐心和熱忱”，去翻譯拜倫的這首長詩供董恂修改和潤色；二是“當時同文館的學生也肯定沒有足夠的英語程度”將拜倫的詩譯出初稿，然後交給董恂加工修飾。錢鍾書很客氣但也很堅定地表示，“我懷疑董恂是否真有一部使他的同僚或下屬硬著頭皮、咬緊牙關去‘忍受’的拜倫譯稿”。錢鍾書的說法，無疑徹底否認了董恂翻譯拜倫的可能性。不過，他並不否認除朗費羅之外，董恂“很可能又聽說起拜倫或其他詩人”。

董恂的同鄉符葆森（咸豐元年舉人，江蘇人）曾將董恂的詩選入《國朝正雅集》，帕克則認定“董恂是一位名詩人（a renowned poet）”。錢鍾書卻不這樣認為。其理由是“寫詩、刻詩集的人多絕不等於詩人多”，這句話的潛臺詞分明就是寫過詩的人，出過詩集的人，並不一定都是詩人，比如董恂，他雖然刻有詩集流行，“但在當時算不得詩人”。此外，“評選詩文常是社交活動，而不是文藝活動”。也就是說，參加這種活動的人往往都不是詩人，僅僅只是一些社交活動積極分子而已。往深處說，錢鍾書之所以不承認董恂是詩人，是否暗示董恂翻譯的《人生頌》“譯筆不好”的原因正在於此。多少年來，譯界不少人堅持：只有詩人才具備譯詩的資格。說不定錢鍾書恰恰是這種說法的默認者。

董恂翻譯朗費羅的《人生頌》這件事，第一個站出來進行評論的是錢鍾書，這無疑也是中國翻譯史上格外厚重的一筆。錢鍾書雖然反反復複地批評董恂譯得不怎麼好，其實其內心深處還是挺欣賞他的，比如說董恂的“譯詩倒暗合赫爾德的主張：譯者根據、依仿原詩而作出自己的詩”；又比如說董恂的“譯詩還能符合舊日作詩的起碼條件，文理通，平仄調”等等。在我們看來，這些話能從錢鍾書的筆底汩汩而出，其實是很不一般的褒揚了。

六二　比較文學的媒介者

錢鍾書《七綴集》第151–152頁稱：

> 董恂以相當於外交部當家副部長的身份，親手翻譯了西洋文學作品。中國最早到外國去的使節又都是在他主持下派出的。這就引起幻想，以為從此上行下效，蔚然成風，清廷的出使人員有機會成為比較文學所謂“媒介者”（intermediary），在“發播者”（transmitter）和“收受者”（receptor）之間，大起搭橋牽線的作用。何況那時候的公使和隨員多數還不失為“文學之士”，對外國詩文不會缺乏獵奇探勝的興味。

（參觀《七綴集》中《漢譯第一首英語詩 < 人生頌 > 及有關二三事）》，
上海古籍出版社 1994 年 8 月版）

錢鍾書從另一個視角論述了董恂翻譯朗費羅《人生頌》的重要意義，即由董恂派到國外去的外交使節與隨員們完全有可能以董恂為榜樣，成為比較文學的“媒介者”，在“發播者”和“收受者”之間，發揮搭橋牽線的作用，理由是這些“公使和隨員多數還不失為‘文學之士’，對外國詩文不會缺乏獵奇探勝的興味”。

錢鍾書在《漢譯第一首英語詩<人生頌>及有關二三事》這篇長文中，曾為我們開過一個外交使節與隨員的名單，其中包括郭嵩燾、曾紀澤、黃遵憲、薛福成、張蔭桓、黎庶昌、斌椿等等。然而令人遺憾的是，西方的文學或曰西方的作家作品並沒有引起他們的“飄瞥注意和淡漠興趣”，只有李鳳苞和張德彝有些例外。比如前者在《使德日記》中提到過德國大詩人歌德及其作品《少年維特之煩惱》，後者在《述奇》一書中提到過英國作家斯威夫特的小說《格列佛遊記》。

尤其令人感到欣慰的是，李鳳苞還做了另外一件事，即用德語寫了一篇名為《中國詩歌的歷史》的文章，發表在當時的《德國評論》雜誌上。文章以介紹唐代三位詩人杜甫、李白、王維為主，並論及了古羅馬詩人賀拉斯、維吉爾。文中甚至還對中國的《詩經》和希臘的詩歌進行了比較。

此外，還有錢鍾書未曾提及到的兩位外交人員陳季同（1851–

1907，福建福州人，歷任法、德、意公使館參贊）和羅豐祿（1850–1903，福建福州人，曾任英、意、比三國公使）。他們通過翻譯的手段，將中國的小說和詩歌帶到了國外。陳季同駐法期間，曾從蒲松齡的《聊齋志異》中選出《青梅》、《香玉》、《辛十四娘》等26篇短篇小說譯成法文，並冠以《中國故事》的書名，在法國公開出版，連印連銷，如是者三次。後英國人據法文版轉譯為英文，在英倫三島不脛而走。相傳陳季同還翻譯過雨果、莫里哀、左拉的小說或劇本。羅豐祿則仿照莎士比亞十四行詩的形式，將杜甫《秋興八首》之五譯為英文獻給英國維多利亞女王，女王由是大悅，賞他以爵士稱號。

杜甫《秋興八首》之五的原文為

"蓬萊宮闕對南山，承露金莖霄漢間。
西望瑤池降王母，東來紫氣滿函關。
雲移雉尾開宮扇，日繞龍鱗識聖顏。
一臥滄江驚歲晚，幾 回青瑣點朝班。"

羅豐祿的英譯文現在恐怕很難找到了。下面不妨推介一下今人吳鈞陶的譯文：

Reflections in the Autumn，Eight Poems（No.5） Du Fu
Facing the Zhongnan Mountain the Penlai Palace rises high,
With brazen poles upholding the dew-plates to sky.
One may descry the Grandmother descending her Fairy Pond,
And Lao Zi passing Hanggu Pass with purple mist around.
When pheasant-tail-fans move like clouds rolling away,
In a shining dragon-scaled-robe appears His Majesty.
Now it's only a river rain dream in deep autumn-tide—
The days I waited for the levee by Blue Chains side.

吳鈞陶曾有詩集行世，對詩歌創作頗有心得，因此他的譯詩常常為人稱道。只是他沒有機會出使英倫，遑論將譯詩面呈女王了。不然的話，他很可能也會有羅豐祿那樣的好運。

六三　《紅樓夢》英譯本

錢鍾書於1981年1月19日致宋淇函，稱：

前日忽得Hawks函，寄至*The Story of the Stone*第三冊，稍事翻閱，文筆遠在楊氏夫婦譯本之上，吾兄品題不虛；而中國學人既為sense of style，又偏袒半洋人以排全洋鬼子，不肯說Hawks之好。公道之難如此！弟覆信有云："All the other translators of the 'Story'–I name no names–found it 'stone' and left it brick"，告博一笑。

（參觀宋以朗《宋家客廳：從錢鍾書到張愛玲》第 113 頁，花城出版社 2015 年 4 月第 1 版）

據稱，霍克斯對錢鍾書的讚賞"非常高興"，且致函錢鍾書，請求允許"引用"。錢鍾書的這句話是一句羅馬名言的反用。名言為"他開始看見的是磚頭，離開時卻已成了大理石。""他"指的是羅馬皇帝奧古斯都。這位當年的羅馬一把手，一聲令下，傾國出動，化破舊簡陋的建築物為豪華壯麗的神廟殿堂，羅馬舊城，從此一片新貌，一片燦爛，一片輝煌。後來羅馬史學家蘇維托尼烏斯撰《羅馬十二帝王傳》，記古羅馬奧古斯皇帝自誇功業：他接手羅馬，一座磚頭舊鎮，他留給後人，一座大理石新城。原文為拉丁文。歷史的車輪行進到十八世紀的時候，英國人約翰生博士為了讚揚同胞德萊頓對英文詩歌和文學語言的積極改進，毫不猶豫地將這句名言移用到了這位詩人兼戲劇家身上。羅馬文的名言在博士的鵝毛筆下頃刻變成了具有"軟、輕、緩"三大特色的英文：He had found it (Rome) built of brick and left it in marble.

兩百年後，錢鍾書在英國倫敦圖書館一度流連忘返。他一定讀過約翰生博士的大作，而且將這句名言爛熟於心。再過幾十年，他捧讀霍克斯的《紅樓夢》譯本，立馬想到了這句名言，並且妙手一揮，易He為All other translators of the "Story"，改brick為stone，轉marble為brick。

這封信無疑凸顯了錢鍾書的博學與情趣，更重要的是彰顯了錢鍾書的一種翻譯理念，即出發語轉換為目的語，理想的轉換者當以操目的語者為宜。霍克斯譯《紅樓夢》是一例，楊絳譯《堂吉訶德》也是一例，錢鍾書本人在《談藝錄》、《管錐編》中有如雨後春筍般的片言隻語的外譯中更是一例。 人或問：戴乃迭不也是英國人嗎？惜乎她在中國生活的時間太長，耳濡目染，堪稱完全中國化，與霍克斯已經不在同一個水平線上了。

筆者將錢鍾書反其意而用之的羅馬名言反復推敲後，轉換如是："幾乎所有的譯者都以為自己捧起了一塊巨石，一番辛勤錘鑿之後，留下的卻是片片碎石，唯獨霍克斯例外。" 拙譯與信達雅相去甚遠，單就字數而言，就比原文多出了整整三十個字。只是覺得譯文與翻譯文化學派領軍人物勒弗菲爾的文本重寫説法即rewriting有一點點靠近。

香港作家、中文大學教授黃維梁先生偶然讀到了拙譯，稱"既'信'且'達'殊不容易"。他的譯文則是："所得原著是雲石樓臺，既成翻譯若瓦礫碎片，除霍譯外，所有譯本皆如此。"並稱譯文暗含"七寶樓臺拆卸下來不成片斷"。

此外，值得一提的是，當年戴乃迭曾專門撰文評論過霍克斯翻譯的《紅樓夢》，稱"二十世紀最出色的一部譯著當數霍克斯所譯《石頭記》，譯書中將中國文化娓娓道來，令人歎為觀止。"（*The Story of the Stone* is one of great translations of this century. No other single book tells us so much about Chinese civilization.）又云"西方讀者之所以沉醉于這部中國名著，乃是由於霍克斯以最上乘的英語進行翻譯所致。楊憲益和我的譯本，竊以為難以望其項背。"（David Hawkes 's superb achievement is to have made this Chinese masterpiece available to Western readers in excellent English. Our translation *A Dream of Red Mansions* is by comparison I fear a mere crib.）(參觀2015年第2期《英語世界》第54–58頁)戴乃迭這種虛懷若谷的精神，確實令人感佩。

六四　有色玻璃和無色玻璃翻譯

錢鍾書於1976年3月29日，以英文複許淵沖，稱：

Many thanks for showing me highly accomplished translation. I have just finished reading it and marvel at the supple ease with which you dance in the clogs and fetters of rhyme and meter.

Your views on verse translation are very pertinent. But you of course know Rober Frost' s bluntly dismissive definition of poetry as "what gets lost in translation". I' m rather inclined to say ditto to him. A *verre clair* rendition sins against poctry and a *verre coloré* one sins against translation. Caught between these two horns of the dilemma, I have become a confirmed defeatist and regard the whole issue as one of a well- considered choice of the lesser of the two evils or risks. In my experience of desultory reading in five or six languages, translated verse is apt to be *perverse,* if not *worse*. This is not to deny that the verse may in itself be very good—"Very pretty, Mr. Pope, but you must not call it Homer," as old Bentley said.

（參觀牟曉朋、范旭侖《記錢鍾書先生》第 69 至 70 頁，
大連出版社 1995 年 11 月第 1 版）

顯而易見，這封信是論述詩歌翻譯的。

首先，錢鍾書誇獎許淵沖（1921–2021，江西南昌人，翻譯家，北京大學教授）的詩翻譯得好，儘管是戴著腳鐐手銬跳舞，但音韻和節奏處理得靈活自如，令人驚奇（marvel at the supple ease with which you dance in the clogs and fetters of rhyme and meter）；同時評價許淵沖的詩歌翻譯觀點也十分中肯。錢鍾書任教西南聯大時，許淵沖是他的學生，兩人直到上個世紀八、九十年代仍有聯繫，錢鍾書對許淵沖的中詩英譯和法譯評價頗高。顯而易見，錢鍾書的稱讚無疑是老師對學生的一種鼓勵。

緊接著，錢鍾書引用了美國詩人羅伯特·弗洛斯特對詩歌翻譯所下的定義："詩歌一經翻譯，一切流失殆盡"或曰"在翻譯中喪失掉的東西"（Rober Frost' s bluntly dismissive definition of poetry as "what gets lost in translation"），且毫不隱晦地向學生表白，自己完全同意羅

伯特·弗洛斯特的這種説法。為了説清楚原詩與譯詩之間的關係，錢鍾書使用了兩個法語詞組，一個是無色玻璃（*verre clair*），一個是有色玻璃（*verre coloré*）。前者代表直譯，後者代表意譯。如果以無色玻璃譯，勢必得罪詩；如果以有色玻璃譯，無疑得罪譯。面臨如此窘境，錢鍾書坦陳自己是個徹底的失敗者。有時候往往只能以“兩害相權取其輕”的辦法進行處理。

錢鍾書懂得五、六種外文，以他的經驗來看，譯出來的詩，從翻譯的角度進行判斷，倘若不是壞詩，必定就是歪詩（translated verse is apt to be *perverse*, if not *worse*）；而從詩歌的角度進行判斷，這種譯詩又總是被稱作好詩。然而，這種好詩，用本特利當年的話來説，“蒲柏的詩譯得精彩，但畢竟不是荷馬的詩”（ Very pretty, Mr. Pope, but you must not call it Homer）。

凡此種種，均表明錢鍾書對詩歌翻譯是持保留態度的，儘管他本人進行過和參入過不少詩歌翻譯。

六五　欲知其味必親嘗

錢鍾書於1982年8月11日致許淵沖函，稱：

我對這些理論問題（指翻譯理論—鄭注）早已不甚究心，成為東德理論家所斥庸俗的實用主義（praktizismus）者，只知The proof of the pudding lies in eating.然而你如此仔細討論，當然大有好處。《新華文摘》四月號採收我在香港刊物上發表的一篇文章，中有論及譯詩語，引了德美兩位詩人的話，都很flippant，但一般人都不知道，也許稍有一新耳目之小作用，請檢閱供一笑。

（參觀許淵沖《詩書人生》第 120 頁，百花文藝出版社 2003 年 1 月第 1 版）

這段話至少有三個要點。

第一，錢鍾書再一次談及了自己的一篇被三種刊物發表的文章，即《漢譯第一首英語詩<人生頌>及有關二三事》，強調了弗羅斯脱（Robert Frost）和爾根斯特恩（Christian Morgenstern）二人關於詩歌翻譯的真知灼見。

第二，錢鍾書對許淵沖關於詩歌翻譯的說法表示首肯。據許淵沖回憶，他於1982年7月28日致函錢先生，函中以英譯劉禹錫《竹枝詞》為例，提出了“譯詩求真是低標準，求美是高標準”的想法。錢先生在復函中說許淵沖“如此仔細討論，當然大有好處”，當是針對許淵沖的這種想法而言。

第三，錢鍾書稱自己“對這些理論問題早已不甚究心，成為東理論家所斥庸俗的實用主義（praktizismus）者，只知The proof of the pudding lies in eating.”這句話似乎暗示出錢鍾書的另一番翻譯理念，即翻譯，尤其是詩歌翻譯，純屬一種實踐活動，並無理論可言。恰似西諺“欲知布丁味，親口嘗一嘗”，亦如中國詩人陸游所云“紙上得來終覺淺，欲知此事須躬行”。錢鍾書不便對許淵沖明說，只能用“不甚究心”曲達，而且將自己調侃成“庸俗的實用主義者”。

錢鍾書的此番說法與美國翻譯家兼翻譯理論家奈達的情形有些相仿，甚至可以推論後者也許是受到了前者的啟發。1991年，奈達稱“眾多有才氣有成就的譯者對翻譯理論總是置若罔聞，不屑一顧。因此有人便斷言：凡不善翻譯者成了翻譯理論家。”（Most successful and creative translators have little or no use for theories of translation. In fact,some insist that only those who cannot translate become theorists of translating.）2000年，奈達再次重申：“不少人認為，搞翻譯就得學語言學，豈料一流的譯者根本就不懂語言學。……這些譯者富有才氣，其翻譯實踐表明，語際交流生來就是一門技藝，犯不著花上幾年工夫去研習語言學。”（Many people assume that translating requires considerable training in linguistics. But this is not true. Some of the best translators have no training whatsoever in linguistics ⋯ such creative translators are the best examples of the fact that interlingual communication is essentially a special skill that does not necessarily depend on long years of training.）看來，錢鍾書與奈達這兩位年齡相仿的學人之心是緊密相通的。

六六　各尊所聞　不必強同

錢鍾書於1983年12月3日致許淵沖函，稱：

至於譯詩一事，則各尊所聞 不必強同；我今年中美雙邊比較文學會議開幕詞所謂："The participants need not in unisson and are reasonably content with something like concordia discors. Unisson, after all, may very well be not only a synonym of, but also a euphemism for, monotony."詩不能譯，其論發于但丁，我文中注腳已拈出，而Frost與Morgentern兩人語quotable，中國人少知音，故特標舉之，並不奉為金科玉律也。

（參觀許淵沖《詩書人生》第 122 頁，百花文藝出版社 2003 年 1 月第 1 版）

錢鍾書函中所引英文，許淵沖中譯若是："與會者用不著意見一致，同中存異是理所當然的，説到底，一致不但是單調的同義語，而且是單調的婉轉説法。"

錢鍾書的這種理念分明就是"各尊所聞 不必強同"的理論依據。治學如此，翻譯如此，詩歌翻譯更是如此。錢鍾書在《漢譯第一首英語詩<人生頌>及有關二三事》一文的第41條注釋中稱"但丁從聲調音韻（cosa per legame musaico armonizzata）著眼，最早就提出詩歌翻譯（della sua loquela in altra trasmutata）的不可能"。此外，錢鍾書對Frost與Morgentern關於詩歌翻譯的論述顯得格外看重，甚至可以説完全認同。他不僅在《漢譯第一首英語詩<人生頌>及有關二三事》一文率先介紹，而且在給許淵沖的信中兩次提及，即是明證。

錢鍾書畢竟是大家，因此心胸分外開闊。他以一句"並不奉為金科玉律也"回答許淵沖，表明其完全不將這種理念強加於這位西南聯大的學生。相反，他對許淵沖積極進行唐詩宋詞翻譯和翻譯詩歌研究的作法總是予以鼓勵。比如他稱贊許淵沖的英譯《唐詩一百五十首》和論文集《翻譯的藝術》"二書如羽翼之相輔，星月之交輝，足征非知者不能行，非行者不能知；空談理論與盲目實踐，皆當廢然自失"。又比如他稱贊許淵沖法譯《唐宋詞選一百首》"譯著兼詩詞兩體制，英法兩語種，如十八般武藝之有雙槍將，左右開弓手"。可以說，正是錢鍾書的讚揚和鼓勵。許淵沖方才成為了中國古代詩歌外譯的翹楚，被人譽為中國文化走向世界的典範。

六七　英人威利翻譯漢詩

錢鍾書《談藝錄》（增補本）第195頁稱：

英人Arthur Waley以譯漢詩得名。余見其*170 Chinese Poems*一書，有文弁首，論吾國風雅正變，上下千載，妄欲別裁，多暗中摸索語，可入《群盲評古圖》者也。所最推崇者，為白香山，尤分明漏泄。香山才情，昭映古今，然詞沓意盡，調俗氣靡，於詩家遠微深厚之境，有間未達。其寫懷學淵明之閒適，則一高玄，一瑣直，形而見絀矣。其寫實比少陵之真質，則一沉摯，一鋪張，況而自下矣。故余嘗謂：香山作詩，欲使老嫗都解，而每似老嫗作詩，欲使香山都解；蓋使老嫗解，必語意淺易，而老嫗使解，必詞氣煩絮。淺易可也，煩絮不可也。西人好之，當是樂其淺近易解，凡近易譯，足以自便耳。

（參觀《談藝錄》（增補本），中華書局 1984 年第 1 版）

英國人Arthur Waley，即亞瑟・韋利，近而立之年的時候，出了一本書，書名《*170 Chinese Poems*》。這位牛津大學的文學博士，刻苦學習中文，並從中國古詩裡挑出170首他最喜歡的詩，將它們一一譯成英文，然後結集出版，算是做了一件功德無量的好事，讓操英語的西方人知道中國人在詩歌創作上並不亞於他們。170首詩中，白居易的詩占了59首，一說62首。因此錢鍾書指出，韋利“所最推崇者，為白香山”。

韋利翻譯白居易的詩始於1916年，之後的1919年、1934年、1941年、1946年他又陸陸續續譯出不少，且都收入連連出版的中國詩歌集。1949年，他的專著*The Life and Times of Po Chu-i*，中文譯名為《白居易的生平與時代》在倫敦公開槧行，內中又添上了許多白居易的詩歌。這樣一來，韋利總共翻譯了200多首白居易詩歌。

韋利為什麼這樣喜歡翻譯白居易的詩歌？錢鍾書的答案是“西人

好之，當是樂其淺近易解，凡近易譯，足以自便耳”。白居易的詩的確“淺近易解”。公元859年，不為權貴所容而遭貶的“江州司馬”白居易，鬱鬱寡歡，潦倒而故。唐朝第十八位皇帝唐宣宗李忱寫了一首《吊白居易》的七言律詩，詩云：

“綴玉聯珠六十年，誰教冥路作詩仙。
浮雲不系名居易，造化無為字樂天。
童子解吟長恨曲，胡兒能唱琵琶篇。
文章已滿行人耳，一度思卿一愴然。”

詩中的“童子解吟長恨曲，胡兒能唱琵琶篇”兩句可以說是白居易詩歌“淺近易解”的最好印證。

下面不妨看看韋利是如何翻譯白居易的詩歌的。先看七言絕句《紅鸚鵡》

原文：

安南遠進紅鸚鵡，
色似桃花語似人。
文章辯慧皆如此，
籠檻何年出得身？

譯文：

The Red Cockatoo
Sent as present from Annam—
A red cockatoo
Coloured like the peach-tree blossom,
Speaking with the speech of men.
And they did to it what is always done
To the learned and eloquent.
They took a cage with stout bars
And shut it up inside.

對於這首詩的原文和譯文，呂叔湘曾評價若是：“以議論入詩，是大難事，唐人不長於此道。原詩平平，譯來亦即無從出色。將原詩意義全盤譯出，能事已盡。就譯論譯，此詩第三句譯得甚好。”

再看五言律詩《西風》：

原文：

西風

西風來幾日，一葉已先飛。
新霽乘輕屐，初涼換熟衣。
淺渠銷慢水，疏竹漏斜暉。
薄暮青苔巷，家僮引鶴歸。

譯文：

The Crane

The weastern wind has blown but a few days;
Yet the first leaf already flies from the bough.
On the drying paths I walk in my thin shoes;
In the first cold I have donned my quilted coat.
Through shallow ditches the floods are clearing away;
Through sparse bamboos trickles a slanting light.
In the early dusk, down an alley of green moss;
The garden-boy is leading the crane home.

呂叔湘的“將原詩意義全盤譯出，能事已盡”的評語似乎也可用在這首譯詩上。將標題《西風》改譯為The Crane，頗合情理；將“新霽”換譯為On the drying paths，與原詩並無扞格；將“熟衣”，即煮煉過的絲織品製成的衣服釋譯為quilted coat，亦在情理之中，能使譯語讀者更加容易接受。

六八　佛經翻譯中的聯邊詩

錢鍾書《談藝錄》（增補本）第308頁稱：

鄭清之《安晚堂集》卷十一《和林治中雪詩》第五首第一句：“貙貗貔狒貊貛貌”，自注：“見《爾雅·釋獸》連文。”又漁洋所引五七言諸例，頗及禪語。按釋典偈頌中，此例甚多。如鳩摩羅什譯《不思議光菩薩所説經》：“雁鴿鳩鴛鴦，俱出妙軟音”；支謙譯《菩薩本緣經》：“此身血肉成，骨髓肪膏腦”；唐譯《華嚴經·十地品》第二十六之二：“頭目耳鼻舌牙齒，手足骨髓心血肉”，甚類劉伯溫《二鬼》詩中句（“腸胃心腎肝肺脾，耳目口鼻牙舌眉。”）。他不勝舉。

（參觀《談藝錄》（增補本），中華書局 1984 年第 1 版）

鄭清之（1176–1251，浙江寧波人，南宋宰相）詩中的“軀貗麒狒貊玃貔”句，又稱“聯邊詩”。即詩句中的每個字的偏旁部首完全或基本相同，從而具有一種特別整齊的形式美。聯邊一說，源于劉勰《文心雕龍·練字》篇中的“半字同文者也”，系漢字特有的修辭方式。北宋黃庭堅曾寫有《戲題》詩：

逍遙近道邊，憩息慰憊懣。晴暉時晦明，謏語諧讜論。
草菜荒蒙蘢，室屋壅塵坌。僮僕侍伶側，涇渭清濁混。

全詩凡八句，每句都由偏旁部首相同的字組成，堪稱將聯邊詩做到了極致。首句寫行路，字皆從“走之”；次句寫情緒，字皆從“豎心”；三句寫天氣，故從日；四句寫劇談，字皆從言；五句寫荒草，字皆草頭；六句寫蝸居，字皆土底；七句寫身邊僮僕，字皆從“立人”；末句寫賢愚混雜如泥沙，故字皆從點水。整首詩，在外形上給人以整齊劃一的美感，在內容上則充分描繪了當時士大夫“一肚皮不合時宜”的孤憤清貧。

聯邊詩句最早出現在漢代的柏梁體詩中。相傳漢武帝與群臣在柏梁臺上共賦七言詩，漢武帝率先吟出“日月星辰和四時”，接下來一人一句，輪到第二十三位即太官令時，他便用了一句“枇杷橘栗桃李梅”。興許這就是聯邊詩句的肇始。

想不到的是，這種句式竟然在佛經翻譯者的筆下派上了用場。如鳩摩羅什譯經句“雁鶩鳩鴛鴦”，支謙譯經句“骨髓肪膏腦”可謂與聯邊詩句幾近一致。唐人譯經句“頭目耳鼻舌牙齒，手足骨髓心血肉”情形亦有些相仿。錢鍾書揭示的這一現象，使我們聯想到，這很可能是譯人們的一種巧妙借用，純屬根據原文演變出來的意譯，或者説是一種具有創新性的翻譯方式。

回過頭來，不妨討論一下如何將聯邊詩句，或者説將與聯邊詩類似的詩句譯成英文，一般而論，方法恐怕只能是直譯。比如毛澤東《菩薩蠻·大柏地》詞的首句"赤橙黃綠青藍紫"，筆者曾看到過四種英譯本，用的都是直譯的手法。

錢鍾書參與潤色譯本：Red,orange,yellow,green,blue,indigo,violet

許淵沖譯本：Red,orange,yellow,green,blue,indigo,violet

趙甄陶譯本：Red,orange,yellow,green,blue,indigo,violet

辜正坤譯本：Violet,blue,orange,yellow, indigo red and green

前三種譯本如出一轍，第四種譯本所用詞與前三種一模一樣，只是在排列上稍有不同，據譯者稱，完全是為了在音韻上與後面的譯句保持協調，才不得不進行這樣的調整。這四個頗有影響的譯本分明告訴我們，對於這樣的句式，直譯或許只能是唯一的選擇。

六九　譯筆可以勝過原著

錢鍾書《談藝錄》（增補本）第372–373頁稱：

近世歐美詩人中，戈蒂埃之名見於吾國載籍甚早，僅視美國之郎費羅稍後耳（參觀香港廣角鏡社版拙作《也是集》中《漢譯第一首英語詩及有關二三事》）。張德彝《再述奇》同治八年正月初五日記志剛、孫家穀兩"欽憲"約"法人歐建暨山西人丁敦齡者在寓晚饌"，又二月二十一日記"歐建請志、孫兩欽憲晚饌"。歐建即戈蒂埃；丁敦齡即Tin-Tun-Ling，曾與戈蒂埃女（Judith Gautier）共選譯中國古今人詩成集，題漢名曰《白玉詩書》（*Le Livre de Jade*, 1867）,頗開風氣（參觀Ingrid Schuster，*China und Japan in der deutschen Literatur 1890–1925*,1977,90）。張德彝記丁"品行卑污"，拐誘人妻女，自稱曾中"舉人"，以罔外夷，"現為歐建之記室。據外人云，恐其作入幕之賓矣。"戈氏之友記丁本賣藥為生，居戈家，以漢文授其兩女，時時不告而取財物（Emile Bergerat: "Je n' ai pas connu d' homme ayant l' emprunt plus silencieux que ce Céléste" - quoted in W.L.L.schwartz, *The Imaginative Interpretation of the Far East in Modern French Literature*, 1927,21；cf.22-3）。其人實文理不通，觀譯詩漢文命名，用"書"字而不用"集"或"選"字，足見一斑。文理通順與否，本不系乎舉人頭銜之真假。然丁不僅冒充舉人，亦且冒充詩人，儼若與杜少陵、李太白、蘇東坡、李易安輩把臂入林，取己惡詩多篇，俾戈女譯而虱其間。顏厚於甲，膽大過身，欺遠人之無知也。後來克洛岱爾擇《白玉詩書》中十七首，潤色重譯（*Autres Poèmes d' après le Chinois*），赫然有丁詩一首在焉（Tin-Tun-Ling；"L' Ombre des feuilles d' oranger" in Paul Claudel, *Oeuvre poétique*, la Pléiade，1967,947；cf.Judith Gautier, *Le Livre de Jade*, ed.Plon,1933,97）。未識原文作底語言，想尚不及《東陽夜怪錄》中敬去文、苗介立輩賦詠。此雖執談資笑枋，亦足以發。詞章為語言文字之結體賦形，詩歌與語文尤黏合無間。故譯詩者而不深解異國原文，或賃目於他人，或紅紗籠己眼，勢必如《淮南子·主術訓》所謂："瞽師有以言白黑，無以知白黑"，勿辨所譯詩之原文是佳是惡。譯者驅使本國文字，其功夫或非作者驅使原文所能及，故譯筆正無妨出原著頭地。克洛岱爾之譯丁敦齡詩是矣。

（參觀《談藝錄》（增補本），中華書局 1984 年第 1 版）

法國唯美主義詩人戈蒂埃（Theophile Gautier，1811–1872，同時亦為散文家、小説家）的長女裘蒂特（Judith Gautier，1845–1917，作家、翻譯家、評論家）在她的家庭中文教師丁敦齡（1831–1886，山西平陽人，秀才出身）的幫助下，"選譯中國古今人詩成集，題漢名曰《白玉詩書》"。這本詩集於1867年公開發行。是書共收24位詩人的71首詩，始於春秋時期，止於清朝末年。其中李白詩13首，杜甫詩14首，另外還收有蘇軾、李清照等人的詩。譯詩既無任何注解，亦無點滴介紹，只有譯詩本身。有後人評價説，這些譯詩完全是譯者的一種重新書寫或曰創作，從而令一首首傳統的中國古詩全都變成了一篇篇自然清新且又富有詩意的散文。可見錢鍾書判斷此詩集為"頗開風氣"，堪稱一語切中肯綮，實非虛妄語矣。

但想不到的是，詩集中竟然有丁敦齡的三首詩赫然在列。從來嫉惡如仇的錢鍾書不滿意了。他首先借助中國外交使節張德彝的記錄，將丁的種種劣行端了出來；其次批評丁"書"字、"集"字、"選"字不分，誤導裘蒂特給結集出版的譯詩取了一個"文理不通"的書名；再次，指責丁沽名釣譽，冒充舉人，冒充詩人，"儼若與杜少陵、李太白、蘇東坡、李易安輩把臂入林，取己惡詩多篇，俾戈女譯而虱其間”；複次，怒斥丁“顏厚於甲，膽大過身，欺遠人之無知也”。

《白玉詩書》付梓之後，另一位法國詩人克洛岱爾（Paul Claudel，1868–1955，同時亦為劇作家，外交官）從中選出17首，“潤色重譯”。又令人想不到的是內中“赫然有丁詩一首在焉”。無可奈何的錢鍾書對此又發了一通議論。正是這一番議論，彰顯出了他的諸多鞭辟入裡的詩歌翻譯理念。第一，譯詩者必須透徹瞭解詩歌原文的語言，不然的話，就會連傳奇小說中的所謂詩狐文怪都不如了。第二，譯詩者必須懂得“詞章為語言文字之結體賦形，詩歌與語文尤黏合無間”的道理，深刻理解所譯詩歌的原文，如果僅僅借助道聽塗說，或者為表面現象所迷惑，就分不清“所譯詩之原文是佳是惡”，成了一名盲樂師。盲樂師能夠用口說清白黑兩種顏色，卻無法用眼睛來辨別這兩種顏色。第三，如果譯詩者的譯語水準相當高，遠遠超過原詩作者的水準，那麼其譯出來的詩完全有可能勝過原詩。這一點無疑是錢鍾書將譯本反勝原作理念的再度重申。

丁敦齡的詩，抑或是他抄襲流傳於民間的打油詩，之所以能進入《白玉詩書》，完全是他欺騙他的學生裘蒂特的結果。他的詩之所以能進入克洛岱爾的眼簾，則應歸功於裘蒂特的英文譯筆好。丁敦齡的這種不當作法，無疑應當受到譴責。但如果換個角度評論，他畢竟幫助他的學生裘蒂特認識了中國的李白杜甫，蘇軾李清照等等著名的詩人。而且在裘蒂特翻譯的過程中，他也一定對這些詩人的這些詩歌作過一些解釋工作，也許只是秀才的他，這些解釋大概也不會差得很遠。“頗開風氣”的《白玉詩書》後來又不斷補充，不斷付梓，影響漸漸擴大，這中間，畢竟還是有丁敦齡的一份功勞的。

七〇　譯文成了詩人創作的素材

錢鍾書《談藝錄》（增補本）第583頁稱：

《（隨園詩話）補遺》卷五：“顏鑒堂希源有《百美新詠圖》，官鹽大使，蓋隱於下位者也。”按顏氏此詠，為後來吾國勝流所不屑道。子才假以齒牙，當是喜其詠“美人”，亦復憫卑官而小有才也。英人猥陋，遽以與《花箋記》合譯成一編（P.P.Thoms, *The Chinese Courtship*，1824），歌德得而寓目焉，取資詩才（*Chinesich-deutsche Jahres- und Tageszeiten*）。

（參觀《談藝錄》（增補本），中華書局 1984 年第 1 版）

《百美新詠圖》由清人顏希源編撰。是書收錄了楊貴妃、趙飛燕、西施、王昭君、蔡文姬等歷代名媛小傳百篇、袁枚等學人詠詞二百餘首，並由當時曾供奉清宮內廷的著名畫師王翽繪圖百幅，由是形成一部輯圖像、傳記、詩詞及書法于一體的文學瑰寶，不僅具有一定的學術價值，而且含有深厚的的文化內涵和藝術魅力。是書初刻于清季乾隆年間。“勝流”，名流也；“子才”即袁枚矣；“齒牙”，則是稱讚之謂。

《花箋記》全稱《第八才子書花箋記》。明末以街巷流行口語形式傳播，至清代，由鐘映雪編寫整理評注。是書寫書生梁亦滄與女子楊瑤仙、劉玉卿三人的戀愛故事。鄭振鐸所著《中國俗文學史》稱其寫“少年男女的戀愛心理、反復相思、牽腸掛肚，極為深刻、細膩。文筆也清秀可喜。”全書頗類章回小說，凡五十九回，以四字作目，每回多則二百多句，少則十多句。全書以文言為主，但插入不少廣州方言，遣詞造句，尤為活潑，很有特色。如“房中化物”一回，連用三字迭句，反復渲染而不覺繁冗：

“脂與粉，落池塘，有誰重（還）講理容光
碎寶鏡，破瑤琴，世間誰系（是）我知音
丟玉笛，碎琵琶，兩行珠淚濕羅紗
燒彩筆，擘花箋，妝台無望寫詩篇

焚雙陸，撒圍棋，因郎百事沒心情（沒心思）
銀箏破，碎牙牌，弦多亂點惱人懷
燒錦繡，化羅衣，妝整唔憂（不再）似舊時
焚繡線，拗金針，繡床冷落總無心”

1824年,相傳文化程度不是很高的英國“印刷工”Peter Perring Thoms在澳門一家工廠印製字典時，讀到了這兩部書，一見鍾情，立馬將兩書合二而一，以詩體形式急急忙忙“合譯成一編”，且在澳門、倫敦出版。錢鍾書謂其“猥陋”，調侃語也。兩年後，即1826年，俄國人據英文本譯成俄文，發表在《莫斯科電報》上。十年後，即1836年，德國人將其譯成德文。三十年後，即1866年，荷蘭人將其譯成荷蘭文，在印尼出版。1868年，英國第四任港督Sir John Bowring又以小說形式將其譯成英文，在倫敦出版。1871年，丹麥人將其譯成丹麥文，在哥本哈根出版。1876年，法國人將其譯成法文，在巴黎出版。此前，即18世紀初葉，《花箋記》曾先後在越南、日本民間流傳，影響之大，可睹一斑。

德國大詩人歌德曾在1827年2月3日的日記中談及自己讀過中國的《趙氏孤兒》、《玉嬌梨》、《今古奇觀》、《百美新詠》等書的譯文本。他不無感慨地說：“中國的小說，涉及禮教、德行與品貌諸多方面。正是這些方面的特徵，方才使中國具有了數千年的悠久歷史文明。”在歌德讀過的中譯本中，《花箋記》最令他感動不已，由是“取資詩才”，滿懷熱忱地寫下了動人的詩篇Chinesich-deutsche Jahres- und Tageszeiten，即《中德四季與晨昏雜詠》。

《中德四季與晨昏雜詠》包括14首抒情詩和格言詩。這14首詩形式上大多八句一首，四句一闋，與中國的古代格律詩庶幾近之。詩多採用中國特有的比興手法，寄情風、花、鳥、月等。特別是第八首，尤其像一幅生動活潑的中國水墨畫，充分體現了歌德對中國情趣和精神的模仿和追求。下面不妨領略一下這首詩的漢譯，據說譯文出自翻譯家錢春綺的手筆：

暮色徐徐下沉，景物俱已遠遁。長庚最早升起，光輝柔美晶瑩！
萬象搖曳無定，夜霧冉冉上升。一池靜謐湖水，映出深沉黑影。
此時在那東方，該有朗朗月光。秀髮也似柳絲，嬉戲在清溪上。
柳蔭隨風擺動，月影輕盈跳蕩。透過人的眼簾，涼意沁人心田。

七一　詩歌譯文可增進對原作的理解

錢鍾書《宋詩選注·序》第25頁第七次重印附記稱：

最近，我蒙日本國內山精野先生和韓國李鴻鎮教授寄贈本書的日語、韓語譯本，驚喜之餘，又深感慚憾。詩歌的譯文往往導引我們對原作增進理解和發現問題。我于日、韓兩語寡味無知，不能利用兩位的精心迻譯來修改一些注釋，是件恨事。

（參觀《宋詩選注》人民文學出版社 1989 年 9 月第 2 版，
1997 年 6 月北京第一次印刷）

錢鍾書的《宋詩選注》是其精心打造的力作之一。是書殺青於1957年六月，槧行於翌年九月。獲得海內外一片叫好聲。之後沉寂經年，直到1978年重印，方才撥開烏雲見青天。1992年，是書第七次重印，錢鍾書再一次寫了重印附記。這段話便是出自這篇附記。

“詩歌的譯文往往導引我們對原作增進理解和發現問題”這句話，無疑彰顯了錢鍾書的一種翻譯理念。眾所周知，一首名人創作的詩歌一經問世，往往注家蜂起。不同的讀者，由於閱歷不一，學識各異，情趣迥然，解讀也就大相徑庭。譯者的情形亦複如此。故不同譯者的不同譯文確實能夠增進人們對原作的理解，甚至能夠發現注解中的一些問題。

《宋詩選注》第266頁有葉紹翁的一首七言絕句，題為《遊園不值》：

應憐屐齒印蒼苔，小扣柴扉久不開。
春色滿園關不住，一枝紅杏出牆來。

錢鍾書寫有一條注解，不妨一引：

“這是古今傳頌的詩，其實脱胎于陸游《劍南詩稿》卷十八《馬上作》：‘平橋小陌雨初收，淡日穿雲翠靄浮；楊柳不遮春色斷，一枝紅杏出牆頭。’不過第三句寫得比陸游新警。《南宋群賢小集》第十冊有另一位‘江湖派’詩人張良臣的《雪窗小集》，裡面的《偶題》説：‘誰家池館靜蕭蕭，斜倚朱門不敢敲；一段好春藏不盡，粉牆斜露杏花梢。’第三句有閑字填襯，也不及葉紹翁的來得具體。這種景色，唐人也曾描寫，例如溫庭筠《杏花》：‘杳杳豔歌春日午，出牆何處隔朱門’；吳融《途中見杏花》：‘一枝紅杏出牆頭，牆外行人正獨愁’；又《杏花》：‘獨照影時臨水畔，最含情處出牆頭’；李建勳《梅花寄所親》：‘雲鬟自粘飄處粉，玉鞭誰指出牆枝’；但或則和其他的情景攙雜排列，或則沒有安放在一篇中留下印象最深的地位，都不及宋人寫得這樣醒豁。”

錢鍾書旁徵博引，指出葉紹翁的這首詩與唐宋五位詩人的詩句均有瓜葛，不過這些人的詩都敵不過葉紹翁。私心以為，宋人雖以詞獨領風騷，但有不少詩人的詩往往不讓唐人。

2000年，許淵沖曾將葉紹翁的這首詩譯為英文如是：

The green moss cannot bear the sabots whose teeth sting；
The wicket gate is close to me who tap and call.
The garden cannot shut up the full blooming spring；
An apricot stretches out a branch o’er the wall.

2003年，他又將此詩進行了重譯：

How could the green moss like my sabots whose teeth sting?
I knock long at the door but none answers my call.
The garden can’t confine the full beauty of spring；
An apricot extends a branch over the wall.

1981年，孫大雨（1905–1997，浙江諸暨人，詩人，翻譯家，莎士比亞研究專家，華東師範大學教授）的譯文為：

I repine at pressing clog-teeth prints on the deep green moss；

The brushwood door when knocked as I wait long doth not ope at all.

The ravishing beauties of the garden could not be contained：

A bough of glowing apricot blooms stretcheth out of the wall.

1999年左右，趙甄陶（1921–2000，湖南湘潭人，詩人，翻譯家，湖南師範大學教授）的譯文是：

Methinks clog-prints shall spare the garden moss:

I rap the gate, no answer to my call.

But lo! Spring splendor can't be shut therein:

A twig of apricots flames o'er the wall.

1992年左右，楚至大（1934—2010，翻譯家，華南理工大學教授）亦有譯文：

The keeper hates the clog prints on green moss, I'm sure,

That's why hardly can I knock open the wicket door.

But full of spring beauty it can't be shut wholly,

A red apricot branch stretches o'er the fence fully.

一詩五譯，大同之處頗多，小異所在亦不少，的確能使讀者"對原作增進理解"。不妨將原文第一句五種英譯回譯（back translation）一番：

1、蒼苔難忍屐齒印。

2、蒼苔豈忍屐齒印？

3、我恨屐齒印蒼苔。

4、我憂屐齒印蒼苔。

5、園主恨屐傷蒼苔。

原文第一句與第二句，從字面上看，似為一種因果關係。如果是這樣的話，楚譯最忠實，但有過於直白之嫌。倒是許譯能夠引發讀者的聯想，換言之，即能增進雙語讀者對原文的理解。

下編

錢鍾書翻譯實踐

錢鍾書的翻譯實踐，主要體現在五個方面。

首先是參與《毛澤東選集》和《毛澤東詩詞》的英譯。在這兩項工作中，他擔負的主要任務是審定譯稿與對譯文進行潤色。由於是集體運作，因此難以捕捉其具體翻譯的實際痕跡。

其次是《寫在人生邊上》、《寫在人生邊上的邊上》、《七綴集》等文章中，一些西方詩句、文句的中譯，這些譯句多為現代漢語語體。

再次是英文文章中一些中國古代詩句、文句的英譯，均系其青年時期所為。

復次是西方文論中譯，如《精印本<堂吉訶德>引言》、《關於巴爾扎克》、《弗·德桑克梯斯文論三則》、《外國理論家論形象思維》等，譯文語體全部是現代漢語，翻譯時間均在上個世紀五、六十年代。

第五是《談藝錄》、《管錐編》中的文句、詩句中譯。在兩部著作中，錢鍾書為了彰顯自己“東海西海，心理攸同；南學北學，道術未裂”的學術主張，往往在道出中國人的諸多理念與實例之後，旋以西方人的説法與案例加以印證。他先列出西方人説法與案例的外文原文，然後將它們轉換成中文。這些譯句，語體均為文言，與《談藝錄》、《管錐編》二書語體完全保持一致。

錢鍾書開榛辟莽，首倡翻譯“化境”論，又匠心獨運，標榜譯本“反勝原作”論，且從青衿之歲到白首之年，一直踐行二論。筆者將錢鍾書上述著作中的譯文細細品味，深感其譯文，無論是文言語體還是現代漢語語體，無不通達、流暢、秀美，處處閃爍著一流譯品的芬芳，可謂全是“化境”的產物，其中尤其不乏“反勝原作”的奇葩。

本編內容包括“錢鍾書英譯中一百例”、“法德意等語中譯五十例”、“《談藝錄》英譯中例句析評”、“《管錐編》英譯中例句析評”和“錢鍾書早年中譯英例句析評”五種。

七二　錢鍾書英譯中百例

《談藝錄》例句

1、This is an art

Which does mend nature, change it rather ,but

That art itself is Nature.

人藝足補天工，然而人藝即天工也。（莎士比亞語，第61頁）

2、In shape the perfection of the berry, in light the radiance of the dewdrop.

體完如櫻桃，光燦若露珠。（丁尼生評彭斯語，第114頁）

3、A poem round and perfect as a star.

詩好比星圓。（史密斯語，第114頁）

4、Poetry should strike the Reader as a wording of his own highest thoughts and appear almost a Remembrance.

好詩當道人心中事，一若憶舊而得者。（濟慈語，第255頁）

5、None can care for literature in itself who do not take a special pleasure in the sound of names.

凡不知人名地名聲音之諧美者。不足以言文。（史梯芬生語，第295頁）

6、and the earth looked black behind them, /as though turned up by plows. But it was gold, /all gold — a wonder of the artist' s craft.

犁田發土，泥色儼如黑。然此盾固純金鑄也，蓋藝妙入神矣。(荷馬史詩語，第318頁)

7、O! One glimpse of the human face, and shake of the human hand, is better than whole reams of this cold, thin correspondence, etc.

得與其人一瞥面，一握手，勝於此等枯寒筆墨百函千牘也。噫！(英國文學家蘭姆語，第320頁)

8、We have had the brow and the eye of the moon before; but what have we reserved for human beings, if their features and organs are to be lavished on objects without feeling and intelligence?

語已有月眉、月眼矣。復欲以五官百體盡予此等無知無情之物，吾人獨不為己身地耶。（華茲華斯語，第344頁）

9、To count chickens before they are hatched.

卵未抱而早計雛數。（英文諺語，第392頁）

10、A genius differs from a good understanding, as a magician from an architect；that raises his structure by means invisible, this by the skilful use of common tools.

天才與聰慧之別，猶神通之幻師迥異乎構建之巧匠；一則不見施為，而樓臺忽現，一則善用板築常器，經之營之。（愛德華·楊語，第411頁）

11、The common end of all narrative, nay, of all Poems is to convert a series in to a Whole: to make those events, which in real or imagined History move in a strait Line, assume to our Understandings a Circular motion—the Snake with it's Tail in it's Mouth.

事跡之直線順次者，詩中寫來，當使之渾圓運轉，若蛇自嘬其尾然。（柯爾律治語，第432頁）

12、I have thought some of nature's journeymen had made men, and not made them well, they imitated humanity so abominably.

其人似為大自然之學徒所造，手藝甚拙，象人之形而獰惡可憎。（莎士比亞語，第464頁）

13、One may remember the lion of medieval bestiaries who, at every step forward, wiped out his footprints with his tail, in order to elude his pursuers.

有如中世紀相傳，獅子每行一步，輒掉尾掃去沙土中足印，俾追者無可蹤跡。（西方評論家語，第466頁）

14、Why does a painting seem better in a mirror than outside it？

鏡中所映畫圖，似較鏡外所見為佳，何以故？（達文齊語，第483頁）

15、Wit, you know, is the unexpected copulation of ideas, the discovery of some occult relation between images in appearance remote from each other.

使觀念之配偶出人意表，於貌若漠不相關之物象察見其靈犀暗通。（約翰生語，第522頁）

16、Poetry, like schoolboys, by too frequent and severe corrections, may be cowed into Dullness.

詩苟多改痛改，猶學僮常遭塾師撲責，積威之下，易成鈍兒。（柯爾律治語，第557頁）

17、not so much plagiarism *totidem verbis* as that most fatal plagiarism whose originality consists in reversing well-known models.

非作抄胥之謂，乃取名章佳句為楷模，而故反其道，以示自出心裁，此尤抄襲之不可救藥者。（英國作家語，第561頁）

18、that particular kind of borrowing which thinks to disguise itself by inserting or extracting "nots".

取古人成説，是其所非，非其所是，顛倒衣裳，改頭換面，乃假借之一法耳。（西方學者語，第562頁）

19、They are to me original: I have never seen the notions in any other place; yet he that reads them here persuades himself that he has always felt them.

創辟嶄新，未見有人道過，然讀之只覺心中向來宿有此意。（約翰生語，第573頁）

20、Now I never wrote a "good" line in my life, but the moment after it was written it seemed a hundred years old. Very commonly I had a sudden conviction that I had seen it somewhere.

吾生平每得一佳句，乍書於紙，忽覺其為百年陳語，確信曾在不憶何處見過。（霍姆士語，第574頁）

21、For what is feebler than a shadow? And a dream of it!

影已虛弱，影之夢更虛弱於影。（普羅塔克語，第616頁）

22、For brevity to silence is next door.

簡短與靜默比鄰。（古希臘諺語，第618頁）

23、I seem rather to be seeking, as it were asking, a symbolical language for something within me that always and forever exists, than observing anything new. Even when that latter is the case, yet still I have always an obscure feeling as if that new phenomenen were the dim Awakening of a forgotten or hidden Truth of my inner Nature.

苦思冥搜，創見出新，而隱覺如久拋腦後或深藏心中之真理忽然省得記起。（柯爾律治語，第643頁）

24、Life is from want to want, not from enjoyment to enjoyment.（約翰生語，第627頁）

人生乃缺陷續缺陷，而非享受接享受。

《管錐編》例句

第一冊

25、like a purge which drives the substance out and then in its turn is itself eliminated

比如瀉藥，腹中物除，藥亦泄盡　（古希臘人語，第13頁）

26、Everything has two handles.

萬物各有二柄。（斯多噶派哲人語，第37頁）

27、Unity in variety.

一貫寓於萬殊。（古希臘人語，第52頁）

28、Every valley shall be exalted, and every mountain and hill shall be made low.

谷升為陵，山夷為壤。（《舊約全書》語，第53頁）

29、Darkness came down on the field and the city: and Amelia was praying for George, who was lying on his face, dead, with a bullet through his heart.

夜色四罩，城中之妻方祈天保夫無恙，戰場上之夫僕臥，一彈穿心，死矣。（《名利場》語，第69頁）

30、Where the lion's skin will not reach, it must be patched out with the fox's.

獅韗不足，狐皮可續。（古斯巴達名將語，第188頁）

31、For where no hope is left is left no fear.

無希冀則亦無恐怖。（《失樂園》語，第204頁）

32、Now is our position really dangerous, since we have left for ourselves none to make us either afraid or ashamed.

外無畏忌，則邦國危殆。（古希臘人語，第218頁）

33、Even as I bear sorrow in my heart, but my belly ever bids me eat and drink, and brings forgetfulness of all that I have suffered.

吾雖憂傷，然思晚食。吾心悲戚，而吾腹命吾飲食，亦可稍忘苦痛。（荷馬史詩語，第239頁）

34、Nor aught so good but strain'd from that fair use

Revolts from true birth, stumbling on abuse.

Virtue itself turns vice, being misapplied.

善事而不得當，則反其本性，變成惡事。道德乖宜則轉為罪過。（莎士比亞語，第244頁）

35、Virtues and vices have not in all their instances a great landmark set between them, like warlike nations separate by prodigious walls, vast seas, and portentous hills; but they are oftentimes like the bounds of a parish.

善德與過惡之區別，非如敵國之此疆彼圉間以墉垣關塞、大海崇山，界畫分明，而每似村落之比連鄰接。（西方文人語，第244-245頁）

36、Nature is only to be commanded by obeying her.

非服從自然，則不能使令自然。（培根語，第312頁）

37、That is not true. But perhaps it ought to be.

雖不實然，而或當然。（亞里斯多德語，第314頁）

38、he loved treachery but hated a traitor

其事可喜，其人可憎。（羅馬大帝凱撒語，第341頁）

39、will make black white; foul, fair;

Wrong right; base, noble; old, young; coward, valiant

…

This yellow slave.

倒黑為白、轉惡為美、移非為是、（化卑為尊）、變老為少、改怯為勇之黃奴。（莎士比亞語，第386頁。又"化卑為尊"系引者添譯）

第二冊

40、Now if nature makes···nothing in vain, the inference must be that she has made all animals for the sake of man.

苟物不虛生者，則天生禽獸，端為人故。（亞里斯多德語，第418頁）

41、the cloud, with its edge first invisible, then all but imaginary, then just felt when the eye is not fixed on it, and lost when it is, at last rises.

天際片雲，其輪廓始則不可見，漸乃差許意會，然後不注目時才覺宛在，稍一注目又消失無痕。（羅斯金語，第432頁）

42、Two distinct, division none.

可判可別，難解難分。（西方人語，第444頁）

43、 Without contraries is no progression. Attraction and Repulsion, Reason and Energy, Love and Hate, are necessary to Human existence.

無反則無動：引與拒、智與力、愛與憎、無之人不能生存。（布萊克語， 第446頁）

44、Heard melodies are sweet, but those unheard

Are sweeter

可聞曲自佳，無聞曲逾妙。（濟慈語，第450頁）

45、The immortals apportion to man two sorrows for every boon they grant.

上天錫世人一喜，必媵以二憂。（古希臘詩人語，第463頁）

46、There is no effort on my brow.

吾無幾微用力之容。（英國詩人語，第471頁）

47、First, that I was born a human being and not one of the brutes; next, that I was born a man and not a woman; thirdly a Greek and not a barbarian.

吾生得為人而不為畜，是一福也；得為男而不為女，是二福也；得為希臘上國之民而不為蠻夷，是三福也。（希臘哲學家泰理斯語，第478頁）

48、I was almost petrified at the sight of a lion. The moment I turned about, I found a large crocodile. On my right hand was the piece of water, and on my left a deep precipice.

吾忽見一獅當路， 驚駭欲僵，回顧身後則赫然有巨鱷在；避而右，必落水中，避而左，必墜崖下。（詼諧小說語，第575頁）

49、When heaven shall cease to move on both the poles,
And when the ground, whereon my soldiers march,
Shall rise aloft and touch the horned moon.

欲我弭兵，須待天止不運，地升接月。（英國名劇中霸王語，第603頁）

50、You who stand sitting still to hear our play,
Which we tonight present you here today.

請諸君兀立以安坐，看今晝之夜場戲文。（英國舊諧劇語，第605頁）

51、An unshap' d kind of Something first appear' d.

有物未形，先天地生。（西方詩人語，第612頁）

52、Because it' s Sunday---all the time
And Recess---never comes.

無間歇之星期日。（西方詩人語，第646頁）

53、The Prof. was overflowing with information with regard to everything knowab' e and unknowable. This cuss seemed to be nothing if not a professor.

滔滔汩汩，橫流肆溢，事物之可知與夫不可知者，蓋無所不知。此傖直是大學教授而已。（美國哲人語，第660頁）

54、For men who are fortunate all life is short, but for those who fall into misfor-tune one night is infinite time.

幸運者一生忽忽，厄運者一夜漫漫。（古希臘詩人語，第671-672頁）

55、At this very moment there is proceeding, unreproved, a blasphemous celebration of the birth of Shakespeare, a lost soul now suffering for his sins in hell.

世上紀念莎士比亞生辰，地獄中莎士比亞方在受罪。（西方虔信基督教者語，第688頁）

56、Each of us, then, is but a tally of a man and each is ever searching for a tally that will fit him.

男女本為同氣並體，誕生則析而為二，彼此欲返其初，是以相求相愛；如破一骰子，各執其半，庶若左右符契之能合。（柏拉圖語，第695頁）

57、A smart teacher never teaches a pupil all his tricks.

良師必不盡其道授弟子。（西方諧語，第728頁）

58、None e' er learnt the art of bow from me, who did not in the end make me his target; no one learnt rhetoric from me, who did not make me the subject of a satire.

以我為弓矢之鵠招者，曾從我學射也；以我為嘲諷之題目者，曾從我學文者也。（波斯古詩人語，第728頁）

59、Hypocrisy is sometimes the beginning of virtue.

真善每托始於偽善。（西方學人語，第807頁）

60、Having such a mug, Olympycus, go not to a fountain nor look into any transparent water, for you, like Narcissus, seeing your face clearly, will die, hating yourself to death.

尊範如此，奉勸莫臨清可鑒人之水。水仙花前身為美男子，池中睹己影，慕戀至喪厥軀；君若自見陋容，必憎恨飲氣而死。（古希臘詩人語，第818頁）

第三冊

61、Get a livelihood, and then practice virtue.

先謀生而後修身。（柏拉圖語，第899頁）

62、Tomorrow come never.

明日遙無日。（英文諺語，第901頁）

63、The wheel goes round, and of the rim now one
And now another part is at the top.

輪轉不息，輪邊各處乍視在上，忽焉在下。（古希臘詩人中語，第927頁）

64、I hold the Fates bound fast in iron chains,
And with my hand turn Fortune's wheel about;
And sooner shall the sun fall from his sphere
Than Tamburlaine be slain or overcome.

吾桎梏命運之神，手奪其輪而自轉之，天日墮場，吾終不敗。（英國名劇中霸王語，第928頁）

65、When you have seen one of my days, you have seen a whole year of my life; they go round and round like the blind horse in the mill, only he has the satisfaction of fancying he makes a progress, and gets some ground; my eyes are open enough to see the same dull prospect, and to know that having made four-and-twenty steps more I shall be just where I was.

君見我一日作麼生，便悉我終年亦爾。日日周而復始，團轉如牽磨之瞎馬；顧馬自以為逐步漸進，而我則眸子瞭然，知前程莫非陳跡，自省行二十四步後，依然在原處耳。（西方詩人語，第929-930頁）

66、You could not step into the same rivers, for other waters are ever flowing on to you; Into the same rivers we step and do not step: we are and are not.

重涉已異舊水，亦喪故我；我是昔人而非昔人，水是此河而非此河。（古希臘哲人語，第933頁）

67、"Cabbage-sticks". A fair metaphorical title for at least some chapters in any rational being's autobiography. So tall! so polished! so finely knotted! so suggestive of a real oak-plant! and so certain to crack at the first serious strain!

不見黃芽菜幹乎？高挺、潤澤，又具節目，儼然橡木杖也，而稍一倚杖，登時摧折。人苟作自傳追溯平生，則可以'菜幹杖'寓意作標題者，必有數章焉。（英國作家語，第946頁）

68、The true tears are those which are called forth by the beauty of poetry.

讀詩至美妙處，真泪方流。（西方作家語，第949頁）

69、A friend in power is a friend lost.

朋友得勢位，則吾失朋友。（西方文人語，第995頁）

70、Every good poet includes a critic: the reverse will not hold.

善作者即兼是評者，而評者未遽善作。（西方文人語，第1052頁）

71、Jewels at nose and lips but ill appear;

Rather than all things Wit, let none be there.

通篇皆雋語警句，如滿頭珠翠以至鼻孔唇皮皆填嵌珍寶，益妍得醜，反不如無。（西方名家語，第1200頁）

第四冊

72、Fie, fie upon her!

There's language in her eye, her cheek, her lip;

Nay her foot speaks.

咄咄！若人眼中、頰上、唇邊莫不有話言，即足亦解語。（莎士比亞語，第1222頁）

73、Some books are to be tasted, other to be swallowed, and some few to be chewed and swallowed.

書有只可染指者，有宜囫圇吞者，亦有須咀嚼而消納者。（培根語，第1229頁）

74、Just as we see the bee setting on all the flowers, and sipping the best from each, so also those who aspire to culture ought not to leave anything untasted, but should gather useful knowledge from every source.

獨不見蜜蜂乎，無花不采，吮英咀華，博雅之士亦然，滋味遍嘗，取精而用弘。（古希臘作家語，第1251頁）

75、I have lived too long near Lord Byron and the sun has extinguished the glowworm .

吾與拜倫遊處，不復能作詩，如螢火為旭日所滅。（雪萊語，第1256頁）

76、"Every little helps," as the old lady said, when she pissed in the sea.

老嫗小遺于海中，自語曰"不無小補！"（英文俚語，第1257頁）

77、now reigns

Full-orb' d the moon, and, with more pleasing sight,

Shadowy sets off the face of things---in vain,

If none regard.

圓月中天，流光轉影，物象得烘托而愈娛目，然了無人見，平白地唐捐耳。（彌爾頓語，第1349頁）

78、What, if the sea far off,

Do make its endless moan;

What, if the forest free

Do wail alone;

And the white clouds soar

Untraced in heaven from the horizon shore?

遠海哀呻不息，風林淒吟莫和，遙空白雲飛度，亦無仰望而目送者。（西方文人語，第1350頁）

79、Like far-off mountains turned into clouds.

山遠盡成雲。（莎士比亞語，第1387頁）

80、In summer I' m disposed to shirk,

As summer is no time for work.

In winter inspiration dies

For lack of outdoor exercise.

In spring I' m seldom in the mood,
Because of vernal lassitude.
The fall remains. But such a fall!
We' ve really had no fall at all.

炎夏非勤劬之時；嚴冬不宜出戶遊散，無可即景生情，遂爾文思枯涸；春氣困人，自振不得；秋高身爽，而吾國之秋有名乏實，奈何！（美國詩人語，第1408頁）

81、After a certain age every milestone on our road is a gravestone, and the rest of life seems a continuance of our own funeral procession.

人至年長，其生涯中每一紀程碑亦正為其志墓碑，而度餘生不過如親送己身之葬爾。（西方哲人語，第1439-1440頁）

82、The fortunate always believe in a just Providence.

得意走運人皆信天有公道。（西方文人語，第1454頁）

83、If all seas were ink and all rushes pens and the whole Heaven parchment and all sons of men writers, they would not be enough to describe the depth of the mind of the Lord.

海水皆墨汁，蘆葦皆筆，天作羊皮紙，舉世人作書手，尚不足傳上帝之聖心。（猶太古經語，第1482頁）

84、The gulls, the cloud calligraphers of windy spirals before a storm.

海鷗為風波欲起時於雲上作螺文之書家。（西方詩人語，第1483頁）

85、The studious head must also bring with it a pure heart and a well-rectified spirit. I could almost say that Ethics is the best Logic.

深思劬學，亦必心神端潔。吾欲視道德為最謹嚴之名辯。（英國哲人語，第1506頁）

86、I have somewhere heard or read the frank confession of a Benedictine abbot： "My vow of poverty has given me an hundred thousand crowns a year; my vow of obedience has raised me to the rank of a sovereign Prince" ---I forget the consequences of his vow of chastity.

偶憶一大寺長老自言："吾誓守清貧之戒，遂得歲入十萬金；吾誓守巽下之戒，遂得位尊等王公；其誓守貞潔之戒所得伊何，惜余忘之矣"。（英國歷史學家吉朋語，第1515頁）

87、so they were engaged in an unending toil, and the end with victory came never to them, and the contest was ever unwon.

驅而無息，競而無終，勝負永無定（古希臘詩人語，第1523-1524頁）

88、For ever wilt thou love, and she be fair!

彼其之子愛將永不弛，彼姝者子色復終不衰。（濟慈語，第1524頁）

89、The end justifies the means.

目的正，則手段之邪者亦正。（西方耶穌會語，第1541頁）

90、Such were the fruits of enforced celibacy.

勉強獨身，得果如斯！（馬丁・路德語第1542頁）

第五冊

91、like that of a looking-glass, which is never tired or worn by any multitude of objects which it reflects.

有若鏡然，照映百態萬象而不疲不敝。（愛默生語，第10頁）

92、the light lonely touch of his paddle in the water, making the silence appear deeper.

孤舟中一人蕩槳而過，擊汰作微響，愈添畢靜。（美國作家霍桑語，第16頁）

93、I never could dance in fetters.

擊鏈而舞，非吾所能。（英國詩人語，第17頁）

94、Who pained the lion, tell me who?

彼畫獅者誰乎？曷語我來！（喬叟語，第22頁）

95、riches and power are attended and followed by folly, and folly in turn by licence; whereas poverty and lowliness are attended by sobriety and moderation.

富貴使人愚昧恣肆，而貧賤使人清明在躬、嗜欲有節。（古希臘人語，第22-23頁）

96、I think a great beauty is most to be pitied. She completely outlives herself.

大美人最可憐；其壽太長，色已衰耗而身仍健在。（英國畫家語，第30頁）

97、Men are good in one way, but bad in many.

人之善者同出一轍，人之惡者殊塗多方。（西方諺語，第54-55頁）

98、See the mountains kiss high heaven,

And the waves clasp one another;

…

What are all these kissings worth,

If thou kiss not me?

曷觀乎高嶺吻天，波浪互相抱持，……汝若不與我吻抱，此等物象豈非虛設？（雪萊語，第75-76頁）

99、The last and greatest art---the art to blot.

善於抹去，則詩功至矣盡矣，莫大乎此矣。（西方作家語，第90頁）

100、All similes are true and most metaphors are false.

明比皆真，暗喻多妄。（當代思辯家語，第132頁）

七三　錢鍾書中譯法德意等語五十例

以下譯句源於《七綴集》、《寫在人生邊上的邊上》、《談藝錄》、《管錐編》等書。通曉多種外文的錢鍾書，不僅英譯中首屈一指，而且將其他文字轉換為中文的水準亦臻上乘。

《七綴集》

1、Grade das Gegentheil tun ist auch eine Nachahmung.

反其道以行也是一種模仿。（列許登堡語，第1頁）

2、Item poema Ioquens pictura, pictura tacitum poema debet esse.

正如詩是說話的畫，畫是靜默的詩。（古希臘詩人語，第6頁）

3、Un affreux soleil d'où rayonne la unit.

一個可怕的黑太陽耀射出昏夜。（雨果詩句，第42頁）

4、Le allodole sgranavano nel cielo le perle del loro limpido gorgheggio.

一群雲雀兒明快流利地咭咭呱呱，在天空裡撒開了一顆顆珠子。（貝利語，第67頁）

5、La Chioccetta per l'aia azzurra

Va col suo pigoliò di stelle.

碧空裡一簇星星嘖嘖喳喳像小雞兒似的走動。(帕斯科里語，第73頁)

《寫在人生邊上的邊上》

6、le style, c'est l'homme.

文如其人。（由布封語引申，第84頁）

7、Die Philosophie ist eigentlich Heimwhe, ein Trieb, ueberall zu Hause zu sein.

哲學其實是思家病，一種要歸居本宅的衝動。（諾梵立斯語，第129頁）

8、la illuninazione di Prete Cuio

Che con di moltilumi facea buio.

傻和尚點燈，愈多愈不明。（意大利諺語，第143頁）

《談藝錄》

9、Ma la natura la dà sempra scema,
similemente operando all' artista
c' ha l' abito dell' arte e man che trema.
造化若大匠制器，手戰不能如意所出，須人代之斫笵。（但丁語，第61頁）

10、Nequicquam deus abscidit
prudens oceano dissociabili
terras, sit amen impiae
non tangenda rates, transiliunt vada.
彼蒼慮密，設海為防。天塹所限，剖地分疆。唯人罔上，欲以舟航。（賀拉斯送維吉爾句，第255頁）

11、Dans le style poétique, chaque mot retentit comme le son d' une lyre, bien montée, et laisse toujours après lui un grand nombre d' ondulations.
詩中妙境，每字能如弦上之音，空外餘波，嫋嫋不絕。（儒貝爾語，第276頁）

12、das Didaktische im Poetischen aufzulösen wie Zucker oder Salz im Wasser.
詩可以教誨，然教誨必融化於詩中，有若糖或鹽之消失于水內。（瑞士小說家凱勒語，第334頁）

13、La pensée doit être cachée dans les vers comme la vertu nutritive dans un fruit. Un fruit est nourriture, mais il ne paraît que délice. On ne perçoit que du plaisir, mais on reçoit une substance.
詩歌涵義理，當如果實含養料；養身之物也，只見為可口之物而已。食之者賞滋味之美，渾不省得滋補之力焉。（法國詩人瓦勒里語，第335頁）

14、sed dum abest quod avemus, id exsuperare videtur

cetera; post aliut, cum contigit illud, avemus
et sitis aequa tenet vitai semper hiantis.

一願未償，所求惟此，不計其餘；及夫意得，他欲即起。人處世間，畢生燥渴，蓋無解時，嗷嗷此口，乞漿長開。（羅馬詩人盧克來修語，第350頁）

15、Écrivains, meditez beaucoup et corrigez peu. Faites vos ratures dans votre cerveau.

多用心想，少用筆改。在頭腦中塗抹修削。（雨果語，第539頁）

《管錐編》第一冊

16、Mit dem Grund ist die Folge gegeben, mit der Grund aufgehoben.

有因斯得果，成果已失因。（馮德《心理學》引語，第3頁）

17、J'ai la plume féconde et la bouche stérile.

吾口枯脊，吾筆豐沃。（高乃依語，第311頁）

18、Nam beneficia eo usque laeta sunt, dum videntur exsolvi posse: ubi multum antevenere, pro gratia odium redditur.

臣之功可酬者，則君喜之；苟臣功之大，遠非君所能酬，則不喜而反恨矣。（古羅馬史家語，第339頁）

19、L'argent est rond pour rouler, mais il est plat pour l'amasser.

錢形圓所以轉動也，而錢形又扁所以累積也。（法國諺語，第384頁）

《管錐編》第二冊

20、Plura sunt in sensibus oculorum quam in verbis vocibusque colorum discrimina.

目所能辨之色，多於語言文字所能道。（古希臘文學家語，第408頁）

21、sein Absolutes für die Nacht ausgeben, worin alle Kühe schwarz sind.

玄夜冥冥，莫辨毛色，遂以為群牛皆黑。（黑格爾譏笑謝林語，

第414頁）

22、En littérature, on commence à chercher l' originalité laborieusement chez les autres, et très loin de soi, ··· plus tard on la trouve naturellement en soi ··· et tout près de soi.

文人欲創新標異，始則旁搜遠紹，終乃天然成現，得於身己，或取之左右。（龔固《日記》語，第452頁）

23、Il y a si grandes révolutions dans les choses et dans les temps, que ce qui paraît gagné est perdu et ce qui semble perdu est gagné.

時事轉換反復，似得卻失，似失卻得。（17世紀法國政治家Richelieu語，第462頁）

24、O métamorphose mystique,
De tous mes sens fondus en un!

神變妙易，六根融一。（西方神秘宗語，第483頁）

25、D' aussi loin qu' on se souvienne, l' homme a été habité par trios rêves: voler, connaître l' avenir et ne pas mourir.

有史以來，世人心胸中即為夢想三端所蟠據：飛行也，預知未來也，長生不死也。（當代一法國文學家語，第694頁）

26、Das Wort ist ein Fächer! zwischen den Stäben
Blicken ein paar schöne Augen hervor,
Der Fächer ist nur ein lieblicher Flor,
Er verdeckt mir zwar das Gesicht,
Aber das Mädchen verbirgt er nicht,
Weil das Schönste, was sie besitzt,
Das Auge, mir ins Auge blitzt.

文詞如美人手中扇，遮面而露目，目固面上之最動人處也，已與余目成矣！（歌德詩句，第722頁）

《管錐編》第三冊

27、Viele Köche verderben den drei

庖人多則敗羹。（德國諺語，第872頁）

28、Les cabellos, come Iirios; mis dientes de topacios.

髮如白蓮花，齒如黃蜜蠟。（《堂吉訶德》中語，第1045頁）

29、c' est ainsi qu' an cherche souvent á rabaisser les talents auxquels on ne saurait atteindre.

高攀而莫及，遂賤視而不屑。（伏爾泰語，第1053頁）

30、ergo fungar vice cotis, acutum

redder quae ferrum valet exsors ipsa secandi;

munus et officium nil scribens ipse, docebo.

不自作而教人作，乃吾之職也，若砥礪然，己不能割斷，而能磨刀使利。（古羅馬人論作詩語，第1054頁）

31、Je plie et ne romps pas.

吾躬能屈，風吹不折。（西方寓言中蘆葦對橡樹語，第1082頁）

32、Poi chi pinge figura,

se non può esser lei, non la può porre.

欲畫某物，必化為其物，不爾則不能寫真。（但丁語，第1190頁）

33、Quelquefois dans sa course un esprit vigoureux

Trop resseré par l' art, sort des règles prescrites,

Et de l' art même apprend à franchir leurs limites.

才氣雄豪，不局趣於律度，邁越規矩，無法有法。（西方古典主義論為文語，第1193頁）

34、il trasgredir le regole è stato un mezzo di far meglio.

破壞規矩乃精益求精之一術。（西方學人語，第1194頁）

35、C' est une ombre au tableau qui lui donne du lustre.

若非培塿襯，爭見太山高。（西方學人語，第1199頁）

《管錐編》第四冊

36、ego apis Matinae

more modoque

grata carpentis thyma per laborem

plurimum circa nemus uvidique

Tiburis ripas operosa parvus

carmina fingo.

吾辛苦為詩，正如蜜蜂之遍歷河濱花叢，勤劬刺取佳卉。（西方學人語，第1251頁）

37、apes debemus imitari et quaecumque ex diversa lectione congessimus, separare, melius enim distincta servantur, deinde adhibita ingenii nostri cura et facultate in unum saporem varia illa libatamenta confundere, ut etiam si apparurit unde sumptum sit, aliud tamen esse quam unde sumptum est, apparurit.

當以蜂為模範，博覽群書而匠心獨運，融化百花以自成一味，皆有來歷而別具面目。（哲學家教子侄讀書作文語，第1251-1252頁）

38、Les abeilles pillotent oeça dèlà les fleurs, mais elles en font apres le miel, qui est tout leur; ce n' est plus thin ny marjolaine.

蜂採擷群芳，而蜜之成悉由於己，風味別具，莫辨其來自某花某卉。（蒙田鼓勵兒童隨意流覽語，第1252頁）

39、man das Romantische des wogende Aussummen einer Saite oder Glocke nennt, in welchem die Tonwoge wie in immer ferneren Weiten verschwimmt und endlich sich verliert in uns selber und, obwohl aussen schon still, noch innen lautet.

琴籟鐘音，悠悠遠逝，而裊裊不絕，耳傾已息，心聆猶聞，即證此境。（讓・保羅論浪漫境界，舉荷馬史詩句，第1364頁）

40、Déjà je vois sous ce rivage

La terre jointe avec les cieux

Faire un chaos délicieux

Et de l'onde et de leur image.

水裡高天連大地，波光物影兩難分。（拉辛語，第1387頁）

41、Bona nemini hora est ut non alicui sit mala.

己作樂而不使他人累苦者，世無其事也。（古羅馬詩人語，第1491頁）

42、Ces vers sont de mon flamme une prevue évidente,

Et tous ces traits de pourpre en font voir la grandeur;

Cruelle, touche-les pour en sentir l'ardeur;

Cette écriture fume, elle est encore ardente.

觀字色殷紅欲燃，見吾情如炎炎大火；觸字覺蒸騰發熱，傳吾心之烈烈猛焰。（17世紀一法國詩人詩中語，第1500頁）

《管錐編》第五冊

43、und ebenso ist es mit dem geheimnisvollen Strome in den Tiefen des menschlichen Gemütes beschaffen, die Sprache zählt und nennt and beschreibt seine Verwandlungen, in fremden Stoff; die Tonkunst strömt ihn uns selber vor.

人心深處，情思如潛波滂沛，變動不居。以語言舉數之，名目之，抒寫之，不過寄寓於外物異體；音樂則動中流外，自取乎己，不乞諸鄰者也。（德國浪漫主義評論家稱聲音比語言更親切語，第7頁）

44、Todos los duelos con pan buenos.

肚子吃飽，痛苦能熬。（《堂吉訶德》中語，第24頁）

45、La sperienza non falla mai, ma sol fallano ivostri giudizi.

感受不誤，誤出於推斷。（達芬奇語，第27頁）

46、Et le poète qui feint, et le philosophe qui raisonne, sont également, et dans le même conséquents, consequents ou inconséquents.

詩人臆造事情，不異哲人推演事理，有條貫與無條貫之別而已。

（費德羅論想像語，第46頁）

47、Stulto simulare in loco, prudentia est.

故作癡愚而適合時宜，即是明哲。（哲學家康帕內拉文中引語，第85頁）

48、Was aber schön is, selig scheint es in ihm selbst.

物之美者，發光自得。（19世紀德國詩人莫里克詩中語，第103頁）

49、Willstusein bei Hofe da?

Ei, so lerne sprechen Ja!

在朝欲得志，必學道個“是”！（德國古詩人句，第223頁）

50、Senza il piano, non si può avere il rilievo; senza un periodo di apparente calma, non si può avere l' istante della commozione violenta.

無平夷則不見高峻，無寧靜則不覺震盪。（克羅齊語，第233頁）

七四　錢鍾書早年中譯英例句析評

1934年，二十四歲的錢鍾書在當年第七期的英文期刊*The China Critic*（《中國評論家》）上發表了一篇英文學術論文，題目為A Chapter in the History of Chinese Translation（參觀《錢鍾書英文文集》，外語教學與研究出版社， 2005年版）。是文中，有五則中國名人名句的英文譯文，無疑是由錢鍾書翻譯的。

在這段時間內，錢鍾書發表過兩篇談論翻譯的文章。一篇是《英譯千家詩》，載1932年11月14日《大公報》。文中，錢鍾書亮出了翻譯“寧失之拘，毋失之放”的觀點。另一篇是《論不隔》，載1934年7月《學文月刊》第一卷第三期。文中，錢先生引馬太·安諾德一語，即“在原作和譯文之間，不得障隔著煙霧”。竊以為，錢鍾書英譯的這五則中文，恰好體現了這兩種理念，即“不拘”，“不隔”。

第一則中文是孔子名句：言之無文，行之不遠。

錢鍾書的譯文是…messages conveyed in plain and unadorned language

have no lasting value.

以正面著筆譯“言之無文”，謂之不隔；以have no lasting value譯“行之不遠”謂之不拘。

第二則中文是嚴復名句：譯事三難，信達雅。

錢鍾書的譯文是…three things to be requisite in a good translation：fidelity, intelligibility and polished style.

將“難”轉為to be requisite，在translation之前添一good，“譯事三難”之意盡在這種不拘、不隔的巧妙運作之中。“雅”字的譯法更是了得。唾手可得的elegant，錢鍾書不用，而代之以polished style，這才是至情至理的不隔。

第三則中文是吳汝綸回覆嚴復信中的一句話：來示謂“行文欲求爾雅，有不可闌入之字，改竄則失真，因任則傷潔”，此誠難事。鄙意與其傷潔，毋寧失真。凡瑣屑不足道事，不記何妨。

錢鍾書的譯文是You (Yen Fu) said：“The style should be refined of course. But in the original, there are expressions which are not of good taste and ought to be left untranslated to keep the style pure. Hence the dilemma: if I alter those expressions, I am not faithful to the original; if, on the other hand, I let them stand, I spoil the style of my translation.” This is a difficulty indeed! My humble opinion is that you should rather be unfaithful to the original than unrefined in your style. Vulgarity in style is ungentlemanly.

回譯錢鍾書譯文中的嚴復語，當是：“文字表達理當潤色，不過，原文亦有不雅之處（不可闌入之字），只能不譯，以求文字的純正。若將這些不雅之處換以其他說法，即是對原文的不信；若維持現狀，則又有損譯文的秀美，實在是令人左右為難。”錢鍾書的英文譯文與原文之間可謂沒有半點煙霧。這段話中的吳汝綸語“此誠難事。鄙意與其傷潔，毋寧失真”，錢鍾書譯得絲毫不隔；吳汝綸語“凡瑣屑不足道事，不記何妨”的翻譯則是完全不拘。

第四則中文是吳汝綸為嚴復所譯名著《天演論》所做序中一句話：自吾國之譯西書，未有能及嚴子者也。……然欲儕其書于太史氏、楊氏之列，吾知其難也；即欲儕之唐宋作者，吾亦知難也。嚴子一文之，而其書乃駸駸與晚周諸子相上下，然則文顧不重耶。

錢鍾書的譯文是One can translate books only with such a style as Mr. Yen's . ··· As a man of letters, Huxley is not a patch on our Tang and Sung prose masters, let alone Ssume Ch'ien and Yang Yung. But once dressed by Mr. Yen, Huxley's book would not suffer much in comparison with our Pre-Chin philosophers. How important style is !

亦不妨以回譯之法檢驗譯文是否與原文相當："能以這樣的文筆譯書，惟有嚴君。作為一名作家，赫胥黎遠不及唐宋散文大師，遑論司馬遷和楊雄了。但經過嚴君一番包裝，其作品足可以與先秦哲學家們比肩。可見文筆之重要！"透過回譯，不難發現，錢鍾書以不拘的手法，或添加，或調整，使英文譯文囊括了原文的全部內容，從而實現了原文作者與譯文讀者之間的不隔。

第五則中文是馬建忠奏摺《擬設翻譯學院議》中的一句話：摹寫其神情，彷彿其語氣，然後心悟神解，振筆而書，譯成之文適如其所譯而止，而曾無毫髮出入其間。

錢鍾書的譯文是The translator must catch the spirit as well imitate the letter of the original with the result that the style of the translation is precisely that of the original without even a hair's breadth of difference between them.

這段譯文無疑亦是不拘的產物。譯者將"心悟神解，振筆而書"八字融入"摹寫"、"彷彿"之中，然後以catch 和imitate二詞進行表達，接下來的譯文一如原文，環環相扣，絲絲入理，的確做到了"無毫髮出入其間"。

毋庸置疑，錢鍾書的"不拘"、"不隔"翻譯理念，以及在這些理念指導下的翻譯實踐，均為其三十年後提出著名翻譯理論即"化境論"奠定了堅實的基礎。

七五　錢鍾書《談藝錄》英譯中例句析評

錢鍾書既已懸出“化境”這一最高理想，自當身體力行，執著追求。今觀其《談藝錄》中諸多譯句，似句句入於“化境”，與最高理想庶幾貼而近之。

首先，就語體而言，這些譯句均為文言。眾所周知，《談藝錄》一書始印行於一九四八年。一九八四年出補訂本。全書皆以文言撰出，曾有人問及錢鍾書何以用文言著述，錢鍾書以兩條理由作答。一曰特定時代成就此書，或可久存。二曰欲藉此測驗一下舊文體有多少彈性可以容納新思想。既然錢鍾書本人談藝的真知灼見業已容納于文言語體當中，對於他山之石，錢鍾書自然亦以最經濟曼妙的文言譯出。可謂融中外於一體，會眾芳於筆端。

其次，在具體的翻譯過程中，錢鍾書調動了各種翻譯手段，努力做到譯句在行文與風味上和原文整體效果保持一致，使“化境”這一最高理想有所體現。現不妨從1984年9月中華書局出版的《談藝錄》補訂本中擇出英文譯句若干略為表露，且看錢鍾書運作特色如何。

局部調整，不著痕跡

1．None can care for literature in itself who do not take a special pleasure in the sound of names.(史梯芬生論美國地名語，參閱《談藝錄》頁295，以下僅標頁次。)

凡不知人名地名聲音之諧美者，不足以為文。

2．…and the earth looked black behind them, /as though turned up by plows. But it was gold, /all gold—a wonder of the artist' s craft. (《荷馬史詩》描摹金盾語，頁318)

犁田發土，泥色儼如黑。然此盾固純金鑄也，蓋藝妙入神矣。

3．We have had the brow and the eye of the moon before; but what have we reserved for human beings, if their features and organs are to be lavished on objects without feeling and intelligence?(華茨華斯語，頁344)

語已有月眉、月眼矣。得以五官百體盡予此等無知無情之物，吾人獨不為己身地耶。

4 · Why does a painting seem better in a mirror than outside it ? (達文齊語，頁483)

鏡中所映畫圖，似較鏡外所見為佳，何以故？

以上四例譯文的最大特色，便是譯者依原文所含意義與風味揮斤運斧，在譯文的語序安排上對原文中某些部分進行了局部調整。如例1中who引導的定語從句，例2中as though引導的狀語從句在譯文中均被前移。又如例3前置的主句，在譯文中則為後置。例4中原文作狀語的介詞短語in a mirror,譯文則改為前置的定語。另此句句首的疑問詞why 被挪至譯文末端，化作了“何以故”三字。這四句譯例讀來清麗暢達，流轉如珠，全無半點斧鑿痕跡，只覺一種飄逸天趣溢出行墨之外。

表達轉換，異曲同工

5 · To count chickens before they are hatched.(英諺，頁392)

卵未抱而早計雛數。

6 · The liberties that he may take are for the sake of order.(愛略特語，頁440)

詩家有不必守規矩處，正所以維持秩序也。

7 · I have thought some of nature's journeymen had made men, and not made them well, they imitated humanity so abominably. (莎士比亞《漢姆雷特》中王子斥下劣演員語，頁464)

其人似為大自然之學徒所造，手藝甚拙，像人之形而獰惡可憎。

8 · One may remember the lion of medieval bestiaries who, at every step forward, wiped out his footprints with his tail, in order to elude his pursuers.(西方評論家喻詩文賞析語，頁466)

有如中世紀相傳，獅子每行一步，輒掉尾掃去沙土中足印，俾追者無可蹤跡。

9 · Now I never wrote a “good” line in my life, but the moment after it

was written it seemed a hundred years old. Very commonly I had a sudden conviction that I had seen it somewhere.(霍姆士語，頁574)

吾平生每得一佳句，乍書於紙，忽覺其為百年陳語，確信曾在不憶何處見過。

此處所謂轉換，主要是指肯定與否定的轉換，即正說反譯或反說正譯，顯而易見，在例5、例6、例7中，譯者用的是正說反譯法，如例5 的before they are hatched譯成了“卵未抱”，例6 The liberties that he may take譯成了“有不必守規矩處”，例8 的to elude譯成了“無可蹤跡”，例9 的I had seen it somewhere譯成了“曾在不憶何處見過”。而例7 則恰好相反，用的是反說正譯法，not made them well 譯成了“手藝甚拙”。這些譯例雖然與原文外部形式迥異，但內涵概念與原文纖毫畢肖，從而收到了異曲同工的效果。

詞語增減，不一其態

10．This is an art. /Which does mend nature, change it rather, but / That art itself is Nature.(語出莎士比亞《冬天的故事》，頁61)

人藝足補天工，然而人藝即天工也。

11．Poetry should strike the Reader as a wording of his own highest thoughts and appear almost a Remembrance.(濟慈與友論第一要義，頁255)

好詩當道人心中事，一若憶舊而得者。

12．The common end of all narrative, nay, of all poems is to convert a series in to a Whole; to make those events, which in real or imagined History move in a strait Line, assume to our Understandings Circular motion—the Snake with its Tail in its Mouth.(柯爾律治語，頁432)

事跡之直線順次者，詩中寫來，當使之渾圓運轉，若蛇自嘬其尾然。

13．Poetry, like schoolboys, by too frequent and severe corrections, may be cowed into Dullness.(柯爾律治語，頁557)

詩苟多改痛改，猶學僮常遭塾師撲責，積威天下，易成鈍兒。

14 · They are to me original: I have never seen the notions in any other place; yet he that reads them here persuades himself that he has always felt them. (約翰生評葛雷詩句，頁573)

創辟嶄新，未見有人道過，然讀之只覺心中向來宿有此意。

15 · I seem rather to be seeking, as it were asking, a symbolical language for something within me that always and forever exists, than observing anything new. Even when that latter is the case, yet still I have always an obscure feeling as if that new phenomenen were the dim. Awakening of a forgotten of hidden Truth of my inner Nature. (柯爾律治語，頁643)

苦思冥搜，創見出新，而隱覺如久拋腦後或深藏心中之真理忽然省得記取。

在以上譯例中，譯者採用了增補與省略的變通手段。譯者為了譯語行文的需要，在不損害原意的前提下，適當地增補刪減，不僅有助於原文意義在譯文中的全面表達，而且能大大提高譯文的可讀性。如例10中change it rather,若依原文保留，反有畫蛇添足之嫌。譯者參透原意，斷然舍去，譯句益發顯得明淨洗煉。又如例11中as a wording of his own highest thoughts,凡八詞，譯文中僅為“心中事”三字，刪去了一些不必譯出的詞語，而其義自見。尤有甚者，睿智的譯者在此句的“詩”前增一“好”字，使原文神韻得以充分傳達，實乃一字貼切，全句生輝。再如例12，例15，譯者對原文鉤稽研核、盡削繁蕪，只在譯文中保留主要信息。若將原文盡行譯出，難免迭床架屋，使讀者不得要領。再如例13，譯文補出“常遭塾師撲責”，例14減去所有代詞等，堪稱風雲變幻，不一其態。

句構重組，天衣無逢

16 · Wit, you know, is the unexpected copulation of ideas, the discovery of some occult relation between images in appearance remote from each other.(約翰生語，頁522)

使觀念之配偶出人意表，於貌若漠不相關之物象察見其靈犀暗通。

17．not so much plagiarism *totidem verbis* as that most fatal plagiarism whose originality consists in reversing well-known models. (英國某小名家評其吟侶語，頁561)

非作抄胥之謂，乃取名章佳句為楷模，而反其道，以示自出心裁，此尤抄襲之不可救藥者。

重組不僅能排除語序以及表達層次障礙，而且能保證譯語的可讀性。讀者依據原文信息，棄其形貌，擷其神采，恰如探驪獲珠一般，然後重構譯文，以收天衣無縫之妙。觀此二例，情形正是如此。譯者對原文完全融會貫通，爛熟於懷，故能信筆馳騁，絲毫不拘于原文結構。儘管如此，又絕非任意杜撰，而是字字有來歷，句句有依據。且看例16：觀念之配偶—copulation of ideas ,出人意表—unexpected,於貌—in appearance,漠不相關—remote from each other,物象—images,察見—discovery,靈犀—wit，暗通—occult relation。例17：非作抄胥之謂—reversing,以示自出心裁—whose originality consists in,此尤抄襲之不可救藥者—that most fatal plagiarism。

一詞多譯，別具心裁

18．In shape the perfection of the berry, in light the radiance of dewdrop.(丁尼生評彭斯詩歌，頁114)

體完如櫻桃，光燦若露珠。

19．A genius differs from a good understanding, as a magician from an architect; that raises his structure by means invisible, this by the skilful use of common tools.(愛德華・楊論詩語，頁411)

天才與聰慧之別，猶神通之幻師迥異乎構建之巧匠；一則不見施為，而樓臺忽現，一則善用板築常器，經之營之。

20．that particular kind of borrowing which thinks to disguise itself by inserting or extracting "nots".(某學士評尼采論述，頁562)

取古人成説，是其所非，非其所是，顛倒衣裳，改頭換面，乃假借之一法耳。

譯者將原文中同一個詞或片語譯成不同的漢語字眼，以使譯文更為流轉爽利，妍美生動或精煉自然，對仗工穩。如例18中，第一個of 譯為“如”，第二個of 譯為“若”，例19中，differ from各自譯為“別”與“迥異乎”，而“樓臺忽現”與“經之營之”則同出自raises his structure這一片語。又如例20中，nots一詞作inserting的賓語時被譯為“非”，作extracting的賓語時被譯作“是”。至於將整個片語by inserting or extracting “nots”譯成“是其所非，非其所是”，堪稱琢句新穎，別具剪裁了。再如此句中的to disguise itself被譯成“顛倒衣裳”與“改頭換面”，則更是一語二譯的典範。

多字結構，五彩繽紛

21．O! One glimpse of the human face, and shake of the human hand, is better than whole reams of this cold, thin correspondence, etc. (蘭姆致友人函，頁320)

得與其人一瞥面，一握手，勝於此等枯寒筆墨百函千牘也。噫！

22．Why, at the height of desire and human pleasure-wordly, social amorous, ambitious on even avaricious-does there mingle a certain sense of doubt and sorrow?(拜倫語，頁438)

人世務俗，交遊應酬，男女愛悅，圖營勢位，乃至貪婪財貨，人生百為，於興最高，心最歡時，輒微覺樂趣中難以疑慮與憂傷，其何故耶。

23．A fireside general loses no battles.(頁460)

火爐邊大將，從不打敗仗。

24．Everything is the same, but you are not here, and I still am, In separation the one who goes away suffers less than the one who stays behind.(拜倫致其情婦函，頁541)

此間百凡如故，我仍留而君已去耳。行行生別難，去者不如留者神傷之甚也。

25 · Life is from want to want, not from enjoyment to enjoyment. (約翰生語，頁627)

人生乃缺陷續缺陷，而非享受接享受。

所謂多字結構是指譯者在翻譯時不落恒蹊，將原文的一些詞或片語譯成漢語的三言、四言、五言不等，令人讀之有回環吞吐、舒卷自如之感。如例21中one glimpse of the human face譯成“一瞥面”，shake of the human hand譯成“一握手”，是何等貼切；reams of this cold, thin correspondence譯為“枯寒筆墨百函千牘”又是何等精當。例22中的譯詞則有如綺霞繁花，各盡其妙。且看：worldy—入世俗務，social—交遊酬應，amorous—男女愛悅，ambitious—圖營勢位，avaricious—貪婪財貨。而後添一四字結構“人生百為”作結，真乃著處成春，錦上添花。此外，譯者將此句句首的Why, at the height of desire and human pleasure與句末的does there mingle a certain sense of doubt and sorrow糅合在一起，譯為“於興最高，心最歡時，輒微覺樂趣中難以疑慮與憂傷，其何故耶”，既有一空拘滯之流利又有簡煉渾括之秀美。例24中的“行行生別難”亦顯圓潤蘊藉，迂徐有致。又例23原文或為一謠諺，譯者以通俗之五言譯出，讀來朗朗上口，韻味無窮。

錢鍾書曾在《談藝錄》中就詩歌翻譯作如是說：

> 詞章為語言文字之結體賦行，詩歌與語文尤黏合無間。故譯詩者而不深解異國原文，或憑目於他人，或紅紗籠己眼，勢必如《淮南子，主術訓》所謂：“智師有以言白黑，無以知白黑”，勿辨所譯詩之原文是佳是惡。譯者驅使本國文字，其功夫或非作者驅使原文所能及，故譯筆正無妨出原著頭地。

此語道出了兩種不同類型的譯者形象。一種為不深解原文或者僅僅只是依靠他們襄助的譯者。這種譯者從事翻譯，自然辨不清原作的優與劣。另一種譯者不僅能熟練地運用本國文字即譯語，而且其運用本國文字即譯語的程度遠遠超過原文作者駕馭原文的程度。這樣的譯者譯出的作品，理當有超過原作的可能。與這兩種譯者比較，錢氏不屬前者，因為他對西文的掌握程度已臻上乘，其至連西人都感到驚歎。而後一種譯者的特色卻恰恰為錢氏所具有。以上所引區區二十五例譯文不正是最好的佐證麼。錢鍾書不僅懸出了"入於化境"的翻譯理想，而且在《談藝錄》、《管錐編》中提供了不勝枚舉的翻譯範例，從而進一步向世人展示了一代碩儒的動人風采。

七六　錢鍾書《管錐編》英譯中例句析評

錢鍾書在《管錐編》中，將經典英文名句中譯的作法，一如《談藝錄》。首先是努力使譯句入於"化境"，追求與這個最高理想庶幾貼近。其次是譯句語體仍為文言，與《管錐編》語體完全保持一致。第三是充分調動諸種翻譯手段，努力做到譯句與原文整體效果保持一致。

情貌兼似　意切形存

1、For men who are fortunate all life is short, but for those who fall into misfortune one night is infinite time.（古希臘詩人語，冊二，頁671-672）

幸運者一生忽忽，厄運者一夜漫漫。

2、making small thing appear great and great things small.（古希臘辯士語，冊三，頁867）

小物說似大，大物說似小。

3、Let such teach others who themselves excell. / And censure freely who have written well.（蒲伯語，冊三，頁1052）

能手方得誨人，

工文庶許摭病。

4、But if the top of the hill be properest to produce melancholy thoughts, I suppose the bottom is the likeliest to produce merry ones.（語出費爾丁《湯姆·瓊斯》，冊三，頁877）

脫在山顛宜生愁思，

則在山足當發歡情。

5、Get a livelihood, and then practice virtue.（語出柏拉圖《理想國》，

冊三，頁899）

先謀生而後修身。

6、A friend in power is a friend lost.（語出The Education of Henry Adams，冊三，頁995）

朋友得勢位，則吾失朋友。

7、riches and power are attended and followed by folly, and folly in turn by licence; whereas poverty and lowliness are attended by sobriety and moderation.（古希臘辯士語，冊五，頁22-23）

富貴使人愚昧姿肆，而貧賤使人清明在躬，嗜欲有節。

不難發現，上述7例原文幾乎全都具有這樣一種特點，即寓雙層意義於對偶形式之中，從而形成強烈的對比或對照。面對如此寓意深刻、形式俊美的原文，錢鍾書以與《管錐編》語體一致的筆調，筆酣墨飽，將其一一轉換成目的語，體現了一種“情貌兼似、意切形存”的特色，讀來令人分外親切。如原文句1中的men who fortunate譯作“幸運者”，those who fall into misfortune譯作“厄運者”，all life is short譯作“一生忽忽”，one night is infinite time譯作“一夜漫漫”；句3中的who themselves excel譯作“能手”，who have written well譯作“工文”，teach others譯作“誨人”，censure freely譯作“摭病”，Let such二詞則分別譯作“方得”、“庶許”；句4中的be properest to produce melancholy thoughts譯作“宜生愁思”，the likeliest to produce merry ones譯作“當發歡情”，其中produce一詞花開兩朵，一“發”一“生”，尤其是表示“如果”之意的古文連接詞“脫”的嫻熟運用，足以使人歎為觀止；至於句7的譯文更是另有一番風采，錢鍾書將含有9個音節6個詞的and folly in turn by licence一長串壓縮成“姿肆”二字，可謂快刀斬亂麻，而將sobriety and moderation譯作“清明在躬，嗜欲有節”，則更是化簡為繁，手下別有爐錘了。

融會貫通　意達形新

8、he loved treachery but hated a traitor

其事可喜，其人可憎。（羅馬大帝凱撒語，冊一，頁341）

9、Heard melodies are sweet, but those unheard

Are sweeter

可聞曲自佳，無聞曲逾妙。（出自濟慈名詩《希臘古盎歌》，冊二，頁450）

10、not too slender nor too stout, but the mean between the two.（古希臘詩稱頌美人句，冊三，頁873）

不太纖，不太濃，得其中。

11、So think thou wilt no second husband wed; / But die thy thoughts when thy first lord is dead.（出自莎士比亞《哈姆雷特》，冊三，頁1033）

不事二夫誇太早，丈夫完了心變了。

12、take mine eyes, and / thon wilt think she is a goddess.（西方古語，冊三，頁1077）

爾假吾眸，即見其美。

13、I never could dance in fetters.（19世紀一英國詩人語，冊五，頁17）

擊鏈而舞，非吾所能。

14、What is smells, and what does not smell is nothing.（英國一哲學家語，冊五，頁42）

物而有，必可嗅；嗅不得，了無物。

15、Happy the people whose annals are tiresome.（法國啟蒙主義思想家孟德斯鳩語，冊五，頁52）

國史沉悶，國民幸運。

16、 Happy the people whose annals are vacant. （法國啟蒙主義思想家孟德斯鳩語，冊五，頁52）

國史無錄，國民有福。

9例原文，或詩行，或片語，或複句，形式各異，但都具有簡潔秀麗、妍美流便的色彩，讀來抑揚頓挫，鏗鏘有力。錢鍾書著意于原文的這種美質，突破原文表層形式的束縛，直探原文字裡行間的含義與情趣，以具有中國烙印的三言、四言、五言或七言句進行轉換。譯文既清新悅目，又搖曳生姿，既工整典雅，又爽爽有神。且看“不太纖，不太濃，得其中”一句裡的“得其中”譯得何等惟妙惟肖，堪稱將the mean between the two的意思展現得淋漓盡致。再看“物而有，必可嗅”與What is smells，尤是何其相似乃爾。而“擊鏈而舞，非吾所能”更是將I never could dance in fetters的詩化，“鏈”前添一“擊”字，乍一看去，彷彿有節外生枝之嫌，仔細一揣摸，便覺得盡在情理之中。俄國作家屠格涅夫嘗謂：“天才，即創作才能是譯者所必需的”。讀罷這些譯句，誰又不會對錢鍾書的翻譯才華表示感佩呢？

出神入化　重在譯味

17、One shade the more, one ray the less, / Had half impair'd the nameless grace / Which waves in every raven tress. / Or softly lightens o'er her face（出自拜倫She Walks in Beauty一詩，冊三，頁873）

髮色增深一絲，容光減褪一忽，風韻便半失。

18、Next dreadful thing to a battle lost a battle won.（英國軍事家、政治家威靈頓語，冊三，頁897）

戰敗最慘，而戰勝僅次之。

19、You could not step into the same rivers, for other waters are ever flowing on to you; Into the same rivers we step and do not step; we are and are not.（古希臘哲學家語，冊三，頁933）

重涉已異舊水，亦喪故我；我是昔人而非昔人，水是此河而非此河。

20、Whom every thing becomes , to chide , to laugh. / To weep; whose every passion fully strives / To make itself , in thee, fair and admired.（出自莎士比亞《安東尼與克莉奧俄特拉》，冊三，頁1039）

嗔罵，嘻笑，啼泣，各態咸宜，七情能生百媚。

4例原文，不是蘊含哲理的雋語，便是抒發情感的秀句，均源于名家高手的筆下，吟誦一過，頓覺其味無窮，沁人肺腑。這樣的原文無疑應從譯"味"處發筆，以重新創作的方式再現原文的意味。基於此，錢鍾書揮斤運斧，果然將原文翻轉得跌宕多姿，井然有致。原文深刻的寓意無不在新的表達方式中被闡發得纖毫畢肖，淋漓盡致。如例17，原文26詞，疊床架屋，構造紛繁，錢鍾書以17個中文字取而代之；又如例20，將Whom every thing becomes ,…whose every passion fully strives / To make itself , in thee, fair and admired簡化作"各態咸宜，七情能生百媚"。凡此種種，真可謂"超以象外，得其環中"，譯文輕清婉轉，玉潤珠圓，甚至"漢化"至極，但與原文一一比對，又令人覺得無一字無來歷，完全達到了錢鍾書自己的說法，即"把作品從一國文字轉變成另一國文字，既能不因語文習慣的差異而露出生硬牽強的痕跡，又能完全保存原有的風味，那就算得入於'化境'"，"換句話說，譯本對原作應該忠實得以至於讀起來不像譯本，因為作品在原文裡決不會讀起來像翻譯出來的東西。"

後記

1963年7月，我于長沙雅禮中學（時稱長沙市五中）高中畢業，通過高考，成了湖南師範學院外語系英語專業的一名本科學生。課餘，同學們居然議論起了錢鍾書，那時只知道錢先生英文好，是《毛澤東選集》英譯本的主要成員。之後，漸漸聽説湖南師範學院源於三十年代的“國立師範學院”，而錢先生則是國立師範學院外語系的“首任系主任”。這樣一來，我們這些湖南師範學院外語系的學生，都毋庸置疑地成了錢鍾書的“隔代學生”，於是振奮之感，油然而生。

1968年，我從湖南師範學院分配到了湖南汨羅。汨羅是戰國時期屈原流放與自沉之所在，也是南宋時期民族英雄岳飛與農民起義領袖楊么鏖戰的地方，當代電影演員白楊、作家楊沫的故鄉亦在此處。榮幸的我，一直在地處該縣農村的汨羅師範學校擔任英語教員。在那種歲月，雖然對系主任錢鍾書漸行漸遠，但卻未曾在自己的記憶中將其抹去。1980年春天，我到省城長沙出差，在蔡鍔路的一家書店看到一套嶄新的四冊《管錐編》莊嚴地屹立在玻璃書櫃中，封面上赫然標示：錢鍾書著。這是我第一次看到錢鍾書的著作。遺憾的是，我當時還缺乏購買這套新書的勇氣，只能目不轉睛地將其反覆打量，只覺得一股濃濃的油墨芬芳透過玻璃撲面而來。這年夏天，師範學校搬遷至汨羅城關鎮，改名為“教師進修學校”。一年以後，我如願以償地向北京中華書局郵購到了一套《管錐編》。我迫不及待地一頁接著一頁地翻閱，心裡感到美滋滋的。但那時急迫的中學英語師資培訓任務壓得我喘不過氣來，我只好將這四冊書擺放在書架最顯眼的地方，以每天能看上幾眼為“日課”。

1985年4月，我的工作空間換到了長沙理工大學前身之一的長沙交通學院，由中師教員“晉升”為大學教師。利用課餘的空隙，我開始了對《管錐編》的細細閱讀。書裡面有許多外文例句以及錢先生的譯句。譯句雖然是文言，讀起來卻朗朗上口，分明就是符合“信達雅”

翻譯標準的典型或者說是體現翻譯“化境”的範例。我將其中一些英譯中的句子收集起來，寫下了自己評論錢鍾書譯文的第一篇文章，題目為《下筆妍雅　片言生輝——錢鍾書<管錐編>譯句賞析》，並寄給了“中國翻譯”編輯部。1990年，這篇文章發表在該刊第二期上，在翻譯界引起了一定的反響。

從那以後，我又陸續撰寫了《錢鍾書的“化境論”及<談藝錄>譯句管窺》、《錢鍾書譯藝舉隅》、《錢鍾書的翻譯論》、《錢鍾書詩中論譯》、《錢鍾書“注”中論譯》、《錢鍾書說<紅樓夢>譯本》、《錢鍾書說信達雅》、《錢鍾書譯學四亮點》、《錢鍾書譯本“反勝原作論”》以及有關錢先生人品、學品的文章，分別發表在北京《中華讀書報》、《北京晚報》、《上海翻譯》、上海三聯出版社《錢鍾書研究集刊》、湖南《書屋》、江西《外語論壇》、香港中文大學《翻譯學報》、香港《大公報》、香港《文匯報》以及《長沙理工大學報》等刊物上。無形中，自己竟然由錢鍾書的“隔代學生”蝶變成了一名“錢迷”，有些人甚至贈給我一頂桂冠，曰“研究錢鍾書的專家”。

我在反反覆覆閱讀錢先生《談藝錄》（補訂本）、《管錐編》、《宋詩選注》、《七綴集》（修訂本）、《槐聚詩存》、《寫在人生邊上》、《寫在人生邊上的邊上》、《人·獸·鬼》、和《錢鍾書英文文集》以及錢鍾書信函等的過程中，發現裡面有許許多多關於翻譯的論述，因此萌發一念：何不將這些論述收集起來，一一進行闡釋。由是花了五年的功夫，完成了這個念想。

這本十六萬字的書，可以說是對自己三十餘年研究錢鍾書翻譯理論和實踐的一次檢閱。筆者本人檢閱，難免敝帚自珍。如果請局外人檢閱，肯定會覺得良莠不齊，不足多多。親愛的讀者，倘若這本小冊子有機會進入您的眼簾，衷心期盼您能賜以批評指教。

著名作家、香港中文大學黃維樑教授為拙書作序，著名社會學家和教育家、香港中文大學前任校長金耀基教授為拙書題寫書名，在此向他們表示由衷的感謝。

鄭延國 2023 年 2 月

主要參考文獻

錢鍾書，談藝錄（補訂本），北京：中華書局，1984

錢鍾書，管錐編，北京：中華書局，1986

錢鍾書，宋詩選注，北京：人民文學出版社，1989

錢鍾書，七綴集（修訂本），上海：上海古籍出版社，1994

錢鍾書，槐聚詩存，北京：生活・讀書・新知三聯書店，1995

錢鍾書，寫在人生邊上的邊上，北京：生活・讀書・新知三聯書店，2001

錢鍾書，人・獸・鬼，北京：生活・讀書・新知三聯書店，2002

錢鍾書，錢鍾書英文文集，北京：外語教學與研究出版社，2005

牟曉明　范旭侖，記錢鍾書先生，大連：大連出版社，1995

許淵沖，詩書人生，天津：百花文藝出版社，2003

羅新璋，譯藝發端，長沙：湖南人民出版社，2013

宋以朗，宋家客廳：從錢鍾書到張愛玲，廣州：花城出版社，2015

黃維樑，大師風雅：錢鍾書、夏志清、余光中的作品和生活，北京：九州出版社，2021

鄭延國，英漢雙向翻譯理論與實踐，長沙：湖南科技出版社，2004

鄭延國，翻譯方圓，上海：復旦大學出版社，2009

鄭延國，瀟湘子譯話，武漢：武漢大學出版社，2015

鄭延國，許淵沖筆下的譯人譯事，北京：新華文摘，2020（5）